Irmtraud Kasy

Hochlandlust

Irmtraud Kasy

HOCHLANDLUST

Geschichten
vom wirtlichen Leben

Novitäten & Raritäten
NoRA

Umschlaggestaltung: Lotte Seyerl

ISBN 978-3-86557-152-6

1. Auflage

Torstr. 145, 10119 Berlin
Tel.: 030 20454990 Fax: 030 20454991
E-mail: kontakt@nora-verlag.de
Web: www.nora-verlag.de

Druck: GGP media on demand, Pößneck
Printed in Germany

In der hohen Berge Schatten
liegt die Hütte eingesenkt,
rundum liegen grüne Matten,
sonnenreich und luftdurchtränkt.

Und die Wirtin wirkt behende
d'rin am Herd und an der Schank,
rührt für jeden Gast die Hände,
doch nicht jeder sagt ihr Dank.

Um das Haus mit schwerem Schritte
streicht ihr Mann mit scharfem Blick:
schöner macht ihr Hans die Hütte
mit Verstand und mit Geschick.

Irgendwann, in stiller Stunde
schreibst Du auf, was ihr erlebt.
Gib doch uns davon auch Kunde,
daß es uns im Tal erhebt.

(Gruß der Mutter an die junge Wirtin, 1979)

Mein erstes Tagebuch (Sommer 1980)

25. Mai: Zu meiner großen Freude begrüßt uns droben der balzende Birkhahn mit seinem gespreizten Schwanzgefieder. Die Begegnung mit Mäusen und deren Werk ist weniger beglückend: Wie die im Winter gewütet haben, das gibt's ja gar nicht! Im Wäscheschrank haben sie aus zerfetzten Papierservietten ein Nest gebaut, im Kammerl Sitzkissen angeknabbert, im Schlafraum eine Steppdecke und einen Pyjama zerbissen!

27. Mai: Diverse Arbeiten, unter anderem Ausbeuteln von achtzig Decken. Beeilen brauchen wir uns mit dem Saubermachen heuer nicht, denn die offizielle Hüttenöffnung wird aufgrund der extremen Schneelage so bald nicht möglich sein.

1.Juni: Zweimal bin ich nur mit Petunien und Pantoffelblumen zur Hütte aufgestiegen, und dann prasselt, noch bevor ich mit dem Einpflanzen beginnen kann, der erste Hagelschauer der Saison auf die Blumen nieder! Eine zerfetzt es total, die anderen bekommen gelbe Flecken. Ob sie trotzdem noch so schön werden wie in den Jahren zuvor?

4. - 8. Juni: Großer Hausputz bei sehr regnerischem Wetter. Ans Trinkwasser ist noch nicht heranzukommen, da auf der Quellfassung zirka zwei Meter Schnee liegen. Glück im Unglück, daß genug Wasser vom Himmel kommt. Wir fangen es an der Dachrinne mit Eimern auf.

12. Juni: Eigentlich hätten die Mulis gestern gehen sollen, mit Proviant und Kleidung. Es war aber noch zu viel Schnee, der Transport muß auf kommende Woche verschoben werden. Soldanellen und Krokus blühen schon, sonst ist noch alles braun. Freischaufeln von Quellfassung und Wasserleitung, ein Rohr ist geplatzt und hat sich aus der Verankerung gelöst. Auch an der Hüttenumzäunung sind schwere Winter-Bruchschäden zu verzeichnen.

13. Juni: Das Wasser ist da! Wenn das kostbare Naß in einem dicken, kräftigen Strahl in den Brunnentrog fließt, ist das jedes Jahr ein kleiner Triumph.

16. Juni: Offizielle Hüttenöffnung. Heute sollen die Mulis gehen. Um sieben Uhr dreißig erfährt Hans, daß der Weg nun endgültig zu schlecht sei, und deshalb vor Instandsetzung keine Versorgung mehr riskiert werden könne. Also brauchen wir einen Hubschrauber, denn nächstes Wochenende ist Sonnwendfeier der Sektion, spätestens dann sollten doch genug Getränke da sein! Vorerst kann ich die Gäste nur mit Schiwasser und den Restbeständen vom letzten Sommer laben ... Am späten Abend kommt Hans, er hofft auf Hubschrauber für Mittwoch oder Donnerstag.

17. Juni: Hab sehr schlecht geschlafen. Leichtes Nieseln auf das Hüttendach finde ich gemütlich, aber starke Schauer mit Unterbrechungen wecken einen jedes Mal auf, weil der Aufprall der Tropfen auf dem Blech einen Höllenlärm macht ... Fortsetzung der Putzarbeiten. Matratzenlager in allen Schlafräumen frisch bezogen.

18. Juni: Schon am Abend ist die Uhr in der Stube stehen geblieben, als ich im Morgengrauen aufwache, tickt auch mein Wekker nicht mehr. Ob ich schon aufstehen muß? Es sind schließlich Übernachtungsgäste da, wir haben keine Frühstückszeit ausgemacht. Vielleicht ist es bloß wegen des schlechten Wetters noch so düster? Ich drehe den Radio auf, um die Uhrzeit zu erfahren, da ertönt auch schon bald die Stimme des Moderators: »Der Sänger R.B. sagte Ihnen jetzt, um fünf Uhr sechzehn, »Du bist schön!« Na so ein Glück! Es freut mich, daß ich aufgrund der frühen Stunde noch ein bißchen schlummern kann, Komplimente aus dem Äther interessieren mich weniger.

Um sechs Uhr vernehme ich das Öffnen der Schlafraumtüre im Erdgeschoß und Bergschuhtrampeln vor der Hütte, also muß ich endgültig aufstehen. Meine erste Aufgabe ist jeden Morgen das Entfachen des Feuers im Herd: Mit einem Streichholz wird der Ofenanzünder entflammt, dann fangen die kleinen Holzspreißel Feuer, größere Scheiter werden nachgelegt und nach einer Weile beginnt das Wasser in den aufgefüllten Töpfen angenehm zu surren. So einfach ist das also, und bestimmt hab ich's schon hundertmal gemacht, doch gestern hab ich den letzten Anzünder verbraucht, und Zeitungspapier ist auch fast keines mehr da. Außer der neuen »Zeit«, die ich noch nicht gelesen habe. Die Flämmchen des ersten Zündversuches mit einem Blatt erlöschen, der zweite Versuch schlägt ebenfalls fehl. Beim dritten Mal muß es klappen! Darum geh ich in den Schuppen, um mit dem dort montierten Spreißel-Messer ganz dünne Holzstücke abzuspalten. Mit diesen gelingt es mir dann Gott sei Dank, das Feuer unter kräftigem Blasen doch noch zu entfachen.

Die Gäste entschuldigen sich; ich hätte wegen ihnen noch nicht aufstehen müssen, aber sie hätten beim Gang zum Klo den Birkhahn balzen gehört und dann auch erspäht, und ein paar Gemsen seien auch auf der Wiese herum getollt. Bei so viel Leben draußen vor der Türe hätten sie nicht mehr schlafen können. Und ob ich gegen drei Uhr nicht auch gehört hätte, wie einer die Hüttentüre habe öffnen wollen? Ganz gewiß hätten sie es alle drei gehört! »Ach, das muß eine Täuschung gewesen sein, das Wasser am Brunnentrog macht manchmal komische Geräusche, die Holzbalken knarren, irgendein Tier könnte an die Türschnalle gestoßen sein!« Blödsinn, wer soll denn mitten in der Nacht daher kommen? Zwei ausgewachsene Mannsbilder und eine Frau um die dreißig, und die haben hier oben Angst?

Auch in die Hütte haben sie sich am Vortag nur vereint getraut, wie sie mir später erzählen: Der erste Mann habe extra auf die anderen gewartet im dicken Nebel, weil man ja nie wisse, was einen da so erwartet ... Und dann haben sie mich gebeten, die Türe auch ja ordentlich zuzusperren ... Wollen die mir bloß Angst machen? Ausgerechnet heute, wo es so düster ist? Und ich weiß, daß ich die nächste Nacht mutterseelenallein sein werde? Im dichten Nebel, weit weg von den menschlichen Behausungen im Tal, ohne Telefon und ohne Funkgerät. Wie könnte man sich wehren, wenn da eine zwielichtige Gestalt daher käme? Soll ich Fluchtwege ersinnen? Mich bewaffnen? Würde man im Notfall die Nerven behalten? Sonst hätte es ja gar keinen Sinn, sich überhaupt Strategien zurecht zu legen. Und macht man sich bei der

Beschäftigung mit solchen Gedanken nicht unnötig Angst? Ist die Idee eines ungebetenen Gastes nicht absurd? Niemand weiß, daß ich hier alleine bin, Geld ist keines zu holen zwei Tage nach Hüttenöffnung, ein Triebtäter wird wohl nicht den zweistündigen Anstieg auf sich nehmen. Könnte ein harmloser Bergsteiger durch Gelegenheit zum Dieb werden? Ich habe den Heimvorteil, kenne die Örtlichkeiten. Trotzdem gehe ich in die Werkstatt und hole zwei Hacken, eine deponiere ich in der Küche, die zweite in meiner Schlafkammer. Sicherheitshalber. Den unguten Gedanken an den Einsatz dieser Waffen verdränge ich ... Vor Terroristen würden sie hier Angst haben, sagten die Gäste ... Nein, vor denen ganz bestimmt nicht, nicht hier. Am meisten Angst hab ich vor mir selbst, daß ich mich falsch verhalten könnte. Man hat ja diesbezüglich, Gott sei Dank, keine Erfahrungen.

19. Juni: Zu Mittag drei total durchnäßte Besucher, ich mache ihnen mit dem noch nicht gelesenen Wirtschaftsteil der »Zeit« im Stubenofen ein Feuer. Nachdem auch noch Tee mit Rum und heiße Suppen serviert worden sind, muß ich dringend durch den Nieselregen aufs Häusl, und dort entdecke ich, daß schon wieder eine Spinne im Lüftungsherz ihr dichtes Netz gezogen hat! Erst kurz zuvor hatte ich ein solches beim Putzen zerstört, jetzt darf es bleiben, der Fleck ist ja strategisch günstig – immer wieder kommt neue Beute aus der Tiefe! Am Nachmittag sammle ich Maulwurfserde für ein Schotterstück, auf dem Gras wachsen soll, am Abend flanieren drei Gemsen und ein Fuchs in der Grube, später zieht Nebel herauf. Der Hubschrauber soll am nächsten Tag kommen, hoffentlich ist das Wetter nicht zu schlecht.

20. Juni: Verdammt! In der Nacht beginnt es schon wieder zu regnen! Um sechs Uhr dreißig schau ich beim Fenster raus, die Sicht ist immerhin sehr gut: Alle Berge frei, im Tal nur vereinzelte Nebelschwaden. Aber dann werden die Wolken unten immer dichter, und schon eine Stunde später haben wir keine Sichtverbindung mehr. Ob die Versorgung stattfinden kann? Mein ganzes Gewand ist in irgendeiner Kiste im Tal, ich brauche dringend frische Wäsche. Und an Sonnwend, fürchte ich,

gibt es zum Feiern weder Wein noch Bier. Aber das Wetter ist ohnehin grauslich: Schottisches Tief!

Hans brachte diese Woche im Rucksack Bettwäsche für zwanzig Lager, acht Kilo Brot, drei Kilo Käse, vier Kilo Speck, zwei Stangen Salami, zwei Kilo Butter, ein paar Kilo Frischfleisch. Damit wenigstens ein bißchen was da ist ... Am Nachmittag, als ich gerade Fenster putze, bilde ich mir ein, in der Ferne einen Hubschrauber zu hören. Bin mir ganz sicher, laß die Lappen liegen und alarmiere meinen Schwager Franz, der inzwischen eingetroffen ist. Als wir gemeinsam ins Freie treten, hört man wieder nichts mehr. Hab ich Halluzinationen? Zum Glück nicht, denn zehn Minuten später landet tatsächlich ein kleiner Hubschrauber vor der Hütte, in dem zwei Männer mit Ohrenschützern sitzen: Hans und der Pilot.

Bereitgestellte Weintrageln fallen um, Müllsäcke fliegen davon. Vor lauter Rotorenlärm kann man kaum etwas verstehen, die Männer kontrollieren bloß Sicht und Wind, sagen, daß sie gleich wieder kommen werden. Beim nächsten Anflug entsteigen dem Hubschrauber ein Bodenmann mit Funkgerät und, mit souveränem Lächeln, unser Freund Gerd. Man hat ihn erst eine Stunde vor dem Abflug telefonisch erreicht, darauf ist er mit überhöhtem Tempo zu uns herein gefahren und gerade noch rechtzeitig angekommen. Aber sie haben ihn erwischt, bei fünfunddreißig km/h Geschwindigkeitsüberschreitung!

Die Hilfskräfte können wir nun brauchen: Baumaterial und Lebensmittel kommen als Außenlast in einem Netz, das nach dem Absetzen auf der Wiese ausgeklinkt wird. Der Landeplatz muß schnell geräumt werden, denn innerhalb von sechs Minuten ist der schnelle Riesenvogel schon wieder da. In der ersten Aufregung verstauche ich mir einen Finger, das Schienbein wird auch irgendwo blau ... Verdammt viel Bier ist das! Zuerst müssen wir aber den Zement in Sicherheit bringen, weil der auf keinen Fall naß werden darf.

Mit dem letzten Versorgungsflug kommen auch Hans und Horst; es sieht lustig aus, wie sie zusammen aussteigen! Der Pilot macht sich nach kurzer Begrüßung auf den Heimweg, bei uns gibt es, nach aufgeregter Unterhaltung beim Abendessen, noch jede Menge Räumarbeit. Und am nächsten Tag erfahren wir, daß

Spaziergänger sofort die Polizei alarmierten, als sie den zivilen Hubschrauber neben den Kasernen, wo wir das Transportgut eingelagert hatten, landen sahen.

21. Juni: Heute soll Sonnwendfeier sein, das Wetter wird gegen Mittag immer saumäßiger. Herbert und Fritz steigern noch meine Freude, als sie beginnen, voll Tatendrang das Mauerwerk in unserem Aufenthaltsraum zwecks Einbau einer Durchgangstüre zum neu gebauten Privatklo zu zertrümmern. Das lärmt grauenhaft, und Staub dringt so stark durchs Schlüsselloch in meine Küche, daß die schwarze Herdplatte innerhalb von fünf Minuten weiß ist. Alles, was man anfaßt, hat einen Schleier, meine Hände werden ganz rauh von dem Dreck, und wenn einer der sich rasch vermehrenden Gäste in die Küche kommt, um seine Wünsche zu äußern, verstehe ich vor lauter Lärm kein Wort! ... Bekomme einen Anfall, renne heulend hinaus, um bei Hans zu protestieren; natürlich beschwichtigt er mich.

Als die Anzahl der Besucher bereits bedrohlich hoch ist, taucht aus dem Nebel auch noch unsere Jugendgruppe auf, mit circa zwanzig Mann! Die sind, nach Anreise mit dem Fahrrad, allesamt patschnaß – mit Shorts und nacktem Oberkörper setzen sie sich in die überquellende Stube, einige holen auch Decken zum Einwickeln, damit sie nicht gar so nackt sind ... In diesem Durcheinander betritt eine junge Berlinerin die Hütte, und mich trifft fast der Schlag: Der Nachbarwirt hat sie und vier weitere Bergsteiger zum Übernachten rüber geschickt, weil bei uns eine Sonnwendfeier sein soll und sicher nicht viel los ist – bei *dem* Wetter!

Mitgebrachte Zelte werden aufgeschlagen, alte Decken für Notlager in der Stube bereitgelegt. Feuer kommt bei dem Regen kein richtiges zustande, ich gehe um Mitternacht ins Bett. Um vier Uhr früh reißt einer im unbeleuchteten Gang so wild an der Küchentüre herum, daß es Hans nicht länger im Bett hält. »Was willst *Du* denn da?«, fragt er den Störenfried. »Ich muß aus der Hütte raus!« »Da bist Du auf der falschen Seite! Der Ausgang ist gegenüber!« Der Mann, immer noch verzweifelt: »Ich seh' nichts!« Er reißt die Stubentüre auf, Hans korrigiert erneut: »Nein, weiter links, und paß auf, da sind Stufen!« »Das *seh'* ich schon!«

22. Juni: Nach dem Aufstehen entdecke ich Schläfer in Veranda und Werkstatt, im Waschraum und der Holzlege. Furchtbarer Zugang, und durchschnittlich zehn Leute in der winzigen Küche. Ab Nachmittag wird es ruhig, die Hütte und ihre Umgebung sehen chaotisch aus.

23. Juni: Kein Besucher, den ganzen Tag großes Reinemachen. Am Abend geh ich ins Gelände, um tote Latschenäste abzusägen. Ein paar stecke ich gleich in den Stubenofen fürs nächste Feuer, der Rest wird hinter der Hütte aufgetürmt.

24. Juni: Am Vormittag ist es sonnig, gegen zehn Uhr halten circa hundert Soldaten Rast auf der Wiese vor der Hütte, viele bekommen Schiwasser. Beim späteren Leeren der Mülltonne muß ich feststellen, daß einige die Hälfte ihrer Marschverpflegung weggeworfen haben! Darunter frische Wurst und appetitlich in Klarsichtfolie eingewickelte, knackige Gurken – am liebsten würde ich eine essen! Ziehe Gummihandschuhe an, um die Wurst aus dem Müll zu retten und wenigstens den Dohlen damit noch eine Freude zu machen ... Am Nachmittag wasche ich die bunten Kissen und den Fleckerlteppich aus der Stube, auch Hüttenschuhe und Vorhänge, man möchte endlich allen Winterschmutz vernichten! Die Stoffe sehen im Brunnentrog schwimmend genau so lustig aus wie an der Leine, allerdings werden sie so bald nicht trocken, denn es regnet wieder. Meine Hände sind vom kalten Wasser ganz geschwollen.

Hans macht den Türstock zum privaten Sanitärraum fertig. Endlich ein eigenes Klo mit Waschgelegenheit! Bisher mußte ich natürliche Bedürfnisse oft unterdrücken, weil das einzige Örtchen besetzt war, wenn ich die Arbeit in der Küche unterbrechen konnte. Und wenn ich abends sehr verschwitzt war, bin ich mit einem Eimer warmen Wassers aus dem Küchenherd in den allgemeinen Waschraum gegangen und hab mich dort begossen. Manchmal hab ich kaltes Wasser nach geschüttet, da bin ich dann fast zu munter geworden, aber abgehärtet hab ich mich dabei sicher.

25. Juni: Ja, das lernt man hier: Zähne zusammenbeißen, geduldig sein, die Dinge nehmen, wie sie kommen, und die Gäste auch. Den alten Mann zum Beispiel, der eben eingetroffen ist und fragt, ob unsere Erbsensuppe wohl recht dünn sei? Da und dort habe man ihm Furchtbares vorgesetzt, und Wurst wolle er auf keinen Fall, da wisse man ja nie, was da drin sei. Ein Ehepaar pflichtet lautstark bei: »Ja, da haben Sie recht, da muß man wirklich aufpassen auf so Berghütten!« Beleidigt bitte ich den Mann, dann lieber nichts zu essen, schließlich könne ich ja keine Gewähr für seine Zufriedenheit übernehmen. Er besteht aber auf Suppe und stellt erleichtert fest, daß sie schön sämig sei.

26. Juni: Am Vormittag endlich mal freundliches Wetter, am Nachmittag gießt es wieder. Furchtbar! Seit zwei Wochen vergeht kein Tag ohne Regen, und eiskalt ist es auch! In der nordseitigen Küche friert es mich ständig an den Füßen, vor dem Fenster liegt noch Schnee ... Immerhin regnet es nicht ununterbrochen: Fast jeden Abend scheint für ein bis zwei Stunden die Sonne, dann entstehen zusammen mit den Regenwolken-Resten bei ihrem Untergang ganz wunderbare Stimmungen.

27. Juni: Dicker Schneeregen, und das am »Siebenschläfer«, hoffentlich stimmt die Bauernregel nicht! (Nach ihr soll es für sieben Wochen ähnliches Wetter wie an diesem Tag geben.) Hans ist wieder draußen, um irgendwo zu mörteln, obwohl es nur null Grad hat und hinten und vorne zieht. Aber er kann halt einfach keinen Tag ruhig in der Hütte verbringen, solange es noch irgendwo anderes zu tun gibt. Und das wird sicher noch lange so sein.

30. Juni: Seit Hüttenöffnung der erste Tag ohne Regen! Dafür kommen am Nachmittag Schafe, die meine Narzissen fressen, und ein Siebenjähriger, der mit seinem Vater zum ersten Mal das Übernachten in einer Hütte erprobt. Stolz kommt der Kleine mit einem großen Rucksack herein, als ich ihn für das Tragen desselben lobe, gibt er sich bescheiden: »Der is ganz leicht g'wen, da is bloß des Klopapier drin!«

1. Juli: Schon zu Mittag beginnt es erneut zu nieseln, in der warmen Stube gibt es einen gemütlichen Plausch mit Bekannten. Dann bläst der Südwind plötzlich zum Angriff, Nebel fetzt wild durcheinander, Wörner und Tiefkarspitze wirken, frisch angezuckert aus dem Nebel ragend, wie Achttausender. Ich sage den Stubenhockern, die tolle Stimmung müßten sie sich ansehen, beim allzu stürmischen Befolgen dieser Empfehlung rutscht einer mit seinen glatten Sohlen auf der hölzernen Schwelle vor der Hüttentüre im Freien aus. Der Mann wird ganz bleich und kann ein paar Minuten lang nur schwer atmen. Zum Glück fängt er sich wieder, muß am folgenden Morgen aber feststellen, daß er sich doch ganz schön aufgeschlagen hat ... Später erfahren wir, daß sogar eine Rippe gebrochen war.

2. Juli: Es wütet ein grauenhafter Sturm, durch alle Ritzen fegt er, es jault und ächzt im Gebälk. Wären nicht drei Leute hier – ich hätte Angst. Noch ist es nicht ganz finster, trotzdem ... Immerhin bin ich heut wieder »unbemannt« – da könnt' man schon Gespenster sehen! ... Die Haustüre ist jedes Mal, nachdem ich sie geschlossen habe, wieder sperrangelweit geöffnet, die Gäste sind schon im Bett. Wenn es der Wind wäre, müßte man doch was hören? Seltsam ... Herrschaftszeiten, ist das ein Lärm! Gut, daß die Blumenkästen vor den Fenstern und der Veranda nun fest montiert sind: Früher gab es in solchen Sturmnächten traurige Abstürze, denen so manche Knospe zum Opfer fiel.

3. Juli: Absolutes Sauwetter. Um zwölf Uhr kommt ein einzelner Wanderer, mit einem Einkaufsnetz in der Hand. Man hört ihn die Hütte betreten und wieder verlassen. »Der ist wohl nicht ganz dicht«, meint Hans. Das vermute ich auch, trete aber ins Freie, um nachzusehen, was los ist. Und da steht der Mann im Regen mit seinem Netz und ist ganz unentschlossen: Er würde schon gerne rein kommen, sagt er, aber Hüttenschuhe habe er leider nicht dabei. (»Das Betreten des Raumes ist nur mit Hüttenschuhen gestattet«, steht auf einem Schild an der Stubentüre. Manche Leute nehmen das *zu* wörtlich!) Ich beruhige den armen Kerl, der nun seinen Schirm im Vorraum aufspannt mit der Bemerkung »der wird doch hier nicht geklaut, oder?«. Biete ihm

Pantoffel an, er wünscht sich ein »Erbse-Süppsche«, das hatte ich für uns schon auf's Gas gestellt. So löffeln wir nun zu dritt, und der Mann kommt vor lauter Schwärmen über die schönen Gebirgsbäche mit ihrem klaren Wasser –«schon das ist ja ein Erlebnis für einen Flachländer« – kaum dazu, den Löffel in den Mund zu führen.

4. Juli: Trotz Schlechtwetter ziemlich viel Betrieb. Um viertel nach zehn fall ich todmüde ins Bett, kurz darauf höre ich Schritte im Gang. Zieh mich wieder an, gehe runter, mache Licht. Zwei total durchnäßte Neulinge: »Wir haben uns etwas verspätet, weil wir unten das Fußballspiel angesehen haben. Gibt's noch was Warmes?« Das trauen die sich fragen! (Zehn Uhr Hüttenruhe!) Gebe den beiden Tee und bin so grantig, daß ich Übernachtung und Getränk kassiere, während sie noch in der Unterhose dastehen. Trotzdem bekomme ich ein großzügiges Trinkgeld, »für die Überschreitung«, was nun wiederum mich ein wenig beschämt. Aber sie waren ja wirklich nicht kraft höherer Gewalt verspätet, da würde man eher Mitleid verspüren!

5. Juli: Ein dick bebrillter Herr holt aus seinem Rucksack eine große Flasche Papierkleber und fixiert damit Briefmarken auf eben beschriebene Postkarten. Er habe kein Vertrauen zu dieser Gummierung, erklärt er mir, da sei mal 'ne Marke runter gegangen, und er habe drei Mark für Nachporto bezahlen müssen. Fast könnte man meinen, daß die bei der Post die Dinger absichtlich so schlecht kleben lassen – da müsse man eben selbst vorbeugen!

Mißtrauen wird auch am Abend öffentlich zum Ausdruck gebracht: Ein Gast aus Bremen bezweifelt, daß in seiner Glühweintasse wirklich ein viertel Liter Wein drin war. Damit er es überprüfen kann, bringe ich ihm meinen Erbswurstpulver-Meßbecher mit der entsprechenden Wassermenge, er kippt sie in seine Tasse um und schüttet die grüne Flüssigkeit anschließend ganz gierig in sich selbst hinein! Die anderen Gäste müssen lachen.

6. Juli: Gespräch in der Veranda: »Haben Sie alte Decken für unseren Hund? Der ist so naß, der verkühlt sich, wenn er auf dem

kalten Boden liegt. Wissen Sie, das ist nämlich ein Stubenhund, der ist das nicht gewohnt. Letzten Herbst hätte er beinahe eine Lungenentzündung bekommen, und das muß ja nun im Urlaub wirklich nicht sein!« Leider kann ich im Moment bloß einen Stapel Zeitungen als Unterlage anbieten, später sehe ich, daß »Herrli« seinem Hund das einzige Reservehemd übergestülpt hat, während er selbst mit nacktem Oberkörper in der Kälte sitzt.

7. Juli: Nach unruhiger Nacht reißt mich kurz vor sieben Uhr der Lärm von Soldaten aus dem Schlaf, natürlich wollen die um diese Zeit noch nichts. Um so heftiger ist dafür das Begehren einer Frau, die bei uns übernachtet hat: Sie läuft mir durch einige Türen und zwei Privaträume bis zum Klo nach, um einen Liter Teewasser zu bestellen! Ich hab ihren Auftrag auf der Schüssel entgegen genommen.

9. Juli: Leise klopft Regen auf das Dach, deshalb würde ich gerne noch ein bißchen schlummern, aber man hört schon ständig Türen gehen, also muß ich um sechs Uhr raus. Überall laufen bereits Männer mit Waschbeuteln herum, daß die, verdammt noch mal, bei diesem Wetter nicht länger schlafen können? ... Einen Monat lang fast ständig Regen, Kälte und Nebel – das ist gar nicht leicht zu ertragen. Nach tagelanger »Waschküche« ist schon der Anblick der nahe gelegenen Baumwipfel ein freudiges Ereignis!

10. Juli: Der einzige Mittagsgast erzählt begeistert vom Liebesspiel der Alpensalamander, das Barometer steht unverändert auf veränderlich ... Am Nachmittag setze ich Zirbenkerne aus, die uns ein Sektionsmitglied per Post geschickt hat, und sinniere über unsere eigene Kost: Abwechslungsreich ist sie nicht, und bei schlechtem Wetter ißt man zu viel Schokolade!

13. Juli: Heute war ich zehn Stunden lang ganz alleine mit dem Regen, da hab ich mich in der Stube auf einen Tisch gesetzt, Wanderlieder geschmettert und mir gewünscht, daß ich ein Musikinstrument spielen könnte! Weil dem leider nicht so ist, hab ich mir wenigstens mit Worten Mut gemacht: »Alles Schöne geht

einmal vorüber, und das Glück verläßt Dich ab und zu, sei nicht traurig, lache nur darüber, Du bist ein Zigeuner ohne Ruh. Ziehe Deine Wege ruhig weiter, fällt es Dir auch noch so schwer: Einmal scheint die Sonne wieder heiter, und die Sorgen drücken Dich nicht mehr.« Diese letzte Strophe von »Ist das nicht ein wunderbares Leben?« hab ich immer wieder ganz laut wiederholt.

14. Juli: Einundzwanzig Uhr. Nebelschleier draußen vor der Türe, Tränenschleier vor den Augen. Abrechnen. Kirschlikör trinken. Dem Knistern des Ofens lauschen ... Bin matt, hab noch nichts gegessen. Stelle Suppenrest von Mittag auf den Herd, hol eine Kerze, wundere mich, daß ich das Licht nicht anmachen will ... Drinnen tropft der Wasserhahn, draußen der Regen vom Dach. Hoffentlich kommt keiner mehr.

15. Juli: Als ich am Morgen in die Küche komme, hat es, trotz Feuer am Vorabend, nur noch sieben Grad. Prognose aus dem Radio: »Regen, für die Jahreszeit zu kühl. Wir weisen darauf hin, daß der Wetterbericht ohne Genehmigung des Wetteramtes München nicht veröffentlicht werden darf.« Welcher Menschenfeind würde einen solchen Bericht auch noch verbreiten wollen?

16. Juli: Dauerregen. Erst um neun Uhr aufgestanden. Kein Besucher. Briefe schreiben und Häkeln. Spaziergang Richtung Rehberg: Herrliche Laubbäume und Kreuzblumen, romantisch im Nebel. Zwei gefällte Birken, die ich am Weg entdecke, müßten an Ort und Stelle zersägt werden, dann könnte man ihr Holz Stück für Stück zur Hütte tragen.

17. Juli: Dichter Nebel, trotzdem etliche Besucher. In der Veranda sitzen fröhliche Zecher: »Trinken Sie doch einen mit uns!« *Einem* Schnaps stimme ich zu, bei der zweiten Einladung ziere ich mich. Da läuft mir eine Frau in die Küche nach: »Schenken Sie sich doch Wasser ein! Und mir bitte auch!« »Nein, das kenn' ich schon, da riechen die Spender dran, und dann steht man blöd da, ich kann den Ihren höchstens verdünnen, damit er nicht so stark ist!« »Na gut, dann schenken Sie halt zwei Verdünnte ein!«

Und wirklich macht der Spender am Tisch eine Schnüffelprobe, das Ergebnis scheint ihn zu überraschen: »Tatsächlich! Schnaps!!« (Man muß nur aufpassen, daß man die Verdünnten nicht vertauscht.)

18. Juli: Herrliches Wetter, alles atmet auf. Der erste Besucher fragt, was ich zahlen muß, daß ich hier wohnen darf. Ein anderer gibt sofort nach Ankunft allen Anwesenden seine Marschzeit bekannt und beschwert sich, daß er noch nie Gemsen gesehen habe. »Kein Wunder«, sage ich, »wenn Sie so schnell laufen, da sieht man eben nichts!« ... Rundum zufrieden ist ein Fünfundsiebzigjähriger aus dem Sauerland, der zum ersten Mal in seinem Leben das Hochgebirge sieht: »Also, so toll hab ich mir das nicht vorgestellt! So ein schönes Fleckchen Erde!« Da freut man sich mit.

19. Juli: Das Zwischenhoch ist schon wieder vorbei.

20. Juli: An der Westseite der Hütte wachsen im Schutz von Latschen zwei Laubbäume, ein Vogelbeerbaum und ein Ahorn. Von letzterem hatte ich befürchtet, daß er abgestorben sei, dabei ist es bloß so kalt gewesen, daß die hellgrünen Blätter erst jetzt (Mitte Juli!) kommen. Muß hübsch aussehen, wenn sie sich im Herbst gelb färben. Wie lang das wohl braucht, bis daraus ein großer Baum wird?

22. Juli: Erster richtiger Sommertag, kann mit nackten Beinen rumlaufen! Starker Ansturm zu Mittag, alle Leute sind selig über die Sonne. Eine ältere Dame traut sich nicht in die Küche, weil ihre Hose von einem Sturz verschmutzt ist, darum hat sie ein junges Mädchen gebeten, Suppe und Bier für sie zu beschaffen. Als ich das Malheur bemerke und eine Kleiderbürste anbiete, ist die Frau gerührt und gibt zwei Mark in die Hüttenkasse.

23. Juli: Ein Vater mit drei Söhnen will nicht glauben, daß die Höhenlinien auf der Karte keine Wege sind, und ein junger Mann aus Pirmasens fragt, wie man Hüttenwirt wird, er habe das zivilisierte Leben satt. Fast täglich äußert einer der Besucher den

Wunsch, Hüttenwirt zu werden. Ebenso oft wird man aber auch gefragt, ob das nicht furchtbar einsam sei, »so ohne Fernsehen und Disco«.

24. Juli: Zwei Burschen mit toller Ausrüstung haben zwei mal versucht, die Tiefkarspitze (Schwierigkeitsgrad 2-3) zu erklimmen. Jedes Mal sind sie um halb fünf schon weg, beide Male ohne das Ziel zu erreichen. Dafür sortieren sie stundenlang Haken und Karabiner, und auch ihre Helme liegen immer auf dem Tisch, an dem sie sitzen.

25. Juli: Was die Leute von mir so alles brauchen: Gurte für kaputte Rucksäcke, Pappe für Einlegesohlen, Gläser für Erdbeeren und Käfer. Schnürsenkel und Lumpen für Schuhe, Holz zum Schnitzen für die Kinder, Isoliermatten, Reservefilme und Hosenträger. Ausgewachsenes Zwiebelgrün für Wespenstiche, Nadeln zum Nähen und Aufstechen von Blasen, zum Verkleben wunder Füße Leukoplast.

26. Juli: Einer läßt sich lang und breit unsere Speisekarte erklären: Was denn ein Spezi und ein Radler sei, ob der Schinkenspeck schön mager wäre und die Erbsensuppe selbst gemacht. Anschließend bestellt er eine Scheibe Brot, ein Päckchen Senf und ein Glas Leitungswasser.

27. Juli: Über Nacht mehr Gäste als Matratzen, darum hab ich im Kammerl hinter der Küche geschlafen. Um fünf Uhr läutet der Wecker, um fünf Uhr fünf setze ich den Holzofen in Betrieb, um fünf Uhr zehn sind alle Wassertöpfe aufgefüllt (ca. vierzig Liter), um fünf Uhr fünfzehn stehe ich unter der heißen, um fünf Uhr siebzehn unter der kalten Dusche. Danach bin ich voll da. Privatfrühstück um fünf Uhr dreißig, ab fünf Uhr fünfundvierzig Herrichten von Tellern mit Marmeladebrot, Tassen mit Teebeuteln und Kaffeepulver. Ansturm ab sechs.

Zunächst ziemlich wenig Tagesbesucher, doch dann geht ein Gewitter los. Verhinderte Gipfelstürmer kommen total durchnäßt zurück, Müllsäcke werden zu Regenmänteln umfunktioniert. Ein paar Leute bitten um die Erlaubnis, im Waschraum auf ihrem Kocher Suppe zubereiten zu dürfen. Ein Pärchen hockt ewig eng umschlungen neben der Küchentüre, erst als ich mich zum x-ten Mal an den beiden vorbeiquetsche, beschließen sie, die noch fast leere Stube zu betreten. Zu ihnen gesellt sich ein Familienvater, der mir gleich vorbeugend bekannt gibt, daß er nichts bestellen und auch keine Hüttengebühr entrichten könne, weil er seine Brieftasche bei Touren immer im Auto lasse – aus Angst, sie unterwegs zu verlieren!

Als es ohrenbetäubend donnert und hagelt, stürmen an die hundert Reservisten herbei. Jeweils zehn Mann stellen sich in die acht Quadratmeter große Küche, um Suppe und Wurstbrot, Bier und Schnaps zu verschlingen, und zwar möglichst schnell, damit die nächsten wieder Platz haben. Alle wirken ziemlich geschockt – kein Wunder, erst gestern soll es auf der Zugspitze bei einem Gewitter Tote und Verletzte gegeben haben, und einer der Reservisten hat am Wörnersattel in Panik sogar seinen Rucksack verloren.

Das Unwetter ist wirklich heftig: In Gräben, die sonst trocken sind, rauschen Wildbäche zu Tal, die Tiefkarspitze scheint nur noch aus Wasserfällen zu bestehen. Sogar im Hüttengang steht das Wasser, von Gästen abgetropft, so hoch, daß ein kleines Kind voll Staunen bemerkt: »Oh, da hen 'se gewischt!« ... Nach einer Stunde ist der feuchte Spuk endlich vorbei.

28. Juli: Ein Mann holt alle zehn Minuten einen Schoppen Rotwein, ich erlaube mir deshalb, leicht beunruhigt, die Bemerkung: »*Sie* saufen ja nicht schlecht!« Darauf er: »Der ist nicht für mich, der ist für meinen Nachbarn, der kann nicht mehr gehen!«

30. Juli: Ein Medizinprofessor aus Heidelberg besteht darauf, in der Küche eine halbe Stunde lang seine eigene Erbswurstsuppe zu kochen. Meine übrig gebliebene Suppe wird über Nacht sauer und muß weggeschüttet werden.

1. August: Morgentau. Schon wird es Spätsommer ... Einer bestellt gar nichts, sitzt aber lange da und trinkt eigenes Bier, während ich mir die Mittagszeit in der Veranda lesend um die Ohren schlage, bemerkt dazu irgendwann neidisch: »So läßt sich's

leben!« Als er sich später verabschiedet, ist eine freundliche Belehrung fällig: »Und wenn Sie das nächste Mal kommen, brauchen Sie kein Bier mitbringen, das ist nämlich gar nicht erlaubt! Weil es sich eben so *nicht* leben läßt – oder können *Sie* von der Schönheit alleine leben?« »Na ja, das ist eigentlich auch wahr«. Ein paar Minuten nach seinem Abmarsch kehrt der Mann zurück, lädt mich und neu eingetroffene Gäste zu einer Runde Obstler ein, weil er sich »doch so daneben benommen« habe. Ich lache und trinke mit.

3. August: Am Morgen bedeckt, ganz kurz sanfter Regen, dann wieder strahlende Sonne und sehr heiß. Der dritte Tag hintereinander, wo um dreizehn Uhr kein Mensch hier ist. Die wenigen Leute, die vorbei kommen, sind von der Hitze ganz benommen, einer muß sich übergeben: Sonnenstich!

4. August: Stinklangweilig ist es heute, und schwül ... Ein Bub schnitzt seelenruhig an unserem Terrassengeländer herum, der daneben sitzende Vater sagt nichts ... Eine Schweizerin beschwert sich, daß das Würstchen in der Suppe schon zerschnippelt ist: »Da weiß man ja gar nicht, wie das vorher ausgesehen hat!«

6. August: Vier Bergsteiger kommen daher wie nach der Bezwingung des Nordpols: mit dicken Lodenmützen, riesigen Goggelbrillen und einem Seil, das sie um den Hals geschlungen haben. Nach einem relativ einfachen Höhenweg, an einem heißen Hochsommertag. »Abstieg mit Rucksack nicht ungefährlich«, schreiben sie ins Hüttenbuch. Haben lauter Sonderwünsche, nach dem Essen hauen sie auf die Pauke, erst beim Zahlen ist's dann mit der Lustigkeit vorbei. Ein Kerl will mich ständig antappen, das hab ich vielleicht dick! Beinah schmeiße ich ihn um, die Tour muß ihn ganz schön geschafft haben! ... Am nächsten Morgen will er auch noch ein Photo von mir und der Hütte, und ich stell mich hin und komm mir vor wie ein Kasperl. Mit scherzhaftem Augenzwinkern sag ich: »Ohne Gage nicht, fünfzig Pfennig in die Hüttenkasse!« Da ist der Mann richtig empört: »Ja, haben wir denn gestern abend nicht genug Gage gemacht?«

7. August: Ein Gast gibt allen Anwesenden lautstark bekannt, daß sein Punktestand für das Wanderabzeichen derzeit dreihundert und achtzehn betrage. Ein anderer will wissen, warum wir uns weder eine Kuh noch Legehennen halten.

8. August: Wieder mal wildes Gewitter, seit zwei Stunden kein Gast. Wird auch keiner mehr kommen, denke ich, und schneide in der Stube, dem hellsten Raum der Hütte, meinen Pony. Da geht die Türe auf! Ich fege die Haarschnitzel von Tisch und Gesicht, zwei junge Damen treten ein. »Jetzt kommen die total Bekloppten«, so stellen sie sich vor, »sind sie bös, wenn wir hier in der Unterhose rumlaufen?« Nein, das kommt öfter vor« ... Den Stubenofen hatte ich schon vorher angeheizt, nasse Kleidungsstücke können nach dem Auswringen im Freien auf einer Stange über den heißen Kacheln gut trocknen. Die fröstelnden Frauen bekommen Decken zum Einwickeln und, da ich gut aufgelegt bin, zwei alte Pullover von mir. Sie wollten »nur mal eben« ein Goldkettchen suchen, das sie am Vortag auf einer bestimmten Wiese verloren hatten, nun sind sie zutiefst bewegt über das unerwartete Unwetter. »Seid froh«, sage ich, »so ein Erlebnis vergißt man lange nicht, da habt ihr was zu erzählen!« Das Ketterl haben sie genau beim ersten Donnerschlag gefunden!

Als sich die Erschöpften halbwegs aufgewärmt haben, kommt auch noch ein alter Stammgast: »Man muß dem Herrgott danken für jeden Tag, den man gesund erleben darf!« Ich vermute eine Anspielung auf das Gewitter, aber er fährt fort: »Zwölf Tage war ich auf der Intensivstation!« ... Nun möchte er zur Überprüfung seiner Kräfte eine anspruchsvolle Überschreitung gehen: »Da sind Sie froh, daß sie eben dem Tod von der Schaufel gesprungen sind, und dann nehmen Sie sich so was vor!« Ich mahne ihn, daß dies nicht ungefährlich sei, er aber meint: »Da draußen sterbe ich tausendmal lieber als in so einer Klinik, da ist man ja kein Mensch mehr.«

9. August: Zu Mittag spielt ein Gast Zither, ein anderer kommt zu mir und fragt, wie er sich diesem gegenüber erkenntlich zeigen könnte, ohne zu beleidigen: »Ein Geldstück hinzulegen, das

kommt mir blöd vor«. Zahlt schließlich die Getränke des Musikanten, ich spendiere Suppe und Brotzeit. Wunderschön, mal ein bißchen Musik zu hören!

Auch am Abend kein Streß, nur sechs Leute da, ich nehme im Freien Platz für gemütliches Nachtmahl, da kommen zwei junge Wiener: »Was gibt's denn zu essen?« Beim Wort »Erbswurstsuppe« verziehen sie die Mundwinkel, ich biete also Spaghetti an und setze erneut welche zu, nachdem die anderen Gäste ihre Nudeln schon verschlungen haben. Dann esse ich, bevor den Burschen die inzwischen fertigen Nudeln aufgetragen werden ... «Guat war's, und was habt's no?« Zum Bedauern der beiden gibt es weder Mehlspeisen noch etwas zum Rauchen, sie müssen sich mit Wurst-und Käsbrot sowie »Manner Schnitten« benügen: »Da kriag ma zwa Packl.« Nach Verzehr des süßen Packls sagt der eine: »I g'frei mi scho auf's Frühstück!« »Warum, seid's so hungrig?« »Ja.«

10. August: Eine junge Familie mit Stoffhalbschuhen trifft nach mehrfachem Stolpern endlich bei uns ein. »Hier geht doch sicher noch ein *anderer* Weg runter?« fragen sie hoffnungsvoll. »Ja, aber das sage ich ihnen gleich, besser ist der nicht, im Gegenteil ... « Da kommt ein alter Mann fröhlich auf dem anderen Weg von unten angekeucht. »Ach, sagen Sie mal, wie ist denn *ihr* Weg? Steinig?« »Na, ich bitte sie, steinig natürlich schon, das Gebirge ist ja kein Kurpark!« Aus der Unbekümmertheit des Alten schließen die Jüngeren, daß *sein* Weg viel besser sein muß. »Da gehen wir *da* runter!« Nun fragt der Mann, der offensichtlich gut zu Fuß ist, seinerseits: »Wie ist der Weg, den *Sie* gekommen sind?« »Na, da müssen sie sich schon mal mit allen vieren festhalten.« »Ach nee, dann laß ich den lieber bleiben, in meinem Alter muß man vorsichtig sein.« Und so geht er unbeschwert den unbequemeren Weg zurück.

11. August: Heute war eine junge Schwarze aus Uganda da, mit Dutzenden von Perlen in den dünnen Zöpfen. Wenn wir hier 'ne Seilbahn bauen würden, meinte sie, dann kämen viel mehr Leute, und dann hätten wir viel Geld und bräuchten nicht die ganze Arbeit selber machen, dazu gäb' s doch schließlich Perso-

nal. Ihre Mutter habe elf Kinder, aber noch niemals Hausarbeit gemacht, und darum sei sie auch so richtig schön dick!

12. August: Ein Vater mit erwachsenem Sohn verkündet: »Also, ich bin beim IVV schon sechsunddreißigtausend Kilometer gewandert, so hohe Auszeichnungen, als da angemessen wären, gibt's ja gar nicht!« Erzählt mir genau, wann er wo für welche Tour wie viele Punkte bekommen hat, und daß es stets Leute gäbe, die ihm das nicht glauben würden – dabei marschiere er ja immer schon um vier Uhr morgens los ... Hie und da gelingt es mir, mich von dem Angeber mit seinen Geschichten loszureißen, mit der Entschuldigung, daß ich mich auch um die anderen Gäste kümmern müsse. Da fragt er mich plötzlich »Sagen Sie mal, warum laufen Sie denn immer weg, haben Sie Angst vor uns? Wir tun Ihnen doch nichts, wir sind doch Vater und Sohn!«

13. August: Kinder freuen sich über den Aufzieh-Frosch im Brunnentrog, und »Tiger«, der Hund des Schäfers, über die vielen Schwarten, die bei der Zubereitung von Eintopf abgefallen sind. Die Dohlen boykottieren uns derzeit, dafür wird ihr Futterbrett wiederholt von Eichelhähern aufgesucht. Und neulich drehte sogar ein Adler ganz nahe bei der Hütte seine Runden, wir haben sein schönes Gefieder ausgiebig bewundern können.

14. August: Einer berät einen anderen ausführlich über sämtliche Wege, dann spricht er eine Warnung aus: »Das sag ich Ihnen auch noch, glauben Sie ja nie, was Ihnen die Leute sagen, die erzählen oft so einen Blödsinn!«

15. August: Mariä Himmelfahrt. Strahlendes Wetter, der erwartete Massenansturm setzt am Nachmittag ein. Wir bringen es auf fünfundfünfzig Übernachtungsgäste, acht von ihnen müssen in der Stube schlafen. Da ich den Betrieb wegen Bauarbeiten alleine schupfe, muß das Abendessen abgesagt werden, es gibt bloß Suppe. Mehr schaffe ich nicht, weil alle mit Riesendurst ständig um Getränke kommen, und auch das Abrechnen mit so vielen Leuten ist anstrengend. Als ich um dreiundzwanzig Uhr ins Bett falle, bin ich ziemlich fertig, trotzdem kann ich lange nicht ein-

schlafen, weil mein Hirn rotiert. Außerdem atmen die fremden Leute vor meiner Kammer furchtbar laut, und wenn es jemanden zum Pinkeln aus dem Dachgeschoß ins Freie drängt, werde ich jedes Mal aus dem Halbschlaf gerissen, weil die alte Treppe so knarrt!

16. August: Körperliche Arbeit macht müde, die Wahrnehmungsfähigkeit wird eingeschränkt. Keine Zeit für Gefühle, noch weniger für Notizen.

18. August: Bin erschöpft, möchte keinen Menschen sehen ... Fühle mich irgendwie stumpf. Aber man kann halt nicht immer himmelhoch jauchzen, auch nicht hier, wo man dem Himmel näher ist ... Als wir in vermeintlicher Ruhe beim Essen sitzen, klopft es an der Türe: »Warum fliegt denn da drüben ein Hubschrauber? Ist da was passiert?« ... Ich freue mich auf die Zeit, wo man beim Essen nicht gestört wird.

21. August: Ein zehnjähriger Bub holt für seinen Vater ein Bier nach dem anderen. Immer mit der Bemerkung: »I bin heit so arg gut aufg'legt, und der Papa sagt aa, daß er so was Schönes noch nie derlebt hat!« Bei jedem zweiten Bier nimmt er für sich ein Schiwasser mit: »Jetzt trink i aa no a Halbe, weil's so arg schee is!« Flüssigkeitsbilanz des Buben am Ende des Abends: drei Liter! So viel hat durch Zufuhr von Zitronenwasser noch kein Erwachsener geschafft.

24. August: Wir sitzen am Sonntagabend fröhlich mit Freunden in der Veranda, als zwei späte Gäste eintreffen, die statt im Lager lieber im Freien schlafen wollen. Zu meiner Überraschung haben sie sich bereits um halb neun auf ihren Isoliermatten zur Ruhe begeben, an der Längsseite der Hütte, direkt neben der Eingangstreppe: »Was, hier wollt ihr schlafen, also das geht ja wirklich nicht, da tritt Euch ja nachts jemand mitten ins Gesicht!« Die beiden heben ungläubig den Kopf, machen aber keine Anstalten, sich zu verziehen ... Ich gehe um zehn Uhr ins Bett, kann allerdings so schnell keine Ruhe finden, denn irgendwo gibt es einen Höllenlärm. Am Morgen erfahre ich, warum: Ein Freund von uns

ist auf das Dach gestiegen und hat einen Kübel Wasser runter geschüttet, der die beiden Biwakierer ganz schön erwischt hat. Dann ist der Hans raus und hat die Begossenen noch gefragt: »Was macht denn ihr hier für eine Sauerei?« »Das wollen wir auch wissen, was das für eine Sauerei ist! Habt ihr denn ein Zimmer für uns?« »Nein, nur Matratzenlager.« »Danke, auf Matratzenlager schlafen wir nicht!« Nach diesem Gespräch sollen die beiden im Dunkel der Nacht verschwunden sein.

26. August: Pilzvergiftung! Grauenhafte Übelkeit, Erbrechen und Durchfall! Eine Stunde lang sperre ich zu, um mich so weit wie möglich zu entleeren, anschließend muß ich starken Betrieb ganz alleine bewältigen. Das ist furchtbar, wenn beide gleichzeitig krank werden, und man im Notfall nicht mal einen Arzt anfordern kann!

28. August: Ein Herr ist ausgesprochen reinlich, denn er wäscht gleich nach Ankunft seine Unterhosen, Hemden und Socken und breitet anschließend alles ganz malerisch zum Trocknen über Tische und Stühle. Da ich über eine Wäscheleine verfüge, bitte ich, von dieser doch Gebrauch zu machen, zumal die Sachen vom Winde umweht am besten trocknen würden. »Das hab ich mir gleich gedacht, daß Ihnen das nicht paßt, wenn ich meine Wäsche über die Stühle hänge!« Der Mann ist schon leicht beleidigt, sein Unmut wächst, als ich ihn darum bitte, seine mitgebrachten Haferflocken nicht auf sämtlichen Matratzen im Schlafraum zu verstreuen – er faßt sie dort alle fünf Minuten aus den Tiefen seines Rucksacks nach. Vollends eingeschüchtert ist er aber immer noch nicht, denn am Abend bittet er darum, in unserer Küche ein Pilzgericht kochen zu dürfen, er habe wunderbare Exemplare gefunden. Zum Beweis bringt er mir aus dem Waschraum eine Schüssel, in der Unmengen ausgewachsener Ziegenbärte eingeweicht sind. Ziegenbart, nichts als Ziegenbart! Nun mache ich den Herrn darauf aufmerksam, daß der schwer bekömmlich ist, und mir erst kurz zuvor auf Pilze so übel wurde, daß ich nun wirklich keine sehen könne. Darauf fleht der arme Kerl mich an, ihm wenigstens eine Pfanne zu leihen, dann würde er sich seinen Fund eben im Wald zubereiten; würde er das nicht,

wäre das Brocken der Pilze ja der reinste Frevel gewesen! Weil ich das auch so sehe, zieht der Mann schließlich mit einer großen Pfanne aus meiner Küche davon, nachdem er noch gefragt hat, wie lange man in den Schlafraum eintreten kann – das Feuermachen werde eventuell ja länger dauern. Aber schon nach einer Stunde bringt er die Pfanne dankend mit der Bemerkung zurück: »Ich hab sie auch wieder schön sauber gemacht!« ... Das war wohl nicht schwer, denn zwei Tage später wurden die rohen Pilze gefunden.

29. August: Heute hätten wir wieder mal ein Telefon brauchen können. Kommt ein Mann daher: »Mir ist so komisch«. Ein zufällig anwesender Arzt mißt den Puls: »Fast zweihundert, der wird nicht mehr alleine runter können«. Also eilt Hans zu Tal, um einen Hubschrauber anzufordern, und der ist erst zwei Stunden später gekommen. Zum Glück hat die Frau des Opfers Ruhe bewahrt, obwohl sie mit so was nicht gerechnet hatte, denn ihr Mann sei als Briefträger jeden Tag dreißig Kilometer gelaufen ... Wie die anderen Gäste den rettenden Hubschrauber im Gegenwind mit der Kamera festgehalten haben, hätte vor lauter Sensationslust manchen beinahe selbst der Schlag getroffen.

30. August: Zwei Stammgäste sind da zum Abschied feiern, es gibt mitgebrachten Zwetschgendatschi, Bienenstich und Sahne. Als es draußen zu hageln anfängt, gesellen sich einige Fremde zu uns in die Veranda, einer stellt sich als »Geißenpeter« vor. Sehnsüchtig schielen die unfreiwilligen Zuschauer nach den Süßspeisen, die *wir* kaum mehr bewältigen können – aber in so einem Fall muß man durchhalten! »Wenn i des nächste mal kimm, bring i Euch aa an Datschi mit«, sagt resigniert der Geißenpeter ... Tatsächlich löst er schon ein paar Tage später sein Versprechen ein.

1. September: Totales Sauwetter, kein Tagesgast, einundzwanzig der dreiundzwanzig Sonntagsschläfer bleiben eine zweite Nacht. Am Nachmittag rührt sich stundenlang gar nichts, die gesamte Belegschaft ist im Bett. Als wir uns auch ein wenig hinlegen wollen, betritt eine verwegen aussehende Gestalt die Hütte

und fragt, ob man hier in holländischen Gulden zahlen könne. Ihr folgen ein Windhund mit Regenhaut und vier weitere »Gespenster«, darunter ein Molukke.

2. September: Fünfzehn Schüler im Haus, total durchnäßt, man muß ihnen beim Trocknen der Klamotten behilflich sein. Ständig sausen sie die Treppe rauf und runter, kichern und schreien, reißen Türen auf, knallen sie wieder zu ... Am Abend verbrühe ich mir mit einem Liter Teewasser die Hand, der ununterbrochene Lärm hat mich ganz nervös gemacht.

3. September: Sehr kalt und regnerisch, gegen vierzehn Uhr Abstieg ins Tal. Ich muß dringend zum Friseur, außerdem fällt mir die Decke auf den Kopf! Hans war in letzter Zeit so mit Bauarbeiten beschäftigt, daß ich den Betrieb meistens alleine bewältigen mußte, das ist mir nun zu viel geworden. Beim Gehen spüre ich Schmerz in allen Gliedern, daheim im Badezimmer Schwindel ... Trotzdem gehe ich bald zum Einkaufen in den Ort. Besorge mir Fellsohlen für den kalten Küchenboden, eine neue Schürze, Stärkungsmittel. Und etwas ganz Besonderes zum Genießen auch: Himbeeren! Seit Jahren hab ich keine mehr gegessen, sie schmecken köstlich.

4. September: Am liebsten wäre ich unten geblieben! Die Blumen in den Gärten blühten so schön, das Schwimmbad lockte, und beim Bäcker lag der Duft von frischen Semmeln in der Luft ... Nach dem Friseur Abmarsch zur Hütte, dort kurz nach Rückkehr interessantes Gespräch: »Haben Sie immer noch bloß Staubkaffee anzubieten?« Ich nicke. »So, na dann trink ich lieber Radler. Wissen Sie, den Löskaffee trink ich daheim jeden Tag zum Frühstück, den kann ich nicht ausstehen. Warum legt ihr Euch denn keine Kaffeemaschine zu?« »Warum tun Sie das nicht – Sie haben daheim doch 'ne Steckdose, wir hier nicht!« »Ja, aber ihr seid ja immerhin ...« »Kein Kaffeehaus«, fall ich dem Gast ins Wort, »sondern eine einfache Schutzhütte.«

5. September: Totaler Massenansturm, und Hans ist mit einem Freund auf Tour! Gott sei Dank ist ein anderer, noch jüngerer

Mann, zum Helfen hier, sonst würde ich durchdrehen ... Ewige Schlange im Gang: Wir haben in der Früh reichlich Aufschnitt hergerichtet, trotzdem ist der um zwölf Uhr dreißig schon aus ... Gäste, die unbedingt eine Speckplatte wollen, »weil die so lecker aussieht«, müssen lange darauf warten, so lange, bis wir Zeit finden, den Generator für die Schneidmaschine in Betrieb zu setzen ... Als ich gegen sechzehn Uhr zum Besen greife, weil sich auf dem Fußabstreifer von den vielen Besuchern eine richtige Erdschicht gebildet hat, entsteht eine unerwartet aggressive Staubwolke, die bis ins Freie dringt. Eine Bekannte brüllt: »Was *machst* Du denn?« Zu meinem Erstaunen ist die Veranda immer noch gebrochen voll – mit alten Leuten, die nun alle husten müssen. Mit Humor gelingt es mir zum Glück, sie zu beschwichtigen, bevor das Kitzeln des Staubs in ihren Kehlen zu Ende ist.

6. September: Wieder Wahnsinnsbetrieb. Zwei weigern sich, die Hüttengebühr zu bezahlen, sind auch nicht bereit, ihre Alpenvereinsausweise herzuzeigen. Daß sie als Münchner was zahlen sollten, sei eine Frechheit, das sollten wir doch von den Preißn, den Halbschuhtouristen, nehmen, aber doch nicht von ihnen ... Wieviel das denn überhaupt koste? »Ach so, fünfzig Pfennig bloß!«, sagt der eine halblaut, den Rest denkt er sich, erschrokken über seine anfängliche Erleichterung, denn zu zahlen ist er dennoch nicht bereit. Es geht den beiden, gerade so wie uns, offensichtlich ums Prinzip. Ein dritter Mann murmelt bloß: »Über das Fuffzgerl hab ich mich voriges Jahr schon aufg'regt, na reg ich mich heuer nimmer auf.«

8. September: Schwaben, die bis nach Mitternacht im Schlafraum gelärmt haben, sind auch in der Früh sehr laut. Beim Abschied fragen sie: »Schön war's hier, dürfen wir wiederkommen?« »Nur, wenn ihr Oropax mitbringt!« ... Im Tagesverlauf treffen erneut Schwaben ein, die zum Glück nicht so laut sind wie die vom Vortag, dafür ausgesprochen hilfsbereit. Auch zehn Schüler sind ruhig und höflich, manche gehen, vom Höhenweg ermüdet, schon um acht ins Bett. Um dreiviertel zehn ist die Stube völlig geräumt, kurz nach zehn bin ich mit dem Spülen

fertig und kann in Ruhe essen, nach einem Sechzehnstundentag, der mich nicht geschlaucht hat, weil die Gäste freundlich waren.

9. September: Erholsame Nacht, die vierzig Schläfer haben nicht einmal geschnarcht! Von sieben bis acht fertige ich alle ab, um neun Uhr ist das Geschirr gespült. Trotzdem komme ich nicht zum Aufräumen der Lager, es treffen *zu* bald neue Gästescharen ein.

10. September: Der Schäfer war, drei Tage nach dem Abtrieb seiner Herde, noch mal da, um eine Nachzüglerin zu holen. Die ließ sich nicht packen, an einem Graben stürzte sie schließlich ab. Sofort kreisten Dohlen über der Stelle, Stunden nach dem Unglück liegt das Tier noch dort. Ob es sich erfängt? Ein anderes Schaf mußte mit einem Akja abtransportiert werden: Schwitzend und keuchend brachte der Hirte das schwere Gerät mit einem Freund zurück – obwohl Hans gesagt hatte, man könne mit dem Rücktransport bis zum nächsten Hubschrauber warten.

11. September: Am Abend sind ein paar sehr alte Herren aus Norddeutschland da, die singen richtig lustig und wollen mir einen Liederwunsch erfüllen: »Mei Muatterl war a Weanerin«. Ein köstliches Gejaule! »Unsere Jungs«, die Bauhilfskräfte von der Jugendgruppe, zerkugeln sich vor Lachen! Die Herren: »Ach, wünschen Sie sich doch was Leichteres, von Störtebeker oder so!«

12. September: Ein Gast hat sein Schiwasserglas rundherum und von oben bis unten mit Butter beschmiert, andere lassen ihren mitgebrachten Müll auf den Tischen liegen: Saftkartons, Zigarettenschachteln, Joghurtbecher, leere Flaschen ... Dabei sind die aufgestellten Müllbehälter wirklich nicht zu übersehen.

13. September: Wieder weigert sich einer, fünfzig Pfennig Hüttengebühr zu bezahlen. Der Alpenverein kriege von ihm nichts, das ganze Stubai sei zerstört. Er habe für diesen Verein schon

genug gearbeitet, und niemand habe es ihm gedankt ... Ein anderer Gast hat den Zahlungsbeleg mal für einen Gutschein gehalten und ist extra noch mal gekommen, um ihn einzulösen!

15. September: Manche Gäste äußern Wünsche, die wir nicht erfüllen können: »Haben Sie einen Blutdruckmesser hier?« »Nein.« »Das ist aber schade, mein unterer Wert hätte mich besonders interessiert!« ... Ein äußerst musisches Geschöpf konnte ein anderes Mal kaum begreifen, daß wir in der Hütte keinen Notenständer haben.

16. September: Eine ältere Frau, die mir irgendwie bekannt vorkommt, stürzt keuchend in die Küche: »Ich hab Ihnen gestern zwanzig Mark gegeben, und Sie haben mir nur auf zehn raus gegeben!« »Ja, warum haben Sie das nicht gleich gesagt?« »Ich hab's nicht gemerkt, weil ich meine Brille nicht dabei hatte.« »Ja, vielleicht haben *Sie* sich dann verschaut, und es war doch bloß ein Zehner?« »Ganz bestimmt nicht, ich steck immer zwanzig Mark ein!« Die Frau ist eigens noch mal zu uns hoch gelaufen, obwohl sie schon am gleichen Abend die Heimreise antreten muß. Was bleibt mir da anderes übrig, als ihr den zweifelhaften Zehner zu geben? ... Beim Kassieren kann man gar nicht gut genug aufpassen, vor allem, wenn einem die Leute zur gleichen Zeit ein Gespräch über etwas ganz anderes aufdrängen, zum Beispiel die Wege und das Wetter.

17. September: Ein Herr, der bei mir vor Stunden *einen* Schoppen Wein bestellt hat, klagt: »Meiner Frau ist so schlecht von dem Rotwein!« »Aber nicht von unserem!« Andere Gäste pflichten mir bei: »Also ehrlich, wir haben da mehr getrunken als die Frau, aber wir spüren gar nichts.« Des Rätsels Lösung liegt in der Mülltonne: drei leere Weinflaschen *mir* nicht bekannter Herkunft!

19. September: Alle Jahre wieder kommt einer, der beim Bestellen regelrecht die Hacken zusammenschlägt, mir mit der rechten Hand den Mitgliedsausweis in Kopfhöhe entgegen schleudert und in barschem Ton befiehlt: »Alpenverein, ein Schiwasser!«

Jetzt hab ich mich daran gewöhnt, aber bei seinem ersten Auftritt bin ich ganz schön erschrocken!

20. September: Während sich manche Gäste nach der Ankunft kaum bei der Haustüre rein trauen, gibt es andere, die sofort ohne zu fragen in die private Küche stürzen, um dort nach Besteck und Schneidbrettchen zu suchen! Und immer wieder gibt es welche, die über dem Küchenherd ihre verschwitzten Hemden trocknen wollen – auch wenn der gar nicht in Betrieb ist und draußen die Sonne scheint!

21. September: Lob tut einem schon gut, auch wenn es nicht ganz zutrifft: »Sind Sie hier die Sennerin? Also, das muß ich Ihnen sagen, so eine saubere Alm hab ich noch nie gesehen, das ist ja unglaublich!« Ebenfalls unglaublich erschien vor einigen Tagen einem anderen Gast folgender Eintrag im Hüttenverzeichnis: »Kein AV-Schloß!« Seine Reaktion: »So ein Blödsinn, das ist doch wirklich eine *schöne* Hütte!«

22. September: Wir sichten ein ballonartiges Flugobjekt, das abwechselnd steigt und fällt; manchmal ist es irre schnell, dann bleibt es wieder stehen. Als es endgültig in den Latschen gelandet zu sein scheint, präge ich mir die betreffende Stelle ein, denn es hing so etwas wie eine Karte an ihm dran. Vielleicht könnte man damit irgendwo was gewinnen? Leider nicht, denn der silbrig grüne Ballon taucht plötzlich wieder auf, steigt und steigt und steigt, entschwindet schließlich über den Wörner nach Österreich ... Ein Motorsegler ist auch schon mal ganz knapp über die Hütte hinweg geflogen, und Drachenflieger kommen immer wieder vorbei. Adler sichtet man dagegen selten.

24. September: Es ist furchtbar heiß, seit heute früh läuft kein Wasser mehr nach. Das merkt auch ein Gast nach vergeblichem Drehen am Hahn des Brunnentrogs: »Schade, ist bloß 'ne Atrappe!«

25. September: Wie wohl das Wetter wird? Der Frühherbst war eine Mischung aus Nebel und irren Föhnstürmen, die einem die

Luft zum Atmen vor dem Mund wegschnappten. Deshalb ist innerhalb von zwei Wochen alles ausgetrocknet, der Reservetank bleibt bis zum nächsten Regen für die Küche reserviert, die Waschräume werden geschlossen. Manche meinen »das ist doch wohl 'n Scherz!«, wenn wir ihnen sagen, daß die nächste Waschgelegenheit zehn Minuten weiter an einem Wassergraben liegt, andere können das sehr gut verstehen: Voll Hilfsbereitschaft absolvieren sie den abendlichen Rückweg von der Wasserstelle mit aufgefüllten Kanistern, damit sich in der Früh alle Hüttengäste die Zähne putzen können.

26. September: Zwei Männer fordern mich am Abend auf, an ihrem Tisch Platz zu nehmen, ich aber freue mich schon den ganzen Nachmittag auf etwas anderes: »Sei'n Sie mir bitte nicht böse, aber ich würde jetzt lieber Zeitung lesen, seit vierzehn Tagen bin ich nicht dazu gekommen!« Da sind die beiden ganz beleidigt: »Na bitte, wenn Sie sich nicht mit *uns* vergnügen wollen ...« Später setze ich mich doch noch zu ihnen, da wird der eine mitten im Gespräch vom Schlaf übermannt. Mit dem anderen kann ich auch nicht viel anfangen.

27. September: Es ist jedes Jahr das Gleiche: Im Herbst hat man plötzlich zu gar nichts mehr Lust, und von Tag zu Tag wächst die Vorfreude auf das Tal mit seinen nebensächlichen, aber doch schönen Kleinigkeiten, die einem das Leben abwechslungsreich machen.

28. September: Herrliches Wetter, trotzdem nicht so arg viel Tagesbetrieb: Die Leute sind wohl auf dem Oktoberfest. Bei uns haben viele nicht nur ihre Brotzeit, sondern auch Getränke selbst dabei – weil man um diese Jahreszeit nie wisse, ob die Hütten noch geöffnet haben ... Daß ich gestern am Abend alle Schlafplatzbewerber unterbringen konnte, war immerhin ganz angenehm: an den anderen Wochenenden im September hab ich immer welche zum Übernachten ins Tal schicken müssen.

29. September: Hans hat mit dem Holzmachen begonnen, und einige Gäste sind beleidigt, weil er die Motorsäge nicht gleich bei

ihrem Eintreffen abgestellt hat! Soll er denn mit dieser wichtigen Arbeit auf den nächsten Regen warten, der bei sinkender Temperatur leicht zum Schneesturm wird? Zu Mittag pausiert er ohnehin.

1. Oktober: Wenn die Vorräte im Keller schwinden, dann ist es bald vorbei, das Immer-da- und stets Bereit-sein-müssen, dann kann ich selbst bald wieder wandern. Seit Mitte Juli war ich, vom einzigen Talgang abgesehen, keine Stunde von der Hütte weg!

2. Oktober: Die Tage werden mystisch und die Vogelbeeren rot. Vom Rehberg hört man das Röhren der Hirsche ... Geweckt werden wir durch den Lärm eines zerberstenden Aschenbechers in der Veranda, ein früher Besucher hat ihn mit seinem Rucksack vom Tisch gefegt ... Bald folgt ein Gipfelstürmer dem anderen, den Wörner haben sie im Sinn, sogar mit Hunden, oder auch eine Überschreitung, und alle wollen Auskunft oder das Gepäck abstellen ... Als eine Langlauf-Trainings-Gruppe der Bundeswehr vorbei keucht, riecht es nach Schweiß, und am Abend gibt es endlich Regen.

4. Oktober: Etwa zweihundert Meter unterhalb der Hütte entdecke ich beim Umherstreifen einen Schlafsack, der mit einer Reepschnur und Haken am Hang befestigt ist: darin Würmer, eine verrostete Taschenlampe und ein blau kariertes Hemd, völlig zerrissen. Ist hier wer verunglückt, und wenn – wann? Als ich Hans von dem schrecklichen Fund berichte, erzählt er mir, daß vor vielen Jahren einer erfroren sei, weil er die Hütte im dichten Nebel nicht gefunden habe. Da hat die Bergwacht, als sie ihn barg, wohl seine Sachen vergessen.

6. Oktober: Wenn kein Gast da ist, fragen Passanten ganz unsicher: »Was ist denn hier los? Etwas nicht in Ordnung?« Ich sitze dann draußen und grüße die wenigen, die an der Hütte vorbeigehen – nicht alle grüßen zurück.

7. Oktober: Auch heute wird sich wohl nicht viel rühren, es ist ziemlich trüb. Da kommen Soldaten: ein Zug, zwei Züge, drei

Züge. Wie die dritte Gruppe eintrifft, ist die zweite eben erst im Aufbruch, und ich habe kein einziges Glas mehr in der Küche ... Fühle mich total gestreßt: Da mit Ansturm nicht zu rechnen war, hatte ich bei Ankunft des ersten Zugs eben das Mittagessen auf den Tisch stellen wollen! Das kümmert nun Stunden vor sich hin ... Hans ist deswegen ganz grantig.

9. Oktober: Daheim war gestern eine Nachricht von der Post: »Paket abzuholen, Sendung beschädigt, Inhalt vermutlich ausgelaufen. Absender: Anton H.« Wer ist Herr H.? Der Name sagt uns zunächst gar nichts. Erst, als Hans das Paket im Postamt öffnet, werden Zusammenhänge klar: Der Briefträger mit dem Herzanfall hat sich wieder erholt und als Dank für unsere Bemühungen eine Flasche Schnaps geschickt! Dazu ein Krügel und einen langen Brief, der schon arg verwaschen ist. Nur einen Wunsch kann man darin noch gut entziffern: »Hoffentlich kommt alles ganz an!« Leider nicht, die Flasche ist beim Transport zerbrochen. Kommentar des Postamtleiters zu den Folgen: »Hat ganz schön stark gerochen hier, die Besucher haben mich alle schief angesehen!« ... Ich kann jetzt schriftlich bestätigen, daß der Mann selbst keine »Fahne« hatte – für den vorübergehenden Verlust seines guten Rufes wurde er mit dem Krügel entschädigt.

10. Oktober:
Wenn die Stille mir Zeit läßt zum Staunen,
dann wandeln meine Blicke treppauf, treppab.
Dann erzählt mir alles eine Geschichte,
jeder Baum und jede Blume, jedes Brett und jeder Stein.

Zehn Steinbrechpolster hab ich eingepflanzt,
geblieben sind nur drei, und eine ausgesäte Akelei:
Mäusefraß und Menschenfuß haben ihr nichts anhaben können,
sie blüht und gedeiht, stellvertretend für viele.

Hans hat hier auch schon manchen Stein gebrochen,
und gestern bei Kerzenlicht einen Waschraumboden gefliest,
weil er bei Tag nicht mehr fertig wurde.
Sieht gut aus!

13. Oktober: Romantischer Morgennebel, gegen halb elf wird es sonnig, unter uns wildes Nebelgebräu. Nur hier und da zieht noch eine Schwade zur Hütte rauf, einmalig ist das, und still! Völlig ungestört können wir essen: Käsespatzen. Jetzt muß alles verwertet werden, was noch da ist. Am Nachmittag Lebensmittelinventur, danach Auffüllen von Wasserkanistern für den Winter ... Hans beginnt, die Dachluken zu schließen.

14. Oktober: Abbau von Tischen und Bänken, Fortsetzung der Putzarbeiten im Haus.

15. Oktober: Beenden der Wasserzufuhr, Entleerung sämtlicher Rohre und Auffangbecken. Anbringen von Einbruchsicherungen an allen Fensterläden, Schließen derselben. Mehrfaches Absperren der Hüttentüre, bei Einbruch der Abenddämmerung Aufbruch ins Tal.

Zwei Tage später in Innsbruck: Alles brodelt, die vielen Lichter verwirren, Fassaden und Geschäfte sehen aus wie neu ... Mir brummt der Kopf vom ungewohnten Lärm, den Rausch der Formen und Farben find ich trotzdem schön! Kaufe Blumenzwiebeln und eine Topfencremeschnitte, besuche ein Seminar auf der Uni und geh zum Schwitzen in die Sauna: Schön, daß sie dort im Warmwasserbecken einen Massagesprudel eingebaut haben! Nach dem Bad gibt es Karottensaft, frisch gepreßt, und Lust auf eine Lachssemmel im »Nordsee«. Zum Glück muß ich dort warten, so daß ich den Anblick von frischem Fisch in allen Schattierungen von Weiß, Gelb und Rosa länger genießen kann. Wie ich die Nordseeleichen so auf dem Eis liegen sehe, riech ich allmählich das Meer, in dem ihre Artgenossen noch schwimmen und bin in Gedanken bald ganz weit weg ... Ein anderes Leben beginnt, und meine Sinne erwachen, als ob es Frühling wäre!

Der grosse Umbau

Obwohl wir unserer Hütte schon seit mehr als einem Jahrzehnt so manches Schönheitspflaster verpaßt hatten, waren unsere Wohn- und Arbeitsbedingungen damals noch immer gar nicht angenehm: In der Schlafkammer unterm Dach fand man auch nachts oft keine Ruhe, weil die Gäste in unmittelbarer Nachbarschaft so laut schnarchten; wenn jemand zum Pinkeln ins Freie mußte, wurde man vom Knarzen der alten Treppe aufgeweckt. Ich selbst wollte, wenn ich raus mußte, im Pyjama nicht gesehen werden und ging deshalb stets ohne Licht, mit der tastenden Hand voran – und die verkrallte sich einmal auf halber Treppenhöhe in einem Gesicht, das mir bis zum gemeinsamen Schrei des Entsetzens lautlos entgegen gekommen war! Um ähnliche Unannehmlichkeiten zu vermeiden, verbrachte ich die Nacht bei voll belegter Hütte manchmal lieber auf einer dünnen Notmatratze auf dem Fußboden im Erdgeschoß: in unserem sechs Quadratmeter großen Wohnraum, der nach dem Renovieren im fünften Arbeitssommer auch nur optisch ein bißchen größer wurde.

Und dann die Küche: Sie war so klein, daß ich schmutziges Geschirr auch auf der Sitzbank und unterm Tisch zum Spülen aufstapeln mußte, am einzigen Wasserhahn kam es beim Einsatz von Helfern ständig zu Zusammenstößen. Im Normalfall bediente ich die Gäste an den Tischen, bei größeren Gruppen ging das nicht. Die quollen dann über die Schwelle, um sich Speis und Trank selbst abzuholen: ein Warten vor der Türe wäre in der Enge des Ganges oft nicht möglich gewesen. Die Anbringung eines Trennbalkens ebensowenig, ich mußte ja durch den gleichen Eingang raus und rein ... Mancher Gast schien die Tuchfühlung mit der Wirtin zu suchen, *mir* war sie, vor allem beim Kassieren, ausgesprochen peinlich. Und ich wartete nur drauf, daß sich einer das Wechselgeld selbst aus meinem Beutel nehmen würde, Hemmungslosigkeit anderer Art hatte ich schon oft genug erlebt.

Ursprünglich hatte ich die Küche gemütlich gefunden, nach weniger als hundert Arbeitstagen meine Meinung aber geändert.

Wenn ich von den sehr seltenen Talgängen zurückkam, schokkierten mich Düsternis und Enge dermaßen, daß ich es einige Sommer lang vorzog, überhaupt nicht zu Tal zu gehen. Denn die hellen Räume, von denen ich träumte, gab es da unten, ich wollte nicht daran erinnert werden. Und hoffte, daß doch einmal das große »Wunder« geschehen möge.

Und es geschah: In meinem siebten Dienstjahr konnte ein großer Umbau beginnen – nachdem ausgearbeitete Pläne von der Mitgliederversammlung geprüft und mehrheitlich gutgeheißen, x-fach ausgefüllte Bau-und Subventionsanträge positiv beschieden worden waren. Der baufällige Nordtrakt der Hütte sollte abgerissen, eine neue Küche in den Grundmauern des bisherigen Schlafraums im Erdgeschoß eingerichtet werden; auch die knarzende Treppe und das alte Dach wollte man austauschen. Innerhalb eines im Rahmen der bestehenden Dachschräge so weit wie möglich hinauszuziehenden Neubaus an der Nordseite sollten ein Schlafraum fürs Publikum und ein Privatraum für den Wirt entstehen.

Und dann war noch ein behördlicher Wunsch zu erfüllen, der *uns* weniger wichtig erschien: ein Steingebäude zur Zwischenlagerung des Mülls. Letzterer war, nach Auflösung einer Deponie am Klärgrubenhang, schon seit vielen Jahren ordnungsgemäß ins Tal transportiert worden, und zwar in großen Plastiksäcken, die zunächst an der dem Hüttenpublikum abgewandten Hüttenseite in Gitterkästen gesammelt wurden und keinerlei Gestank entwickelten. Nur der Fuchs machte sich manchmal über einen Sack her: Das Einsammeln der weit verstreuten Abfälle war dann recht mühsam, und deshalb leuchtete auch uns die Notwendigkeit einer anderen Lösung ein. Daß ein billiger Holzschuppen wegen angeblich möglicher Geruchsbelästigung nicht genügen sollte, traf uns allerdings hart, denn der geforderte Steinbau sollte ein Drittel der für den gesamten Umbau notwendigen Mittel verschlingen.

Im Herbst 1984 begannen wir mit der Demontage des Schlafraums im Erdgeschoß. Matratzen, Kissen und Wolldecken wanderten die Treppe hinauf, wo sie trotz engster Stapelung ein Viertel der noch vorhandenen Schlafplätze unter der Dachschräge für die gesamte Umbauzeit blockierten. Es gab keinen anderen

Ort: Waschräume und Toiletten sollten mit feuchtigkeitsempfindlichen Zementsäcken und Spanplatten vollgestopft werden, die Lagerung unter Abdeckplanen im Freien war wegen möglicher Schimmelbildung nicht zu verantworten.

Pfuschen wollten wir nicht. Die künftige Küche sollte ein angenehmer Aufenthaltsort werden und wurde deshalb zunächst bis auf den Erdboden und die Bruchsteinmauern ausgeräumt. Zum Abstützen der Decke zog man schwere Eisenträger ein, zum Schutz vor Kälte von unten wurde Isoliersand aufgeschüttet. Als die Verleger von Bodenplatten dem Verleger von Wasserrohren infolge verfrühten Einsatzes oder überhöhter Geschwindigkeit ein weiteres Verlegen verbaut hatten, kam es zu Auseinandersetzungen über das Motiv der Ungeduld. Sie verliefen auf der verbalen Ebene nicht gerade friedlich, konnten aber unter besonderer Berücksichtigung gruppendynamischer Erkenntnisse in Bälde beigelegt werden.

Anschließend waren Wandplatten anzubringen und mit Kacheln zu versehen, die Böden wurden ebenfalls gefliest. Zum Trocknen mußte für ausreichende Raumtemperatur gesorgt werden, weil der Fugenkleber sonst nicht abbindet. Tatsächlich war uns die Erzeugung gleichmäßiger Wärme nur teilweise möglich – obwohl der alte, ausgemauerte Herd von starken Männern schon in die neue Küche übersiedelt worden war und die neuen Fenster in den neuen Stöcken bestens isolierten. Aber da waren ja noch die Mauerdurchbrüche für Türen, die nicht mehr rechtzeitig zum letzten Hubschrauber vor dem Winter geliefert worden waren, die konnten wir mit Pappe nur notdürftig abdichten ... Erfrierungen blieben uns trotzdem erspart, dank einiger Helfer, die noch im November die »verspäteten« Türen auf dem völlig glatt gefrorenen Weg vom Bankerl hoch geschleppt haben.

Anläßlich eines Silvesterbesuchs begannen wir mit Zusammenbau und Aufstellung von Küchenmöbeln, auch die Sanierung des Hüttenganges konnte bei gelegentlichen Tiefschneebesuchen fortgesetzt werden. Unsere Angst vor einem Abstürzen der alten Decke wurde durch entsprechende Sicherungsmaßnahmen etwas gedämpft, beim Abschleifen von Treppenwangen und Türstöcken kitzelte uns feinster Holzstaub in der Nase. Er gesellte sich zu Mörtelmolekülen, die längst in letzte Ritzen vorgedrungen waren.

Frische Luft bekamen wir beim Verlegen neuer Gasrohre, die durch die Umstellung auf außerhalb des Hauses installierte 33-Liter-Behälter notwendig geworden waren. Der Vorgang beinhaltete nicht nur genaues Maßnehmen und Zurechtschneiden, sondern auch das Biegen von Dutzenden von Krümmungen – im Tiefschnee vor der Hütte, denn drinnen war zu wenig Platz. Wie oft wir durch den mit Werkzeug vollgestopften Gang raus- und reingestolpert sind, weiß ich nicht mehr. Geflucht haben wir ziemlich oft, bis alle meterlangen Rohre endlich auf den Zentimeter paßten.

An Ostern schaufelten wir die nordseitig bereits im Herbst erstellten Fundamente für die neuen Wände frei, eine Woche später gab es einen Meter Neuschnee und wir schaufelten wieder. Bis zur Schneeschmelze warten konnten wir nicht, denn der Hüttenbetrieb mußte im Frühsommer mit möglichst wenig Verspätung in beschränktem Umfang wieder aufgenommen werden. Nicht nur, weil Wirt wie Sektion auf neue Einkünfte dringend angewiesen waren, sondern auch, weil der Wunsch nach einem Schlafplatz bei eben aus dem Winterschlaf erwachten Bergkameraden durch nichts zu unterdrücken ist. (Entsprechende Warnungen vorab und vor Ort werden erfahrungsgemäß von manchem ignoriert.)

Bei strahlend blauem Himmel kam der größte Einsatz: Sechzig Tonnen Baumaterial wurden an zwei Tagen mit hundertzwanzig Flügen heran geschafft – um Zeit und Kosten zu sparen, nicht von unserem Container, sondern von einem höher gelegenen Punkt an der Dammkarstraße. Dort sollte die nächtliche Präsenz eines Freundes im Campingbus eventuellen Diebstahl des am Vortag angelieferten Transportgutes verhindern: ähnliche Wachdienste waren auch im Tal schon öfter notwendig gewesen, weil alles, was nicht niet- und nagelfest ist, leider sehr rasch den »Besitzer« wechselt.

Schade, daß keiner filmte, was an Christi Himmelfahrt da droben geschah! Wie in einem Ameisenhaufen war rund um die Hütte alles in Bewegung: Da schaufelte ein Grüppchen Schnee, um der Grundsteinlegung für den geplanten Müllbunker näher zu kommen, dort bemühten sich Männer mit Bohrer und Hakken um die Demolierung alter Mauern. Schubkarrenfahrer transportierten den Abraum über anfangs weichen Schnee an neue Orte, Dachbesteiger entrümpelten Stauräume und schleuderten Teerpappe sowie Bretter auf den Vorplatz, wo Unbrauchbares gleich zersägt, Brauchbares zur Wiederverwendung separiert und weder Brauch- noch Brennbares in Müllsäcke befördert wurde.

In regelmäßigen Abständen wurden die geschilderten Vorgänge entweder beschleunigt oder unterbrochen, immer dann, wenn eine neue Ladung angeflogen kam und über vierhundert Kilo in fünf Minuten wegzuräumen waren. Von festgelegten Mannschaften, die im Lauf des Tages abgewechselt wurden. Am Abend war fast jeder Zentimeter vor der Hütte mit Baustoff belegt: Bretter, Platten, Steine, Säcke mit Zement. Und dahinter stand der Hubschrauber, dem zum Schutz vor nächtlicher Vereisung eine »Schlafmütze« aufgesetzt worden war. Eine solche hatte unser Pilot nicht nötig, er schlief mit dem letzten Bissen des Abendessens am Tisch ein und konnte Stunden später, zum Schlafengehen, nur mühsam geweckt werden. (Wir fürchteten, er würde sich in seiner Position nicht ausreichend erholen, sonst hätten wir ihn über Nacht schon sitzen lassen.)

Nach Beendigung der Hubschrauberaktion, zu der sich über dreißig Helfer eingefunden hatten, wurden die Arbeiten mit reduzierter Mannschaft noch einen dritten und vierten Tag fortgesetzt; am Ende des verlängerten Wochenendes waren einige hundert Liter an Getränken durch die Kehlen geflossen. Die Menge des vergoss'nen Schweißes entzog sich exakter Überprüfung, verhielt sich aber mit Sicherheit direkt proportional, denn einige Teilnehmer berichteten später von dramatischen Gewichtsverlusten. Mangel herrschte nur an jener Flüssigkeit, die ich zum Kochen dringend benötigte: Trinkwasser. Es mußte nachmittags, als Schmelzwasser vom Hang, über Rohre und Trichter in Kanister gefüllt und zur Hütte geschleppt werden. Unsere Quelle war noch zugefroren.

Und so ging es weiter: Die Fundamente mußten fertiggestellt, die Zimmermanns-Arbeit für den Neuaufbau geleistet werden. Hier kamen erstmals Fachkräfte aus dem Tal zum Einsatz, für zwei Tage, an denen auch das nordseitige Dach völlig abgerissen und wieder verbrettert werden mußte. Zum Glück gab es keinen Regen, nur schwarzen Teerstaub auf weißer Wäsche und Berge von Sägespänen auf den roten Matratzen ... Dann mußte das Dach von Spenglern mit starkem Blech versehen werden, das Ausschneiden und Abdichten der Öffnungen für Kamine und Fenster erforderte dabei besondere Aufmerksamkeit. Neue Dachrinnen und Schneefangrohre sowie Blitzableiter waren anzubringen; im Erdreich rund um die Hütte wurde eine Ringleitung zur Ableitung elektrischer Energien verlegt.

Den Fortgang der weiteren Arbeiten konnte ich nur noch teilweise verfolgen, weil inzwischen der Küchenbetrieb voll angelaufen war. Zum 17. Juni hatten wir wieder freiwillige Helfer da, und ich mußte mehrfach unangemeldete Gruppen ins Tal zurückschicken; die damit verbundenen Auseinandersetzungen waren nervenaufreibend. Am nächsten Abend, einem Samstag, blieb uns ähnlicher Ärger erspart: Es war kein einziger Fremder zum Übernachten gekommen! Weniger, weil der drahtlose Vorwarndienst über Berg und Tal so gut funktioniert hatte, sondern weil alle »verlängerten Wochenendler« sich an die in verschiedenen Publikationen empfohlene Wanderrichtung gehalten hatten! (Von uns zur nächsten Hütte und nicht umgekehrt.)

Trotzdem war es höchste Zeit, mit dem Innenausbau des Schlafraums im Ergeschoß zu beginnen, denn die Plätze wurden schon bald wieder dringend benötigt. Einfache Isolierung und Verschalung des Holzrohbaus genügten leider nicht, Feuerschutzbestimmungen erforderten vielmehr die doppelte Anbringung von Zementspan-Platten. Und die wären ja nicht schwer gewesen! In besucherarmen Zeiten haben wir sie im Freien zugeschnitten, durch den Gang geschleppt und im Schlafraum an Latten und Sparren festgemacht, die erforderlichen Bohr-und Schraubvorgänge summierten sich zu hunderten. Wenn die Platten trotz sorgfältigem Ausmessen und Aufreißen nicht genau paßten, mußten wir den Weg zum Schneiden ins Freie wiederholen, denn die bereits in Betrieb befindlichen Schlafräume im Dachgeschoß sollten nicht erneut mit starkem Staub belastet werden. Nach Abschluß der Montagearbeiten wurden die Wände verfugt, geweißelt und teilweise mit Fichtenbrettern verschalt;

es folgte die Konstruktion von Stockbetten samt Leitern und Bänken, die Anbringung von Garderobehaken und der Einbau von Fertigparkett. Mit der Übersiedlung von Matratzen, Kissen und Decken aus dem Dachgeschoß war der neue Schlafraum betriebsbereit, ein lange angekündigter Minister durfte als erster Irdischer sein müdes Haupt darin zur Ruhe betten.

Der künftige Privatraum des Wirtes bestand noch bis zum Spätsommer nur aus vom Rohbau des Zimmermanns umgrenzter Erde. Er sollte in ähnlicher Weise ausgebaut werden, vorerst war er nur zum Wäsche trocknen zu benutzen. Bei traumhaftem Sommerwetter genoß die Fortsetzung der Außenarbeiten absoluten Vorrang: Mittlere und ältere Jahrgänge (aus den Reihen der Sektion) halfen beim Mauern des Müllgebäudes, beim Integrieren des Bauschutts in die Landschaft schien das Schaufeln kein Ende zu nehmen. Mit beladenen Schubkarren bewegten sich unsere Helfer ungezählte Male zum Bunker, wo die steinigen Massen beim Auf-und Zuschütten Verwendung fanden. Und weil über dem fertigen Gebäude eines Tages Gras wachsen sollte, mußte auch noch Humus ausgebracht werden – bei einem letzten Gruppeneinsatz, der erst nach Saisonschluß möglich war. Er fand bei heftigem Schneetreiben statt, die übliche Kaffeepause ebenfalls. Der Bauleiter ließ dampfende Kannen und kalten Kuchen damals nicht aus Bosheit im Freien auftragen, sondern aus reiner Taktik: Nach dem Ausziehen kotbeklumpter Schuhe und Einzug in die geheizte Stube hätten unsere Helfer wohl kaum Lust gehabt, noch mal in den Frost hinauszutreten: man durfte ihre letzte Motivation nicht zunichte machen. Die Nacht und auch der Winter standen schließlich vor der Tür! ... Letzte Betonarbeiten wurden im Licht eines Scheinwerfers vollzogen, der physiologisch notwendige Auftauprozeß wurde anschließend durch die Einnahme von Glühwein in der warmen Stube eingeleitet und beschleunigt.

Bis zur offiziellen Einweihung des Umbaus im August des folgenden Jahres waren dann noch zahlreiche Kleinarbeiten zu verrichten, doch möchte ich den Leser jetzt nicht länger mit Details langweilen; vieles ist mir auch selbst schon entfallen. An Beanstandungen nach einer ersten behördlichen Kontrolle erinnere ich mich allerdings noch gut: So mußten wir zum Beispiel beim

Aufgang ins Dachgeschoß Zwischensprossen einpassen, um ein mögliches Abstürzen von Säuglingen zu verhindern – ein maximal zulässiges Treppenabstandsmaß von zwölf Zentimetern war durch die Wiederverwendung alter Wangen um sechs Zentimeter überschritten worden. Und die unterste Eingangsstufe war auf einem neuen Betonsockel so bald wie möglich frisch zu platteln, weil sie nicht exakt den gleichen Abstand hatte wie die anderen ... Daß einer nach zweistündiger Bewältigung von Stolpersteinen auf dem Weg zu uns auch diese letzte Schwelle noch bezwingen würde, davon war der unerbittliche Beamte nicht zu überzeugen – schon gar nicht, als ein Gast ausgerechnet vor seinen Augen aus dem Gleichgewicht geriet!

Wir haben also getan, was getan werden mußte. Und wir haben, was wir wollten: eine anständige Küche und ein Zimmer mit Schrank. Ein Zimmer, in dem man Kleider aufrecht stehend wechseln und nachts ungestört von Schnarchern schlummern kann. Ein Zimmer, das mit einem Gasofen schnell zu erwärmen ist. Ein Zimmer, das erst selten eines Fremden Fuß betrat! Und dann die neue Küche: Sie ist sonnig und warm. Sie hat so viele Lampen, daß man auch bei Nacht und Nebel spülen kann. Sie hat Platz für eine Sitzecke zum Ausruhen und ausreichend Platz für Lebensmittel. Sie hat mehrere Wasserhähne, so daß es beim Einsatz von Helfern nicht mehr ständig zu Zusammenstößen kommt. Und sie hat etwas, das uns ganz besonders wichtig war: einen Balken, der uns von den anderen trennt, ein abschließbares Fenster zu den Gästen. Das machen wir jetzt jeden Abend eine viertel Stunde zu, um in Ruhe miteinander zu essen.

Ruhe hatten nach dem radikalen Renovieren auch die Helfer redlich verdient, und so atmeten alle Beteiligten erleichtert auf, als die schlimmsten Baugeschichten abgeschlossen waren. Über Jahre hatte mancher da droben nur noch »eine Werkstatt mit angeschlossenem Hüttenbetrieb« erlebt, nun war es *endlich* wieder umgekehrt.

Unser Hüttenwart

Durch den großen Umbau wurde unsere Wohn- und Arbeitssituation wesentlich verbessert und mein wirtliches Wirken legal. Nun konnte ich nach kurzem Unterricht eine Konzession zur Ausübung des Gastgewerbes bekommen – auf Grundlage von baulichen Bedingungen, die Hans geschaffen hatte. Ohne ihn wäre es soweit vielleicht nie gekommen, ohne Hoffnung auf dramatische Veränderung hätte ich meine »Schnupperlehre« als Wirtin längst wieder aufgegeben und mir einen anderen Job gesucht. Daß ich dies, entgegen wiederholtem Vorsatz, unterließ, habe ich auch meinem lieben Mann zu verdanken.

Immer wieder mußte er planen und organisieren, schaffen und anschaffen: seinen Freunden sagen, was sie tun und besorgen sollten, oder selber auf der Suche nach den Gegenständen sein. Man möchte ja gar nicht glauben, was für so ein Bauwerk in den Bergen alles benötigt wird! Bereits in einem ersten Haushaltsbuch hat Hans (der schon seit 1968 als »Hüttenwart« für die Sektion »Hochland« vom Alpenverein tätig war) an die tausend Einkäufe registriert: durchschnittlich 63 pro Jahr, einmal auch mehr als hundert. Sie haben die Sektion Geld gekostet und ihn ziemlich viel Zeit, denn er konnte sich die Sachen ja nicht per Mausklick aus dem Internet holen!

Die folgende Auswahl aus seinen Notizen soll einen Eindruck von der Vielfalt und Fülle der erworbenen Objekte vermitteln:

1970: Sooger, Uhuplast, Erlaubnisschein Forststraße, Brotzeit für Tragtiere, Kraxe, Pinsel und Farbe, Toilettenpapier, Wäsche, Nägel, Hammerstiel, Teller und Tassen, Lampenschirm, Gasstrümpfe, Glaskugel, Klinkerplatte, Kachelfutter, Lehmsteine, Mausgift, Gummihandschuhe, Gurkenhobel, Flaschenzug, Gasflaschen, Keramikfarbe, Eisenrahmen, Moltofill, Bier.

1971: Inventarbuch, Wasch-Schüsseln, Wasserkanister, Staubwedel, Spachtel, Kombizange, Schrauben, Schrankschlösser, Beschläge, Keile, Winkel, Daxenhaue, Fensterkitt, AV-Karte, Laubrechen, Waschraumschilder, Benzingemisch und Öl zur Kettenschmierung für Motorsäge, Spiegel, Ofenrohr, Asbestschnur, Karbonoleum, Fliesen, Zement, Gleitschiene, Glasschneider, Gummispachtel, Luftklappe.

1972: Stoff für Eckbank, Kupferbronze für Dunstabzug, Schloß, Magnetschnapper, Teppichnägel, Schaumstoff, Xyladecor, Pinselreiniger, Mattlack, Ölfarben, Abbeizer, Verdünner, Pattex, Schmirgelpapier, Schleifblech, Leisten, Sperrholz, Zement, Tankverschluß, Schrank, Kühlschrank, Schubkarren.

1973: Möbelschloß, Ofenrohre, Wandfutter, Bilderrahmen, Ofenrohrknie, Zement, Kalk, Wandfarbe, Bankeisen, Kettenöl, Dachpappe, Bier für Bauarbeiter und Tragtierführer, Gipfelbuch, Schlagringbohrer, Fertigschweiß, Postkarten, Leisten, Fernsprech- und Portogebühren, 3 kg Nägel.

1974: Holz, Leisten, Dachbalken, Schrauben, Säge, Dispersion und Plakafarbe, Sägeblätter, Bodenbelag, Schloß, Riegel, Kitt, Garderobehaken, Türangeln, Fahnenstoff, Farben, Nägel, Motorennöl, Stahlwinkel, Glaswolle, Bahnfahrten, Gasstrümpfe, Material für Zaunhalterungen und Treppengitter, Leihgebühr für Aggregat.

1975: Vilinhaken, Profilbretter, Teppichboden, Leintücher, Vorhangstange, Holzringe, Vorhangstoff, Schaumstoffmatratzen, Kleiderhaken, Blechdach, Überfallen und Schloßschrauben, Herzschrauben, Siegellack, Menninge, Fußrost, Glasscheibe.

1976: Vorhangschlösser, Holzstäbe, Bohrer, Fensterladenverschluß, Fensterverriegelung, Hubschraubertransport, Tischgleiter, Fensterbleche, Staubsauger, Blumenkästen, Kugelschirme, Druckknöpfe, Messingstifte, Sprühkopf-

Gießkanne, Fensterstöcke, Tragtiereinsatz (120 Tiere), Werkbank, Stempel, Stempelkissen, Glühkörper, Brenner (Gas), Fotokopien, Schnitzerei, Kellerfenster, Wassertank, Feilbürste, Bänder, Riegel, Hüttentüre.

1977: Spritzpistole, Raspel, Biberplatten, Ytong, Drahtgeflecht, Bonbücher, Schlüsselkasten, Fleckerlteppich, Stühle, Betonplatten, Staubsaugertüten, Rasenplatten, Grassamen, Abfalltonnen, Hammer, Bänke, Tische, Wasserschlauch, Weingläser, Fassadenfarbe, Überwürfe, Kontenführungsgebühr, Dachrinne, Holzverschalung, Riffelblechdeckel, Schneefanghaken, Dachrinnenhalter.

1978: Seilrollen, Aluleiste, Klebezahlen, Putzmittel, Kellerregal, Kochlöffel, Räderwinde, Zündkerze, Hüttenbuch, Kunststoffkästen, Fahnenseil, Zwingen, Müllsackhalter, Holzbretter, Gasarmaturen, Gasdurchlauferhitzer, Fräser für Wasserinstallation, Schaumgummikissen, Eternitplatten, Metallsägeblätter, Rattengift, AV-Taschenbuch, Insektenstrip.

1979: Einstecksicherungen, Bodentuch, Besen, Topf, Schöpfkelle, Tablett, Postkarten, Farbwalzen, Schere, Senkel, Bandmaß, Drahtstifte, Dübel, Stichsägeblätter, Arbeitshandschuhe, Lichtschächte, Waaglatte, Wasserschlag-Leiste, Zementmörtel, Betonsteine, PVC-Rohre, Haustüre, Betonmischer, Schachtdeckel, Bauholz, Schindeln, Trennscheibe, Installationsmaterial, Abziehstein, Schöpfrieß, Kanalabdeckung, Zylinderschloß.

1980: Opferstock, Muffen, Silcoferm, Gabelschlüssel, Dachgepäckträger, Schlauch, Dübel, Bandschleifbänder, Sägeblätter, Feilenhefte, Stahlgewebe, Kellertreppe, Tank, Balkontüre, Nut- und Federbretter, Flaschenpfand für Gasflaschen, Balken, Latten, Bretter, Senker, Alu-Profile für WC-Ausbau, Riffelgummi, Beilagscheiben, Lochbleche, Quarzsand, Manometer, Trennscheibe Metall, Bolzenschneider, Vorhängeschlösser, Handwaschpaste.

1981: Ponal, Noxyde-Farbe für Containeranstrich, Planen, Uhrzeiger, Diskusschlösser, Gittersicherung, Schlüsselschilder, Spanplattenzuschnitte, Propananschluß mit Druckregler, Sackkarren, Gaskocher, Holzkitt, Fliegengitter, Schubkarren, Gewindeschneider, Schalldämpfer für Wasserpumpe, Baurolle, Transportnetz, Seil, Bohranker, Kellen, Drainagerohr, Esto-Klinker, Betondeckel, Ausgleichringe, Betondecke, Holzhammer, Dunstrohr, Silicon, Leder für Einband Sektions-Chronik, Axt, Gehörschützer, Schalter.

1982: Hartschaumplatten, Landkarten, Schlüssel, Spanplatte, »Geschichte des DAV«, Schäkel, Nietbox, Berufshose, Diamantsägeblatt, Rappitzgitter, Linoleum, Klorollenhalter, Zaunpfosten, Fittings, Syphon für Küche, Stempelfarbe, Weidezaungerät, Türdrücker, Scharniere, Gewindebohrer, Blindnieten, HT-Rohr für Abwasserlüftung, Türlangbänder für WC, Wegetafeln, Lärchenholz, Nudelsieb, Kaffeekannen, Micropur, Humus, Diesel, Abdeckplane, Feuerlöscher, Pfosten, Dachpappe, Sand, Kupplungen, Griffbügel für Motorsäge, Bohrer und Bohrkronen, Gasflaschenschrank, Holz für Wegebau, Bügeleisen.

1983: Nudelsieb, Kaffeekannen, Grassamen, Klopapier, Humus, Verpflegungen, Diesel, Abdeckplane, Feuerlöscher, Pfosten, Kettensägereparatur, Kupplungen, Griffbügel für Motorsäge, Bohrer und Bohrkronen, Gasflaschenschrank, Glühkörper, Holz für Wegebau, Bügeleisen, Schindeln, Photokopien, Reparatur Stromerzeuger, Tischplatte, Kantholz, Farbspraydosen.

1984: Langbänder, Päckchen, Büro- und Papierbedarf für Baumaßnahme, Bauanträge, Brennholzspalter, Unkrautstreicher, Kuverten, Gedenktafel, Betonsäulen, Rostschutzfarbe, Fassadenfarbe, Flaggentuch, Kochtopf, Torf, Sack- und Kistenkarre, Batterieladegerät, Hüttenstempel.

Dies war nun kaum die Hälfte aller Einkäufe aus fünfzehn Jahren, gut weitere tausend folgten in den nächsten zwei Jahrzehnten. Über Ausgaben, Tätigkeiten und Vorhaben legt der ehrenamtliche Hüttenbetreuer regelmäßig in einem Jahresbericht Rechenschaft ab, das Wichtigste wird den Mitgliedern bei der Hauptversammlung persönlich mitgeteilt. Beziehungen pflegen muß der Hüttenwart zu Sektion und Ausschuß, Schatzmeister, Vorstand, Geschäftsstelle, Hauptverein und Hüttenreferat; außerhalb des Vereins zu Ämtern und Behörden ... Satzungen, Richtlinien, Programme, Leitbilder und Ordnungen muß er beachten – und vor allem auch, daß alles korrekt abgerechnet wird: nicht nur die Gebührenmarken für die Gäste, sondern auch Fahrt-, Telefon- und Portokosten, Pacht- und Versicherungsbeiträge, Ausgaben für Wasseruntersuchungen, Kaminkehrer und vieles mehr. Daß die Einnahmen aus dem Betrieb einer Hütte ihre Besitzerin selten bereichern, weil die Ausgaben dafür oft weit darüber liegen, ist den meisten, aber leider nicht *allen* Hüttennutzern bekannt.

Auch die Arbeit des Hüttenwarts am Schreibtisch und anderen Orten im Tal wird für Außenstehende selten sichtbar, die in der Höhe schon eher. Auf den Wegen wie im Hüttenbereich ist er ein »Hansdampf in allen Gassen«: Erdarbeiter, Elektriker, Schreiner und Schlosser, Anstreicher und Maurer, der Mann für den ständigen Service. Seine Einsätze haben ihm Lob und Tadel, Frust und Lust gebracht, sowie manch komische Erfahrung.

Einmal wurde unsere Sektion unter Androhung eines Zwangsgeldes von hunderttausend(!) Mark behördlich aufgefordert, das Hüttendach zu streichen, obwohl dies nach einem Umbau schon längst geschehen war und unser Objekt bei einer Kontrolle aus der Luft bloß mit einem anderen verwechselt worden war! Ein anderes Mal haben wir fünfzehn Monate auf die *Genehmigung* für einen Anbau warten müssen – nur drei Wochen später kam dann schon ein Beamter, um die *Bauabnahme* vorzunehmen! Er hat unsere Arbeitsgeschwindigkeit zwar zu Recht höher eingeschätzt als die seine, aber doch etwas *überschätzt*, denn *unerwartete* Forderungen hatten wir in der Kürze der Zeit noch nicht erfüllen können. Der Kontrolleur mußte ein Jahr später nochmal kommen.

Weniger komisch noch war das Bauen vor Gästen, die sich manchmal so nahe wie möglich an die Einsatzstelle setzten. Wenn man ihnen mit höflicher List einen anderen Platz empfohlen hat, der ruhiger gewesen wäre, erwiderten sie oft: »Ach, der Lärm stört mich gar nicht.« Die Arbeiter hat es aber *schon* gestört, wenn hinter ihrem Rücken lautstark Kommentare abgegeben wurden und sie den Zuschauern und ihrem Gepäck bei jedem Schritt ausweichen mußten ... Regelrecht erschrocken ist Hans mal über die Frage »Krieg ich von *Ihnen* ein Bier?« Weil ein Durstiger sie ihm zubrüllte, als er gerade zum Streichen von Balken auf einer Leiter unterm Dach stand, während ich mich, mit bunter Schürze kaum übersehbar, einsatzbereit neben dem Mann auf dem Boden befand!

Irritation gab es auch bei einem anderen Streichen: Teile unserer Terrasse waren zwecks Renovierung abgesperrt, im Freien nur zwei sonnige Tische verfügbar. Man hätte meinen mögen, daß diese für das einzige zum Übernachten gekommene Paar ausreichen würden – aber von wegen! Die beiden fragten mich, ob sie zum Abendessen durch die Absperrung dürften, weil es hinter ihr zum Sitzen noch *viel* schöner sei: »Der Zement müßte doch schon fest sein?« »Ja«, sagte ich, »aber die Farbe auf den Bänken vielleicht noch nicht!« Daraufhin haben unsere Gäste ganz nah am begehrten, aber verwehrten Bereich eine ungestrichene Bank ohne Tisch aufgesucht und ihren Eintopf dort fast trotzig auf dem Schoß gelöffelt.

Zurück zum Hüttenwart: Im Jahr 1980 entfielen 800 von 1200 unbezahlten Arbeitsstunden auf ihn, was er in aller Bescheidenheit schon mal erwähnte, als Sektionskameraden etwas spitz nach *seinem* Beitrag für die Hütte anläßlich einer Spendenaktion fragten ... Im folgenden Jahr hat er für den Bau der Klärgrube 350 Stunden aufgewendet, vier Fünftel davon zum Tarif für Bauhelfer in Rechnung gestellt, um seine Sozialversicherungsbeiträge abdecken zu können ... Einen derartigen »Entlohnungsfall« hat es innerhalb von dreißig Jahren kein zweites Mal gegeben!

Beim großen Umbau war Hans auf der Hütte schon im Winterhalbjahr über hundert Tage jeweils bis zu 13 Stunden lang tätig. Gelegentlich haben Freunde ihn dabei unterstützt. Vierzig

Seiten eines Arbeitsbuchs hat er in dieser »ruhigen« Zeit mit der genauen Beschreibung seines Tuns gefüllt. Ab Mitte Mai ging es so heftig weiter, daß für solches Registrieren keine Zeit mehr blieb ... Bis zur Einweihung des vollendeten Umbaus nach einem weiteren Jahr haben sich insgesamt 50 Sektionsmitglieder an 350 Tagen fast fünftausend Stunden lang für die Erneuerung unserer Hütte ins Zeug gelegt, hinzu kamen gerade mal weitere 200 Stunden, die von einheimischen Handwerksbetrieben für Zimmer- und Spenglerarbeiten benötigt wurden. 96 % der angefallenen Arbeiten waren also in Eigenleistung erbracht worden, und nur so konnte unsere kleine Sektion die Baumaßnahme finanzieren: waren doch immerhin gut 160 000 Mark für Planung, Material, Transport und Fremdleistungen aufzubringen! Ein Betrag, der sich fast verdoppelt hätte, wenn man die freiwillig erbrachte Arbeitsleistung mit 30 DM je Stunde hätte vergüten müssen! So aber waren nur 80 000 Mark von uns aufzubringen, die andere Hälfte haben wir als Beihilfe von Dritten erhalten.

Alles was unser Hüttenwart seit damals geleistet hat, genauer zu beschreiben, ginge hier zu weit. Nur was am Gebäude selbst geschah, möchte ich noch erwähnen: Zunächst wurden neue Bänke und Tische sowie ein Fahnenmast mit Betonfundament und Stahlanker aufgestellt, die Umzäunung repariert, neue Schneefang-Stangen aufs Dach gebracht und die Südseite der Hütte mit neuen Schindeln versehen. Wenig später, im Jahr 1991, wurde bei einem zweiten großen Umbau der Dachstuhl über dem Nebengebäude erneuert und verändert: eine Maßnahme, die ohne die ultimative Forderung des Kaminkehrers nach einem Abgasabzug für unser Bad (längeres Duschen wäre lebensgefährlich gewesen!) erst einige Jahre später durchgezogen worden wäre. Das »schon wieder« Bauen war belastend: Oft hat Hans ein Handlanger gefehlt, Rheuma und Husten haben ihn geplagt, in der Hochsaison mußte er wegen Beanspruchung in der Küche das Bauen unterbrechen ... Zum Glück haben ihm auch diesmal die Sektionsmitglieder erfreulich intensiv geholfen: Schüler und Jugendleiter gegen geringes Entgelt in den Ferien, Berufstätige im Urlaub und an Wochenenden.

Durch die Anhebung des Dachstuhls über dem Anbau hatten wir einen riesigen Raum gewonnen, in dem man Wäsche trocknen und ein gutes Dutzend Lager unterbringen konnte – allerdings erst nach der Lieferung von Matratzen und Kissen im folgenden Jahr, die uns das stets mit Streß verbundene Bereitstellen von Notlagern in der Stube endlich weitgehend ersparte. Über mögliche Folgen fürs *private* Leben geriet ich damals in einem Brief geradezu ins Schwärmen: »Ich habe nordseitig eine herrliche Loggia bekommen! Vielleicht kann man dort sogar Ringe, Schaukel, Zimmerfahrrad installieren, zum trockenen Austoben an Schlechtwetter-Tagen, zum schattig Faulenzen an heißen. Vielleicht kann sich dort, wenn das Bauen wieder vorbei ist, jeweils *einer* von uns stundenweise ins Private zurückziehen ... Das schlaucht heuer schon, daß ich wieder gar nicht weg kann: Hans ist ja nach jedem Baueinsatz total kaputt! ... Also stehen wir's halt noch mal durch, wollen ja hier oben alt werden, sofern es die Gesundheit erlaubt ...!«

Ringe und Schaukel in der Höhe blieben Gespinste im Gehirn, ein Zimmerfahrrad wurde angeschafft und neben Klapptisch, Bank und Stühlen aufgestellt. Hängematte und Grill bekamen wir geschenkt. Sie wurden seitdem nicht allzu oft benutzt. (Das Hängen und Baumeln lassen müssen wir auf ein höheres Alter verschieben!) ... In den folgenden Jahren wurden Läden, Dach und Fenster neu gestrichen, viele Schilder mit der Aufschrift »Fußende« auf neue Decken genäht. Reparaturen an Geräten und der Wasserleitung sowie der Terrasse fielen an, auf dem überdachten Balkon wurde eine Trägerschiene mit Laufkatze zum Transport von Gasflaschen und anderen schweren Sachen montiert: Sie werden seitdem nicht mehr über Stufen hoch geschleppt, sondern per Seilzug über die Brüstung gehievt.

Ein Sammelwagen für Müllsäcke wurde gebaut, auch Sitzbänke für den neuen Schlafraum und ein Hausschuh-Regal. Die Werkstatt bekam eine zweite Türe, zwecks Durchgang vom Privatbereich zum Lagerraum, der vorher nur vom Freien her auf oftmals feuchtem Wege zu erreichen war ... Läden aus Stahlblech wurden zur Einbruchsicherung der neuen Türe montiert, ein Verschlag für Leergut, der nach der Umstellung von Dosen auf Mehrwegflaschen nötig wurde, errichtet. Eine Tischplatte in der Stube sowie die gesamte Hüttenumzäunung wurden erneuert, der Christus am Gedenkkreuz sachkundig von einer Frau renoviert. Uraltes Moos, das zum Isolieren des Blockbaus in Hohlräume zwischen den Balken gestopft war, wurde durch Schafwolle ersetzt, deren Geruch wir zuvor durch ein Bewegungsbad im Brunnentrog zu mindern suchten ... Die Fassade bekam einen neuen Anstrich, Verglasungen wurden durch Fachkräfte ausgetauscht und zum Teil auch neue Fensterrahmen eingebaut. Nach der Jahrtausendwende gab es neue Matratzen, und bald danach sollte die Hütte im alten Teil ein neues Dach bekommen.

Wege

Wege in einer Gesamtlänge von fast hundert Kilometern sind in unserem Arbeitsgebiet beschildert oder markiert, gut die Hälfte davon wird instand gehalten – überwiegend durch unsere Sektion, zum Teil auch durch die Forstverwaltung. Die bekommt fürs Anbringen von Hinweisschildern in ihrem Besitzbereich vom Alpenverein Pacht bezahlt, und wenn solche Tafeln gestohlen oder beschädigt werden, ist das kein Kavaliersdelikt: Sie kosten viel Geld und müssen von jemandem beschafft, transportiert und angebracht werden; ihr Fehlen kann Wanderer in die Irre führen und gefährden ... Wenn Bäume, an denen Wegweiser befestigt waren, entwurzelt sind, muß man mit Werkzeug hin marschieren und neue Möglichkeiten zum Montieren suchen – notfalls einen Pfosten dafür so fest setzen, daß das Verdrehen durch Weidevieh und Wanderer verhindert wird. Am sichersten sind Fundamente aus Beton: für solche schleppte Hans schon ganze Säcke voll Zement durch die Gegend.

Gestohlene Schilder mit dem Namen unserer Hütte sind auf einem Antiquitäten-Markt in München wiederholt zum Kauf angeboten worden – ein aufmerksames Mitglied verständigte die Polizei: Sie konnte den Dieb aber nicht ermitteln, weil dem Händler jede Erinnerung an den Lieferanten fehlte. ... Ein anderes Mal sind Hinweistafeln am Aufstiegsweg immer dann verschwunden, wenn ein mit »Hüttenverbot« belegter Mann im Tal Urlaub machte. Nach einem Streit hatte der uns angedroht: »Ich werde dafür sorgen, daß sie nicht mehr viele Gäste kriegen!« und dies gleich beim Abstieg demonstriert, indem er Wanderer, die bei uns schlafen wollten, mit der falschen Behauptung einer Hüttenüberfüllung zum Umkehren bewegte! ... Beweisen konnten wir dem Grantler nichts, weitere Diebstähle aber wenigstens verhindern! Als mal kein neues Emailleschild mehr da war, fräste Hans den Namen unserer Hütte in zwei Holztafeln, die er auf scharfkantig gezacktes Blech montierte: So war ein Entfernen ohne Blutvergießen kaum mehr möglich. Die betreffenden Hinweisschilder haben seitdem ihre Ruhe und nur wenige Wanderer wundern sich über ihre »Bewaffnung« mit Zähnen.

Farbmarkierungen können nicht gestohlen werden, aber verbleichen, und wenn Schnee drauf liegt, fürs Auge vorübergehend ganz verschwinden. Da nützt es dann auch nichts, wenn man sich deswegen beim Verkehrsamt beschwert: Manche Steige in hohen Lagen können eben erst nach der Schneeschmelze wieder gefunden werden! Auch weiter drunten wird das Gehen manchmal durch Schnee erschwert, und im Winter kann man unsere Hütte ohne Hilfsmittel wie Schi oder Schneeschuh manchmal gar nicht erreichen ... Auch zum Saisonbeginn ist die schattig und hoch gelegene Querung an einem Zugangsweg manchmal noch so tief verschneit, daß nicht nur Turnschuh-Touristen mit durchweichten Füßen zu uns kommen. Ausrutscher mit Purzelbäumen sowie das Einbrechen in Taulöcher am Rande von Latschen sind dort bis jetzt aber immer glimpflich verlaufen, weil sich die Steilheit des Geländes in Grenzen hält. Dafür haben sich schon zwei Freundinnen beim Abstieg Knochen gebrochen: im Herbst durchs Kippen auf feuchtem Laub, im Winter durch Sturz auf einer schneebedeckten Platte aus Eis.

Der bis zu einem Unwetter im Jahr 1972 befahrbare Weg entlang von zwei Bächen konnte fast ein viertel Jahrhundert lang aus verschiedenen Gründen nicht wieder hergestellt werden. Nur dessen Fortsetzung, ein Fußweg mit mehr als dreißig Serpentinen, wurde zu Beginn der achtziger Jahre durch die Sektion erneuert. Als Wirtin sind mir nicht alle Details des wochenlangen Einsatzes einzelner Mitglieder bekannt geworden, aber als »Sensationsreporterin« erinnere ich mich noch genau: an tropfendes Blut und tiefe Schnitte im Fleisch eines jugendlichen Helfers; an das Gesicht von Hans nach der schwungvollen Landung eines Vorschlaghammers auf seiner Hand; an die Erleichterung, die ich empfand, als er beim Ziehen eines Baumstamms über den Bach zwecks Bau einer Brücke rückwärts ins Wasser gefallen war und dabei fast unverletzt blieb ... Ich erinnere mich, daß die Helfer schweres Gerät zu Fuß schleppen mußten, weil eine Hubschrauberversorgung sich wegen Schlechtwetter verzögert hatte, und bei strömendem Regen unterhalb vom Dammkarweg eine Zwölf-Stunden-Schicht ohne Speis und Trank absolvierten: mit dem Schlagen des zum Wegebau nötigen Stangenholzes auf einem Steilhang. Es wurde dann mit Hilfe eines Flaschenzugs abtransportiert, der über das im Rückwärtsgang fahrende Auto funktionierte!

Der einstige Fahrweg am Wildbach war während der Schneeschmelze im Frühjahr und nach Niederschlägen an einer Stelle so stark überflutet, daß auch Fußgänger ihn kaum passieren konnten. Einmal befürchteten wir deshalb, daß es dort zu einer Katastrophe gekommen sein könnte: Bei starkem Regen wollten zwei Familien, schwer erkältet, die Hütte am liebsten gar nicht verlassen. Weil sie aber heim mußten, wurden ein Vater und ein Sohn vorausgeschickt, um per Bahn zum Ausgangspunkt der Hüttenwanderung zu fahren und die dort geparkten Autos zu holen. Nach dem Frühstück brachen die beiden auf. Um halb zehn kam der Jüngere keuchend zurück, weil er seinen für den Grenzübertritt nach Österreich nötigen Paß vergessen hatte. Ob er den Zug jetzt noch erreichen würde?

Eine Stunde später stürzte seine Mutter ganz bleich in die Küche: »Bitte helfen Sie uns! Bitte helfen Sie uns!« Ihr Sohn war wieder da, zitternd und heulend: »Der Hanno ist weg, vom Bach verschluckt, die beiden Rucksäcke – weg, keine Spur!« Obwohl ich die Wanderer vor einer Überschwemmung des Baches gewarnt und einen anderen Abstiegsweg empfohlen hatte, kam Zorn in mir auf über die trotz jahrelanger Bemühungen immer noch nicht erfolgte Sanierung unseres wichtigsten Weges. Mußte sich denn wirklich erst ein Unglück ereignen, bevor etwas geschah?

Hans hat sich dann mit dem zweiten Vater im strömenden Regen auf die Suche nach dem Vermißten begeben. Am Bahnhof haben sie ihn gerade noch erwischt, als er das Gepäck aufgegeben hatte, um nach dem Jüngeren Ausschau zu halten. Hätten sie den Mann verpaßt, wäre die Bergwacht alarmiert worden, weil man annahm, daß er ertrunken sein könnte! Tatsächlich aber hatte der Arglose mit seinem Rucksack und dem des Begleiters barfuß den Bach überquert, ohne an geeigneter Stelle eine Botschaft zu hinterlassen; einen Zettel erst am Ende des Weges an einen Baum gesteckt ... Nun mußten die beiden Männer, samt Hans, schon mangels Telefonverbindung wieder zur Hütte aufsteigen und mit ihren Familien noch eine weitere Nacht bei uns verbringen – nach unerquicklichem Beisammensein in der Stube, wo die Luft ganz dick war von Schweiß, Hustensaft und Tränen.

Nach diesem Zwischenfall wurde ein etwas weiterer Weg, mit dem man die Überflutungsstelle umgehen konnte, als Umleitung ausgeschildert, und als wir bereits zehn Jahre vergeblich auf eine Instandsetzung unseres Bachweges gehofft hatten, meinte ein privater Baggerunternehmer, mit 5000 DM einiges richten zu können. Die Forstbehörde hat dies aber nicht erlaubt: Sie selbst hatte für die Sanierung zehnmal so viel veranschlagt und unter Hinweis auf die Unmöglichkeit der Finanzierung einer so hohen Summe weiterhin nichts unternommen. Dafür überraschte sie uns mit einem anderen Akt: Ohne uns vorab zu informieren, ließ sie, um bei Unfällen keine Haftung übernehmen zu müssen, eine kleine Brücke an unserem Umgehungsweg zerstören! So standen Gäste, die ich zum Abstieg dort hingeschickt hatte, unerwartet vor einem reißenden Bach und wußten nicht, wie sie ihn überqueren sollten!

Das war schon ein starkes Stück, nachdem man uns erst kurz zuvor empfohlen hatte, eben diesen Weg als Zugang zur Hütte zu benützen und den anderen aufzulassen! Nun waren wir von den Kasernen aus gelegentlich überhaupt nicht mehr zu erreichen ... Daß dies kein Zustand war, fand auch der Bürgermeister von Mittenwald, der zufällig einer zitternden Frau beim Überqueren des Bachs begegnet war ... Es sollte daraufhin etwas geschehen: Im Sommer 83 stellte uns die Gemeinde für die Verbesserung der Umleitung und den Bau einer Brücke an ihr Arbeiter zur Verfügung. Die Sektion übernahm die Unkosten, der Alpenverein den Versicherungsschutz, und die Forstverwaltung spendierte das nötige Holz.

Erst zehn Jahre später wurde eine Instandsetzung des früheren Fahrwegs bis zum Beginn der Serpentinen in Angriff genommen: Sie gelang 1993 bis zum Bachübergang, wurde 1994 mit dem oberen Wegabschnitt fortgesetzt und innerhalb von drei Wochen vollendet. Eine stabile Brücke neben der Furt zum Durchfahren des Bachs sowie eine Bank zum Rasten haben wir mit Freunden an einem schönen Frühlingssamstag selbst gebaut. Weil man den Einsatzort nun mit dem Auto erreichen konnte, stärkte ich die staunenden Helfer mit Kartoffelsalat und Würsten, die nach dem Erhitzen daheim und Transport in einem Schnellkochtopf noch richtig schön dampften!

Im Juni ist Hans dann oft am frühen Morgen über mehr als dreißig Serpentinen zur Baustelle marschiert, um den Baggerführer zu beaufsichtigen und ihm zur Hand zu gehen: besonders, wenn keine Forstarbeiter zur Verfügung standen. Wie der schmale Fahrweg vollendet war, hat es eine kleine Feier gegeben, und Hans war heilfroh, daß er die wöchentliche Lieferung mit Frischware nur noch halb so weit zu Fuß schleppen mußte wie früher: eine halbe Stunde statt einer, nach dem Transport in einem gebrauchten Haflinger, den wir zur Bewältigung des steilen und steinreichen Weges erwerben mußten.

Leider sollte unsere Freude nicht lange ungetrübt bleiben, denn bereits im nächsten Frühling hat eine Mure den Weg stellenweise wieder verschüttet: Ein ganzer Hang rutschte ab; Bäume, die auf ihm verwurzelt waren, lagen nun kreuz und quer auf der Fahrbahn! Mitte Mai kam ein Freund aus München, um Hans beim Zersägen von Stämmen und Ästen zu helfen, am folgenden Tag sollten die Räumarbeiten mit einem einheimischen Baggerfahrer fortgesetzt werden. Leider hat es dann aber Schneeregen gegeben, und der Profi fragte besorgt an, ob sein Einsatz unter solchen Umständen denn möglich sei. Voll Wut über die Launen des Wetters hat Hans seine Bedenken zerstreut – nach einer Stunde sind die Männer aber doch ins Tal zurückgekehrt: Bei einer dünnen Schneeauflage war die Rutschgefahr für das Raupenfahrzeug viel zu groß! Der Einsatz mußte auf den folgenden Samstag verschoben werden, wo er uns gar nicht paßte, weil droben eine Feier auf dem Plan stand. Aber natürlich war die Befahrbarkeit des Weges noch wichtiger, und so zog Hans wieder mal am Morgen mit seinem Werkzeug los ... Viel später als gedacht erst kam er dann zur Hütte zurück: Der Hang war beim Reparieren noch einmal ins Rutschen geraten!

In den Pfingstferien wollten wir mit Schülern aus der Sektion auch den Serpentinenabschnitt wieder richten: diesmal mit imprägniertem Holz, weil das zuvor verwendete viel zu schnell gefault war ... Das neue Material war überraschend in unserer Abwesenheit vor das Wohnhaus im Tal geliefert worden, weil es dort nicht bleiben konnte, hatten wir es mit mehreren Fahrten per VW-Bus zu einem Zwischenlagerplatz gebracht. Eine Beförderung zum Wegende war erst nach Beseitigung der Murenschäden möglich: die nassen, schweren Hölzer mußten nun erneut in ein Fahrzeug ein- und wieder ausgeladen werden.

Leider gab es an Pfingsten dann eiskalten Regen, der sich nach einem ersten Arbeitstag, dem Feuereifer unserer jungen Helfer trotzend, in Schnee verwandelt hat. Wieder einmal mußte eine lang geplante Aktion verschoben werden ... Weil dies, neben dem ausgefallenen Pfingstgeschäft, noch nicht traurig genug war, bekamen wir auch noch Nachricht vom Tod meiner Schwiegermutter in München: Da mußten wir nun also zur Beerdigung, und zuvor Freunde zur Hütten-Aufsicht bestellen. Die brachten die nächste Hiobsbotschaft mit: Am Weg habe sich ein Loch von mindestens einem Kubikmeter aufgetan; wir könnten deshalb nicht per Haflinger ins Tal fahren!

Es kam noch schlimmer: Aus dem Hang oberhalb vom Bachweg sprudelte an mehreren Stellen so heftig Wasser, daß auf einer Strecke von gut 200 Metern tiefe Gräben aufgerissen waren! Deprimiert marschierten wir bis zum Auto des Freundes auf dem nächstgelegenen Parkplatz im Tal, mit dem wir dann wenigstens rasch bis zur Wohnung kommen konnten, wo unser VW-Bus stand. Als Hans mit diesem losfuhr, um am zweiten Zugangsweg zur Hütte ein Schild mit dem Hinweis »geschlossen« aufzuhängen, mußte er feststellen, daß das Auto eine Macke hatte und vor der Fahrt nach München in die Werkstatt mußte. Bis zum Abholen von dort hat er mit dem zuständigen Forstmann und dessen Jeep gleich den Weg besichtigt, bei der Bundeswehr sodann telefonisch vorgefühlt, ob nicht ausnahmsweise doch mal Soldaten zu Schaufeln greifen könnten? Allzu groß war seine Hoffnung darauf nicht, aber sie haben es getan – bei immer noch strömendem Regen!

Die Hoffnung auf eine kurze Materialseilbahn vom Beginn des Serpentinenweges zur Hütte haben wir an jenem Unglückstag begraben. Sie würde uns, falls überhaupt genehmigt, nichts nützen, wenn keiner da war, um den Zubringerweg nach Unwettern zu richten. Trotzdem war uns seine Befahrbarkeit wichtig, weil ja schon jeder Meter, den Hans bei Einkaufsgängen mit dem Rucksack weniger zu gehen und zu tragen hatte, eine Erleichterung war. So haben wir auch im folgenden Jahr wieder eine größere Mure und Verschüttungen beseitigt, die Furt für Fahrzeuge neben der kleinen Brücke mit Maschineneinsatz erneuert ... Dann kam das Pfingstunwetter von 1999: Es hat nicht nur im Tal viel zerstört, sondern auch unseren Weg wieder mal unbefahrbar gemacht, und zwar gleich für eine ganze Saison. Der Forst hatte bis zum Herbst Wichtigeres zu richten; wir selbst konnten mit Kameraden innerhalb kurzer Zeit nur den Steg über den Bach, der nach dem Überfluten völlig schief hing, wieder begehbar machen.

Im Mai 2000 mußte das Geländer der Brücke erneuert werden, weil Naßschnee im späten Winter es gebrochen hatte. Hans schlug dafür in der Nähe lange dünne Stangen. Beim Transport derselben über den Steg stolperte ich über ein Kästchen mit Bohrern, die zum Glück nicht ins reißende Wasser fielen, sondern – gerade noch daneben – nur zwischen Steine unter den Stämmen. Dort konnte ich sie, in Bauchlage mit ausgestreckten Armen, unter den Argusaugen und der Regie von meinem Mann wieder vollzählig zusammen tasten. Beim Hängenbleiben an einem Blech, das zum Verhindern von Fäulnis auf die Pfosten geschlagen war, hab ich mir anschließend noch ein T-Shirt zerschnitten. Ansonsten bin ich bei diesem kleinen Maiausflug aber mit heiler Haut davon gekommen.

Etwas zu tun gab es an diversen Stellen im Gelände immer wieder ... Zwei schwierige Übergänge in unserem Gebiet sind mit Schildern »Nur für Geübte!« versehen – weil sich mancher darunter wenig vorstellen kann, mit dem Zusatz »Trittsicherheit und Schwindelfreiheit erforderlich«. Der fehlt beim Hinweis auf schwierige Gipfel, die ohnehin bloß von Kletterern besucht werden, und da hat mich doch wirklich mal ein Gast gefragt, ob denn die Tiefkarspitze, da ohne Warnschild, leichter zu begehen sei als der Predigtstuhl? Ein anderer wollte wissen, ob man den Verlauf des Weges dort von der Hütte aus verfolgen könne, und weil der Mann mich mit seinen vielen Fragen schon genervt hatte, habe ich ihn »auf den Arm genommen«, als er bemerkte: »Da sind doch in den Alpen meistens so Punkte zur Markierung!«

»Soo? Das kenn' ich nicht.« Darauf er: »Na sehn Sie, da sind *wir* in der Welt wohl doch schon weiter herum gekommen als Sie!«

Erst in jüngster Zeit haben wir am betreffenden Weg rote Punkte und kurze Seile angebracht. Wer sich die schwierige Stelle schon vorab nicht zutraut, kann sie mit einem Umweg von einer Stunde umgehen. Ein kleines Mädchen hat dort vor Jahren einen Absturz nur wie durch ein Wunder überlebt und feiert seitdem zweimal im Jahr Geburtstag. Ein Holländer ist irrtümlich den Spuren von Schafen gefolgt und in eine Spalte gestürzt, aus der ihn die Bergwacht nur schwer befreien konnte. Mancher müde Wanderer ist schier verzweifelt, wenn er kurz vor seinem Ziel ein schmieriges Steilstück mit schwerem Gepäck überwinden mußte.

Einen zweiten ausgesetzten Übergang gibt es am Weg zum Karwendelhaus. Der sogenannte Gjaidsteig war mal gut ausgebaut, wurde aber nach dem zweiten Weltkrieg wegen seiner Beliebtheit als Schmuggelpfad vom Zoll gesprengt und jahrzehntelang nicht wieder hergestellt. Weil dort eine zeitlich vertretbare Umgehung nicht möglich ist, haben wir 1989 Seilsicherungen angebracht. Wegweiser, Werkzeug, Stahlseile und Getränke wurden im Juli unter extremsten Bedingungen an die Einsatzstelle geflogen: Es stürmte und regnete in Strömen, Nebel behinderte, nicht nur zum Kummer des Piloten, immer wieder die Sicht! Der Transport des Materials wurde bloß deshalb nicht verschoben, weil schon am folgenden Wochenende die Sanierungsaktion mit Sektionsmitgliedern stattfinden sollte.

Etwa fünfzehn sind dann gekommen, um bei herrlichem Wetter nach einem ungewöhnlich frühen Frühstück drei Stunden weit zur Einsatzstelle zu marschieren. Hans konnte dort seine Hände wegen einer Sehnenscheidenentzündung (nach der letzten Flugversorgung) kaum bewegen – er mußte den Arbeitseinsatz aber zumindest leiten und hat mir bei hektischem Mittagsbetrieb in der Küche, trotz Unterstützung durch eine Freundin, gefehlt ... Um 19 Uhr kehrten die Arbeiter zurück, und nach dem Abendessen wurde es romantisch: Im flackernden Schein von Öllampen blieben die meisten Helfer bis tief in die Nacht im Freien sitzen, mancher wurde dabei vom Schlaf übermannt.

Bei der nächsten Hüttenversorgung wurde das in eine Kiste gesperrte Werkzeug wieder zurückgeflogen – drei Jahre später am selben Ort leider schon wieder benötigt: Steinschlag hatte unsere Sicherung schwer beschädigt! Zuvor war sie bereits an mehreren Stellen abgeschraubt worden – mutmaßlich von jenen Kräften, die auch das Beschneiden von lästigen Latschen auf der Fortsetzung des Wegs in Österreich und eine Verlegung des Steigs in tiefere Lagen nicht wollten: Obwohl die Alternativroute wegen des im Frühsommer oft nötigen Ausweichens vor Schneefeldern ohnehin genutzt wird und sich im Fall einer Markierung weniger Leute dort verlaufen würden ... Unsere Vorstände haben bei einer Begehung alles photographiert und Änderungsvorschläge besprochen, die bei den zuständigen Stellen aber leider auf Widerstand stießen.

In anderen Bereichen tun wir, was sein muß und in unseren Kräften steht: Schneiden immer wieder Äste ab, räumen Bäume aus dem Weg mit Seil, Greifzug und Säge. Hacken und schieben Geröll aus Ablaufrinnen mit Pickeln, Schaufeln und Stöcken, reparieren schwankende Stege, markieren Steine mit den Farben Weiß und Rot ... Vor der Hütte wurde ein zentraler Wegweiser montiert mit einem Wetterhahn oben drauf und Pfeilen, die sich mit dem Wind von Nord nach Süd und Ost nach West drehen, während die Schilder unter ihnen stets die gleiche Richtung zu bestimmten Zielen zeigen.

Viel Geld ist auf den Wegen zum Einsatz gekommen für Material und Transporte, Kraft und Eifer der Jugend und weiterer Helfer, dazu das Wissen und Können unseres Hüttenwarts ... Für Lufttransporte und die Aufbewahrung von Werkzeug im Gelände wurde ein ausgedienter Öltank mit abschließbarer Türe, Füßen, Rostschutz und grüner Farbe versehen. Ein »hülsenloses Stahlbandumreifungsgerät« wurde beschafft und ein Schutzkasten zum Mitführen des Bandes gefertigt, das dem Zusammenhalt von Hölzern an den Wegen dient: von kurzen, die quer zu Stufen aufgebaut werden, und längeren, die ein seitliches Abrutschen des aufgeschütteten Pfades verhindern.

Im Jahr 2000 hat uns der Forst zehn Festmeter Stangenholz zur Verfügung gestellt. Hans half beim Holen aus dem Wald und fuhr die kurz zuvor noch schneebedeckten Stangen tropfnaß ins

Tal, anschließend hoch zu unserem Hubschrauberstartplatz, wo sie sauber aufgestapelt wurden. Dann folgte die Strapaze des Schöpsens: Etwa 150 Stämme, viel mehr als wir für unseren Weg eigentlich brauchten, mußten von der Rinde befreit werden, um einen Befall mit Borkenkäfern zu verhindern! Eine Schälmaschine anzufordern, wäre zu teuer gekommen, also haben wir im Wonnemonat Mai Menschen zum Einsatz gebeten: nicht gerade viele sind dazu erschienen! ... Unser Schatzmeister war dafür besonders eifrig: Stundenlang kämpfte er, nur mit ein paar Flaschen Wasser »geschmiert«, ganz allein mit den Stämmen im Walde! Wie er das aushalten konnte, fragte ich mich, denn *mir* hat beim Schaben mit einem Schöpseisen schon nach einer halben Stunde die Schulter weh getan ... Am Ende seines Kraftakts hat unser Freund dann ganz viel Flüssigkeit gebraucht – schon rein äußerlich zum Duschen, denn er war an Haut und Haaren mit Holzsplittern und Salz überkrustet!

Weil das geschenkte Holz gar so schwer war, haben wir nur einen Teil gleich zur Hütte geflogen, den Rest, um Transportkosten einzusparen, zunächst vor unserem Container trocknen lassen ... Auch im Hüttenbereich wurde dann noch immer wieder Rinde geschält. Ihr Duft war so angenehm wie das Lob mancher Wanderer für den nach vielen weiteren Schritten vollendeten Weg: »Da müssen ja echte Profis am Werk gewesen sein!« ... Andere Touristen meckerten über Mängel, und ein Mann, der sich angeblich mangels Beschilderung verirrt hatte, drohte uns sogar mal eine Klage auf Schadensersatz wegen entgangener Urlaubsfreuden an!

Als ich zwei Frauen aus Holland vor einem Steig mit den Worten warnte: »Da müssen sie schwindelfrei sein!« fragte die eine nach: »Wie sagt man da? Windelfrei?« Die zweite, des Deutschen besser mächtig, erwiderte grinsend: »Ja, windelfrei sind wir schon!« ... Daß einer die dick eingetragene Staatsgrenze für eine Fahrstraße über die Gipfel und ein anderer die Höhenlinien in der Karte für Steige hielt, kann man kaum glauben; die Verwechslung der Höhenangabe neben dem Namen einer Hütte mit der Entfernung zu ihr schon eher: »Da stand unten 1630 m. Das war aber viel weiter! Ganz bestimmt!« Weil das wahr ist, wollen viele Leute von mir wissen, wie *ich* zu meiner Arbeitsstätte komme, und wenn ich dann sage: »zu Fuß, genau so wie Sie!« wollen das manche fast nicht glauben. Aber so ist es nun einmal, denn die Flügel, von denen ich schon öfter träumte, sind mir bis heute nicht gewachsen!

Transporte

Als der letzte private Mulitreiber im Ort 1966 seine Dienste einstellte, durfte die Tragtierkompanie der Bundeswehr gegen Bezahlung das Versorgen unserer Unterkunft mit Lebensmitteln und Baumaterial übernehmen. Die primär dem Verteidigungsauftrag dienenden Tiere standen allerdings nicht immer zur Verfügung, und im Frühjahr 1980 ging mit ihnen gar nichts mehr: Unsere Waren standen schon im Stall bereit, als man Hans am Morgen des Tages, der für den ersten Transport vereinbart war, völlig überraschend mitteilte, daß sich die Tragtierkompanie wegen des schlechten Wegzustandes nicht in der Lage sähe, die Hütte zu versorgen. Er müßte eben zusehen, wie er das Transportgut hoch bekäme – *sie* könnten nichts mehr für ihn tun.

Da stand er nun mit ca. 40 Zentnern Material und mußte einen Ausweg finden. Sein Versuch, über die Gebirgs- und Winterkampfschule ersatzweise einen Hubschrauber zu bekommen, schlug fehl. Sein Anruf bei einer zivilen Lufttransportfirma im nahe gelegenen Innsbruck ergab, daß eine Versorgung auf deutschem Staatsgebiet durch österreichische Firmen nur dann bewilligt wird, wenn deutsche den Auftrag ablehnen. Er wurde an jene verwiesen, die auch für die Knorrhütte tätig war, vereinbarte nach dem Einholen von Informationen über Zuverlässigkeit und Preisgestaltung einen Flugtermin vier Tage später. Nun mußte rasch der Materialbedarf der Hütte für die nächsten zweieinhalb Monate ermittelt werden. Sektionskameraden brachten Bau- und Installationsmaterial, Wasserfilter und Pumpe in einer Nacht zwischen zwei Arbeitstagen nach Mittenwald. Aber wohin nun mit dem Material (mittlerweile insgesamt ca. 10 Tonnen)? Hans entschied, daß es soweit wie möglich in der Kaserne, ansonsten abrufbereit bei den Lieferanten zu lagern sei.

Ab Donnerstag früh hielt er sich wegen Kontaktaufnahme mit dem Hubschrauber am Telefon zu Hause bereit, erfuhr um 16 Uhr, daß wegen Schlechtwetter nicht geflogen werden könne und die Aktion vertagt werden müsse. Am Freitagmorgen besorgte er sich bei der Bundeswehr einen LKW und verlud mit Unterstützung von Soldaten das in der Kaserne eingelagerte Material, ab 10 Uhr war wieder Telefonbereitschaft angesagt. Und erneut kam ein Anruf, daß wegen Schlechtwetter kein Flug möglich sei ... Um 14 Uhr dann eine frohere Botschaft: Der Pilot fliege in Oberstdorf ab und hoffe, nach Mittenwald durchzukommen! Die Lieferanten wurden gebeten, ab 15 Uhr einsatzbereit zu sein. Bei einem Anruf in der Kaserne erfuhr Hans, daß dort soeben der am Vormittag beladene LKW wieder abgeladen werde, weil um 15 Uhr Dienstschluß sei und das Fahrzeug für eine Übung mit militärischer Ausrüstung beladen werden müsse.

So stand er nun erneut ganz alleine da: mit einer Ladung voll Material, aber ohne LKW und Hilfskräfte! Verzweifelt hat er einen Freund in München, der vorab schon informiert war, gebeten, so schnell wie möglich nach Mittenwald zu kommen. Wie es dann Schlag auf Schlag weiterging, hat er aufgeschrieben:

»15 00: Hubschrauber im Anflug, Anruf bei Lieferanten: Liefern!

15 05: Abladen der Transportnetze und des Treibstoffs aus dem Hubschrauber.

15 10: Erkundungsflug zur Hütte bei äußerst schlechter Sicht. Auf der Hütte: meine Frau und mein Bruder Franz, der (zufällig!) am Vortag aufgestiegen war.

15 15: Freund A. kommt aus München.

15 20: Bergstaffel, bestehend aus A., einem Mittenwalder Schreinergehilfen und dem Flugzeugmechaniker, fliegen zur Hütte.

15 25: Der Transport beginnt. Als Talstaffel fungieren die Mittenwalder Lieferanten, der Kompanietruppführer der Tragtierkompanie und ich. Der Wettlauf gegen die Uhr beginnt, ein Hubschrauberumlauf dauert ca. 5 Minuten, in dieser Zeit sind ca. 500kg Material, zusätzlich Müll- und Leergut zu laden bzw. entladen. Nach eineinhalb Stunden ist die Hütte versorgt. Außerdem sind 20 Müllsäcke und verschiedenes Transportgut zu Tal gebracht. Freund K., der inzwischen eingetroffen ist, und ich fliegen mit dem letzten Flug zur Ablösung der Bergstaffel zur Hütte. Mit dem

Verstauen des Transportgutes wird die Aktion abgeschlossen.«

Mitte August fand der zweite Flugeinsatz statt, bei dem sich das Personalproblem nicht so gravierend zeigte, dank der Mithilfe von Brüdern und Soldaten. Die neue Form der Hüttenversorgung hat sich bewährt. Im folgenden Jahr wurden wir an zwei Terminen mit lagerfähigen Lebensmitteln beliefert: vierzehn Flüge zu 600 Kilogramm haben damals 3000 Mark gekostet. Die zusätzlich nötige Versorgung mit Frischware erfolgte einmal wöchentlich per Rucksack: Insgesamt schleppte Hans gut 800kg an Waren zur Hütte hoch! Daß einige Kubikmeter Müll in Plastiksäcken droben überwintern mußten, war bedauerlich, denn trotz Verwahrung in Gitterkörben und Abdeckung mit Zeltplanen wurden sie von Mäusen und Füchsen aufgerissen! Um dies zu verhindern, würde künftig wohl ein dritter Flugtermin für den Abfallabtransport unumgänglich sein.

Im Tal war eine Möglichkeit zum Zwischenlagern der Güter zu schaffen: Ein Holzschuppen am Beginn des Weges wurde nach Vorgesprächen mit einer Zimmerei geplant; mit Einverständnis des Forstamts für die Grundstücksüberlassung sollte der Bauantrag gestellt werden. Zuvor hat Hans aber sicherheitshalber die Trassenführung einer geplanten Hochspannungsleitung überprüfen wollen – dafür wurde er mehrmals von einer Stelle an die nächste verwiesen. Am Ende bestätigte sich sein Verdacht: Der für den Schuppen vorgesehene Standort hätte gerade unter der Starkstromleitung zwischen zwei fünfzig Meter hohen Masten gelegen und wäre somit für den Hubschrauberanflug ungeeignet gewesen! Einen alternativen Platz zu finden war schwer: Forstamt, Gemeinde oder Privatbesitzer konnten uns keinen zur Verfügung stellen; ein Hubschrauberlandeplatz der Bundeswehr kam wegen militärischer Belange auch nicht in Betracht.

Schließlich empfahl man uns, die Mülldeponie des Landkreises, die von der Gemeinde betrieben wird, zu benutzen. Grundstückseigner und Pächter waren damit einverstanden, das Landratsamt machte aber darauf aufmerksam, daß aus betrieblichen Gründen eine Verlegung des Schuppens jederzeit notwendig werden könnte und der Lagerraum deshalb mobil sein müsse.

Ein Überseecontainer schien uns dafür gut geeignet: wir kauften einen ausgedienten, nicht zu teuer, in München. Den Platz für seine Aufstellung legte ein Mitarbeiter des Bauamtes fest. Sie erfolgte noch vor Ostern.

Nach den Feiertagen erfuhren wir dann, daß unser Antrag vom Bauausschuß des Marktes, entgegen der Auffassung seines Bauamtes, abgelehnt worden war: aus hygienischen Gründen und der Befürchtung, daß durch den Hubschrauber Müll aufgewirbelt und weit umher gestreut würde ... Wir mußten also weiter nach einem Stellplatz suchen und brachten schließlich einen Holzlagerplatz des Forstamts zur Sprache; dieses stimmte nach einem Ortstermin unserem Antrag auf pachtweise Überlassung einer kleinen Fläche für die Aufstellung unseres Behälters zu. Er konnte nach erneuten Planierarbeiten im Mai dorthin versetzt werden.

1982 wurden zehn Transportnetze, Zurrmaterial und Paletten beschafft. Der Getränkelieferant schenkte uns einen Hubwagen, der von einem Freund technisch überholt wurde und uns beim Transport der bis zu 600 kg schweren Lasten aus dem Container zum Abflugplatz künftig sehr nützlich war. Im Herbst 84 fiel bei einem Großeinsatz – fünfzig Flüge mit Baumaterial! – eine Ladung von fünfzehn Steinen zu je dreißig Kilo in den Wald, weil das Seil, an dem sie aufgefädelt waren, nach starkem Trudeln riß. Ein Forstmann, der damals durch sein Revier streifte, war tief erschüttert: hätte doch ein Stein *ihn* oder auch einen anderen Wanderer treffen können! Daß bei dem unliebsamen Vorfall nicht mal das Dach einer nahen Hütte Schaden nahm, war großes Glück.

Beim Umbau im Mai 1985 wurde mit 120 Flügen innerhalb von zwei Tagen ein Rekord aufgestellt, der ohne Helfer unmöglich gewesen wäre! Danach haben die regulären Versorgungen mit *einem* Einlader im Tal und *einem* Ausklinker am Berg jahrelang recht gut geklappt – wenn die Lasten in unserem Depot in Säcken und Netzen bereit standen. Man hat sie bloß rechtzeitig einkaufen, auswiegen und einpacken müssen ... Eben darum gab es im Mai 1989 unmittelbar nach unserer Rückkehr vom Urlaub Streß: Als wir um Mitternacht den Anrufbeantworter abhörten, erfuhren wir, daß die Hüttenflüge überraschend viel früher als vereinbart stattfinden sollten! Zum Glück hatten wir Konserven schon vor der Reise gekauft und verpackt, nun mußten wir so rasch wie möglich weitere Bestellungen und Einkäufe durchführen: beim Gashändler in Garmisch Flaschen holen, im Großmarkt Oberau Lebensmittel, bei einem Fachmann in der Nähe von Starnberg Zubehör für eine erste Solar-Anlage. Über zwei Stunden lang wurden wir dort instruiert, während in Mittenwald schon ein Freund verzweifelt auf uns wartete: Er hatte sich extra von seiner Arbeit in München frei genommen, um Werkzeugmaschinen für den Flugtransport zu uns zu bringen! ... Am nächsten Vormittag haben wir am Container weiter gepackt und auch noch Forstleuten geholfen, die Baumaterial auf dem Luftweg zu ihren Diensthütten befördern lassen wollten, damit aber keinerlei Erfahrung hatten. Hans stellte ihnen sein Wissen sowie Seile und Netze zur Verfügung.

Ab 14 Uhr mußte ich am Container bleiben und eine Kühltruhe in Empfang nehmen; zur selben Zeit holte Hans aus Garmisch Fleisch und Wurst. Um 15 h 30 wurde das Bier geliefert, gegen 16 Uhr sollte der Hubschrauber kommen. Fehlanzeige! Er war um 17 Uhr nicht da, eine Stunde später ebensowenig. Telefonische Nachfrage unmöglich: Das Autotelefon am Tankwagen des Piloten, das sonst der Verständigung diente, war demoliert worden. Die vor uns auf dem Flugplan stehende Knorrhütte hatte ihr neues Telefon noch nicht bekommen. Wir selbst hatten, außer dem in unserer Wohnung, überhaupt noch keines. Es war also alles ungewiß und wir begannen zu granteln. Ein Forstamtmann wurde ebenfalls nervös: schließlich warteten zwei seiner Männer zum Ausklinken der Lasten auf der Rehbergalm, ein dritter an einer anderen Hütte. Ihnen hatte er gesagt, daß sie droben bei mir übernachten könnten, falls es zum Absteigen zu spät werde. Nun war *ich* noch im Tal und die Hütte verschlossen. Würde der Hubschrauber an diesem Tag überhaupt noch eintreffen? Und wenn: Würde die Versorgung noch komplett über die Bühne gehen, bevor es dunkel wurde?

Wir rechneten aus: Zwölf Lasten für uns, sechs für den Forst – bei einem Eintreffen bis 19 Uhr würde der Pilot wenigstens unsere Flüge noch schaffen ... Als Hans um 18 Uhr 55 heimfahren wollte, um mit der Frau des Piloten zu telefonieren, die vielleicht mehr wüßte als wir, sagte ich stur: »Es ist noch nicht 19 Uhr.« Und prompt hörten wir um 18 Uhr 59 den Hubschrauber kommen!!! Hans war froh, noch da zu sein, weil er sich ausnahmsweise nicht an den Grundsatz gehalten hatte: »Fünf Minuten vor der Zeit ist des Soldaten Pünktlichkeit!« ... Ohne seine Präsenz hätte die Versorgung nicht mehr geklappt, und eine Bewachung der im Freien gepackten Ware über Nacht wäre nötig geworden, weil im Container nur für sechs Lasten Platz war ... Ich stieg in die doch noch eingetroffene Maschine ein, hob mit ihr ab und klinkte fünf Minuten später vor der Hütte die erste Last aus. Als unsere zwölf Flüge um halb neun absolviert waren, ging die Sonne unter. Den Auftrag für den Forst würde der Pilot wohl nicht mehr schaffen!

Hat er dann aber doch, bevor er um viertel nach neun mit aufgedrehten Scheinwerfern ins Tal abbrauste und nicht mehr zu hören war. Zu meinem Schreck, denn er hätte doch Hans noch zu uns bringen sollen! Mußte der Arme jetzt, nach sechzehn Stunden Arbeit, im Finstern zu Fuß hochkommen? Zum Glück nicht: Zehn Minuten später hörte man nochmals die Rotoren starten; der Pilot hatte, während Hans das Auto vom Container zum Bankerl hochfuhr (zwecks Bereitschaft für den nächsten Talgang), bloß seinen Tank nachgefüllt und brachte Hans nun, wie vereinbart, zur Hütte. Aus deren Veranda mußte ich zuvor ein Pärchen vertreiben, das sich bei meiner Ankunft schon mit Luftmatratzen zum Schlafen ausgebreitet hatte: Wir brauchten den Platz zum Einstellen unserer Waren. Der Mann schlug daraufhin verständnisvoll sein Zelt auf; die Frau war ziemlich sauer.

Als wir am nächsten Tag alle Getränke verstaut hatten, wurde mir schwindlig; Hans dagegen lebte auf, weil eine scheinbar unlösbare Aufgabe zu bewältigen war: Die neu gelieferte Kühltruhe sollte in den Keller befördert werden, obwohl sie etwas breiter als das Treppenloch war. Mir erschien der positive Ausgang des Unternehmens mehr als zweifelhaft, Hans war optimistisch: Er schraubte den Deckel ab, entfernte hölzerne Latten und stellte die Treppe senkrecht auf, um Platz zum Hinunterlassen der Truhe zu schaffen. Dann montierte er einen Greifzug an ihr und befestigte diesen an der Decke. Ich begann zu hebeln, die Truhe bewegte sich dreißig Zentimeter, von Hans bugsiert, langsam nach unten. »Geht ja ganz wunderbar«, freute er sich. Da gab es ein »Wumm«, und schon lag das teure Stück am Boden! Nicht durch meine Schuld: Der Metzgerhaken hatte sich durch Überlastung aufgebogen und das Seil freigegeben, an dem die Truhe hing! Wer hätte ahnen können, daß sie schwerer war als Schlachtvieh! ... Zum Glück befand sich die empfindliche Elektronik im abmontierten Deckel; ein Waschmittelkarton, der zufällig unter die Truhe geraten war, hat ihren Aufprall ebenso gebremst wie jene Wellpappe, die Hans an die Seitenwände der Treppe genagelt hatte, um das Gerät vor Kratzern beim Schlenkern zu schützen. Vielleicht war ja noch alles in Ordnung! Das würde sich freilich erst später zeigen, wenn die Solaranlage fertig installiert war.

Am nächsten Tag räumten wir noch Batterien, ein Faß mit Schwefelsäure sowie eine unglaublich schwere, im Tal überholte Wasserpumpe mittels Hebelwirkung und Rollen auf. Als ich endlich meine müden Petunien in die Kästen setzen wollte, stellte sich heraus, daß einer davon fehlte. Nur die ausgekippte Erde war unter dem Tisch, wo ich die Behälter zum Überwintern aufgestapelt hatte, noch zu finden! Scheinbar hatte ein Besucher das kaum fünf Mark teure Stück dringend gebraucht – mir und den Blumen ging es ab, denn ein neues konnte ich ja erst beim nächsten Talgang kaufen.

Zwei Jahre später gab es Ärger am Container: Kies, der auf dem Platz nebenan gesiebt wurde, lag in einem großen Haufen schon so nah vor der Tür, daß unser Anhänger dazwischen kaum mehr durch kam und man beim Verladen auch noch in einer Wasserpfütze waten mußte, die neu entstanden war. Nasse Füße und verschlammte Schuhe waren scheußlich! Als der Anhänger beim Heranfahren einmal nicht dort stand, wo wir ihn abgestellt hatten, erschraken wir: Zum Glück war er nicht gestohlen, sondern nur von einem Bagger hinter den Container verschoben worden. Ein Bremslicht, das dabei zerbrach, bekamen wir ersetzt. Der gepachtete Vorplatz wurde nach unserer Beschwerde über seinen Zustand planiert.

Dann mußten wir auch noch einen schweren Werkzeugschrank, den man uns geschenkt hatte, mehrfach zwischen Auto und Anhänger sowie Container hin und her heben, weil nirgends

Platz für ihn war – an einem anderen Tag beim Zimmerer stundenlang Holz auswiegen: Brett für Brett auf zwei Personenwaagen legen und nach einem Fehler beim Addieren fast noch mal von vorn anfangen, weil Hubschrauber ein Lastübergewicht schlecht vertragen! Insgesamt wurden dreizehn Ladungen kunstvoll verschnürt in Netze gepackt. Am schwersten waren die acht Meter langen Dachbalken mit über 100kg pro Stück ... Beim Flug hat sich dann eine Stahlschlinge gelöst: Bauholz fiel auf eine Insel in der Isar! Hans ließ sich später per Hubschrauber dort absetzen, um alles wieder festzuzurren und leicht beschädigt zur Hütte zu fliegen. Damit war die Sache aber noch nicht ganz erledigt: Ausgerechnet zur Absturzzeit hatten nämlich Soldaten auf der Insel im Fluß eine Übung, und da hat sich der Standortälteste natürlich Sorgen um ihre Sicherheit gemacht, eine sofortige Klärung des Vorfalls gefordert. Dies war uns von der Hütte aus aber nicht möglich, weil die Post unsere Rufnummer noch nicht freigegeben hatte: das Telefon hat beim Einschieben der Berechtigungskarte bloß gepiepst ... Ein Freund, der ins Tal ging, sollte den militärischen Beobachter mit dem Versprechen beruhigen, daß so etwas bei uns nicht mehr vorkommen werde. Der Pilot hat den Vorfall vorschriftsgemäß der Luftfahrtbehörde gemeldet.

Im Juli 1991 ging mir fast das Brot aus, als der Hubschrauber wegen schwerer Gewitter in Berchtesgaden nicht weg kam und deshalb bei uns, wo es nur leicht regnete, nicht wie geplant starten konnte. Die Großwetterlage ließ eine Verzögerung um Tage befürchten: Hans ist deshalb nach dem Einlagern der Lebensmittel im Container mit ein paar Broten wieder zur Hütte aufgestiegen. Wir hofften, daß sechzig weitere Wecken, die auf Bestellung bereits gebacken und abgeholt waren, nicht vor dem Fliegen und Frosten hart werden würden. Bei kühlem Wetter verdarb die Frischware ja wenigstens nicht so schnell wie bei warmem!

Nach fünf Tagen brachten mir die endlich möglichen Flüge – insgesamt sechzehn – den ärgsten Streß, den ich beim Versorgen jemals erlebte. Wir hatten ohne Helfer so viel aufzuräumen, daß ich den Gästen am Abend bei einer unerwartet voll belegten Hütte nur Getränke, Suppe und Brotzeit anbieten konnte – worauf ein paar alte Herren sich aufregten, daß das kein ausreichendes Essen für einen Bergsteiger sei! Als sie dann statt der gewünschten Milchschokolade auch »bloß« solche mit Nüssen bekamen, weil die neue Lieferung noch in irgendeinem Sack steckte, haben sie mit dem Meckern gar nicht mehr aufgehört. Ich bekam darauf Herzstechen mit Atemnot und hab mich zum Beruhigen auf eine Bank legen müssen.

Als wir am nächsten Tag nach dem Abmarsch der Nachtgäste endlich die restlichen Säcke ausleeren und aufräumen wollten, setzte ungewöhnlich früh erneut ein Ansturm von Gästen ein. Bald erfuhren wir warum: Eine Fernsehsendung über die Hütte war, ohne unser Wissen, schon vor einigen Tagen ausgestrahlt worden. Bei erstmals wieder schönem Wetter folgten nun Dutzende von Zuschauern dem Tip, uns zu besuchen! Daß man uns den Sendetermin nicht mitgeteilt hatte, ärgerte mich ziemlich. Der Redakteur meinte später, man habe vergeblich versucht, uns telefonisch zu erreichen.

Daß ich deshalb meinen Fernsehauftritt verpaßt hatte, war zu verschmerzen. (Man würde ja vielleicht eine Kopie des Films bekommen). Schlimmer war das Aufräumen ohne Helfer: Vor dem Küchenfenster warteten Gästeschlangen auf Speis und Trank, hinter der Hütte Hans mit Tonnen an Getränken, die ich ihm noch in den Keller reichen mußte. Also tummelte ich mich, so gut es eben ging, und teilte die Arbeit in Etappen ein: Zehn Minuten vorne bedienen, ein Schild mit dem Vermerk »Kurze Räumpause« aufhängen, Haustüre absperren. Nach hinten zum Abladen des Minitracs. (Einem für Transporte im Hüttenbereich nützlichen Kleinfahrzeug). So schnell wie möglich wieder nach vorn an die Gästefront, Haustüre öffnen mit dem Ruf: »Jetzt gibt es wieder was!« Stundenlang ging das so dahin ... Am Nachmittag wurde es dann ruhiger, und als am Abend ausgesprochen freundliche Besucher kamen, war ich richtig glücklich und froh: Nun war alles wieder gut!

Der nächste Frust kam Ende August: Als die gesamte Ware bereits gepackt vor dem Container stand, rief der Pilot bei mir auf der Hütte an, daß er wegen eines Getriebeschadens frühestens in drei Tagen kommen könne! ... Nun würde Hans drunten vergeblich warten, erst durch einen Anruf bei mir erfahren, was los war! Ich hörte ihn im Geist schon fluchen, und lenkte mich mit dem schriftlichen Fixieren der Misere ab: »Sein ganzes Arbeitsprogramm gerät durcheinander. Wo doch vorgestern der neue Generator gekommen ist und er den gleich einbauen wollte, damit wir endlich Wäsche waschen können. Ich habe bald nichts mehr zum Anziehen! ... Es ist wirklich zum Heulen! Was machen wir jetzt wieder mit der Frischware? Beim letzten Mal kamen Obst und Gemüse als Bio-Müll an, Brot war gerade noch verwendbar, Butter an der Grenze ... Wenigstens nachts kühlt es jetzt ab, aber bei Tag knallt die Sonne auf den Container! Wenn Hans die verderblichen Sachen daheim in den Kühlschrank legt, muß er noch vor dem Fliegen wieder hinunter in die Wohnung.« (Dies blieb ihm dann zum Glück erspart, weil schneller, als wir zu hoffen wagten, eine Ersatzmaschine kam.)

Im Mai 1992 sollte wieder mal früher als vereinbart geflogen werden: Viel Ware war in einem Umkreis von 20km noch in höchster Eile zu besorgen, und just da sprang unser Auto in der Früh nicht an! Es mußte in die Werkstatt abgeschleppt werden; dort wurde es gerade noch rechtzeitig für unsere Fahrten wieder fit. Am Container gab es dann die nächste Überraschung: Beim Vorfahren des Getränkelieferwagens schwappte uns aus dem unteren Ende der Bordwand eine Flut von Rotwein entgegen! Angestellte hatten die offenen Träger achtlos auf Kartons gestellt; beim Bremsen sind sie dort abgerutscht und zu Bruch gegangen. Die kaputten Flaschen wurden uns ersetzt, bei der nächsten Lieferung aber so schlecht dazu gepackt, daß es erneut Scherben gab ... Und dann mußte der Pilot, nach gut verlaufenen Flügen, zwei Tage später noch mal kommen: weil einige Getränke nach der Vorverlegung des Termins nicht mehr rechtzeitig beim Zwischenhändler eingetroffen waren!

Leider wurde dann immer noch längst nicht alles befördert, was wir bis zum nächsten Flugtermin brauchten. Aus folgendem Grund: Ein junger Landwirt hatte sich darum beworben, die Hütte mit Tragtieren zu versorgen! Dies kam für uns als ausschließliche Transportform zwar nicht mehr in Frage, doch erschien sie uns zwischen den drei Flugterminen nützlich, und drum waren wir gewillt, die Initiative des Mannes zu unterstützen. Wir hätten uns nicht auf ihn verlassen sollen! Bei einer Erstbegehung unseres Wegs nach der Schneeschmelze stellte der Landwirt fest, daß die Route für seine Tiere zu gefährlich sei. So ein Muli koste 5000 DM, ein Beinbruch käme ihn zu teuer … Und wir waren so blauäugig gewesen, vieles noch nicht zu besorgen, damit der Neuling im Gewerbe auch etwas zu befördern hätte! Nun mußten wir wieder mal selbst das Muli spielen und Lebensmittel in extra Gängen zur Hütte hoch schleppen. Dabei hatte ich auch mal einen Besenstiel an den Rucksack geschnallt, was einen Wanderer zu der Frage bewog, warum ich nicht auf diesem wie eine Hexe reite. Das hätte ich gerne getan! Leider aber konnte ich nur wie ein Esel trotten.

Im August 92 kamen vor dem vereinbarten Flugtag so viele Nachtgäste, daß Hans mir helfen mußte und ausnahmsweise erst am Morgen abstieg. Danach blieb ich fast den ganzen Tag allein – mit unguten Gefühlen, weil kein Helfer da war, der mich im Ernstfall unterstützen konnte! Die Versorgung sollte um 17 Uhr beginnen, zwei Stunden davor kam ein Anruf des Piloten, der in Oberammergau Pflanzen für den Forst flog: »Wir haben hier eine Unterbrechung, zu starker Wind, und es sieht schwer nach Gewitter aus.« »Ja, wenn ihr heute nicht mehr kommt, geht's dann morgen früh?« »Nicht sicher, je nachdem, wie wir hier fertig werden«. Kurz darauf Anruf von Hans, der so sauer ist wie ich … Dann rührt sich ein Helfer aus dem Tankauto: »Jetzt sieht es wieder besser aus, wir fliegen wieder.« »Ja, kommt ihr denn noch?« »Also später wird es auf alle Fälle.« »Wann ungefähr?« »Das kann ich überhaupt nicht sagen.« Weil ich nicht wußte, ob der Pilot vor seinem Kommen nochmal anrufen würde, zog ich sicherheitshalber gleich Bergschuhe an: Das Ausklinken der Netze mit ungeschützten Zehen war zu gefährlich! Dann bediente ich 21 Nachtgäste, bis meine Füße immer heißer wurden und die schweren Schuhe wieder runter mußten – Hubschrauber hin oder her.

Gegen halb neun erfuhr ich, daß der Pilot um 8 Uhr früh bei uns anfangen wollte, sofern die Gewitter es zulassen würden, und bekam erklärt, was ihm an diesem Tag so zu schaffen machte: »28 Grad in 1500 m, was meinst Du, da ist uns ständig der Sprit ausgegangen, da braucht man bald die doppelte Menge!« … Als es schon dunkel war und ich die Planen von den

Lasten fürs Tal längst weg getan hatte, zog grollend ein Gewitter auf. Wenn es jetzt in die Säcke hinein regnete, würden sie so schwer, daß der Hubschrauber sie nicht mehr anheben könnte ... Also mußte ich in den Wolkenbruch hinaus, um Leergut und Müll mit einer Plastikfolie wieder abzudecken. Ihr Fortfliegen wurde durch schnelles Fixieren mit Stangen und Kanistern verhindert ... Am nächsten Morgen verlief alles nach Plan: Hans kam mit der letzten Last zu mir hoch und wir brachten alles noch am selben Tag unter Dach und Fach.

Im Juli 93 regnete es am geplanten Flugtag wieder mal in Strömen. Hans tat mir echt leid: »Bei der Nässe alles einpacken, ganz alleine. Die schweren Brotkisten etc. Wie macht er das bloß?« Ich starrte aus der Küche ins Freie, mißmutig, aber nicht ohne Hoffnung: »Jetzt läßt der Schauer nach. Herr Gott, hab doch Erbarmen mit uns! Hans wird sich erkälten, das muß doch nicht sein!« ... Nach dem Fixieren meines Kummers auf Papier fluchte ich über Stunden immer wieder, und zwar ziemlich unanständig! ... Der Pilot rief an, wie es bei uns aussähe, sie kämen vom Übernachtungsort Eschenlohe nicht weg. Bei uns hätte man in der Früh noch fliegen können! Im Tal aber lagen dicke Nebelschwaden, und der Wetterbericht verkündete atlantische Tiefausläufer mit wärmeren Luftmassen: das klang eher nach Zunahme der Wolkenbildung, da hätten wir Wind gebraucht! Für den Piloten und seinen Tankwagenfahrer war das ewige Warten sicher auch nicht lustig. Wie aber mochte es dabei erst dem Hans ergehen, ganz alleine im kalten Gelände? Wir haben damals ja noch nicht mal eine Funkverbindung gehabt! Tief verzweifelt bekam ich Visionen: von einem Fahrweg sowie einer Materialseilbahn!

Im Mai 94 hat sich die Versorgung wegen eines technischen Defekts um zwei Tage verzögert; zufällig hatten wir diesmal die Frischware noch nicht abgeholt. Lästig war dafür, daß sich nicht nur der Wirt einer kleinen Privathütte, wie schon gewohnt, unseren Flügen für Transporte anschließen wollte, sondern noch zwei weitere Teilnehmer. Sie mußten nun mehrfach über Verschiebungen verständigt werden, und in unsrer Wohnung stand das Telefon vor lauter Hin und Her nicht mehr still.

Montag früh hieß es dann, daß vor Pfingsten wohl gar nicht mehr geflogen werden könne. Wir stellten uns darauf ein, die

Frischware für die Feiertage im Rucksack hoch zu tragen. Weil auch die bestellten Blumen nicht kaputtgehen sollten, hab ich vom Bachübergang aus zwei mal hintereinander je zwei Kartons davon zur Hütte geschleppt – vom Gärtner in guter Absicht frisch gegossen und deshalb extra schwer! Der wiederholte Aufstieg hat mich arg geschlaucht, zumal ich dabei in ein Gewitter kam; droben gab es dann noch eine weitere Überraschung: Ein Neugieriger hatte die Verzurrungen der Regenabdeckung auf dem Transportgut fürs Tal gelöst! Das konnte beim Anflug eines Hubschraubers höchst verhängnisvolle Folgen haben: die Plane würde sich, vom Wind hochgehoben, wahrscheinlich in den Rotorblättern verfangen! Weil eisiger Sturm aufkam und ich, total durchnäßt, so schnell wie möglich absteigen wollte, unterließ ich es, die Plane mit Heringen wieder zu fixieren. Es würde demnächst ja ohnehin kein Hubschrauber kommen.

Am Dienstag wurde uns dann aber doch für Mittwoch eine Ersatzmaschine in Aussicht gestellt, die das Nötigste als Innenlast befördern sollte. Wenn ich das am Montag geahnt hätte! Freilich hätte ich dann, ohne den »Schneidergang« mit den Blumen, auch die droben lauernde Gefahr nicht entdeckt ... So mußte ich nun Stunden vor dem Hubschrauber aufsteigen, um die Plane auf der Wiese zu sichern – ob der Flug am selben oder erst am nächsten Tag über die Bühne gehen würde, stand noch nicht fest. Ich konnte es droben auch nicht in Erfahrung bringen, weil das Telefon auf meine Berechtigungskarte partout nicht reagierte. (Wie ich später erfuhr, hätte ich sie bloß schneller einschieben müssen!)

Allein zu sein in der stockfinsteren Hütte war schon ein gespenstisches Gefühl! Die fünffach versperrte Stahlplatte vor der Eingangstüre hatte ich entfernen können. Zum Öffnen der verriegelten Fensterläden fehlte mir die Lust. Ich wollte mich ganz auf meinen Einsatz im Freien konzentrieren! Jedes Mal, wenn in der Ferne ein Hubschrauber zu hören war, schlug mein Herz höher – stundenlang ohne Grund. Am Ende ist dann aber doch noch einer gekommen, und ich hab zu meiner Erleichterung nicht alleine übernachten müssen.

Die für Pfingstmontag angekündigte Hauptversorgung mit einer neuen Firma verschob sich auf Dienstag. Der Pilot gab mir ein Funkgerät, mit dem ich ihn persönlich kontaktieren konnte. So war eine Verständigung über Vorgänge am Berg und im Tal besser möglich als mit dem von uns genutzten Apparat ... Weil man Unebenheiten im Gelände aus luftiger Entfernung kaum erkennen kann, war es immer wieder zum Umkippen zu *schräg* plazierter Lasten gekommen: Nun konnte man notfalls per Funk um erneutes Aufnehmen derselben und besseres Hinstellen bitten.

Ich hatte mich nie getraut, unmittelbar vor anfliegenden Säkken stehen zu bleiben. Nach einem Hinweis mit der Hand auf die gewünschten Absetzstelle war ich vorsichtshalber lieber zur Seite getreten und erst nach sicherem Stand der Ladung zu ihr hin geeilt, um den Karabiner am Ende des Verbindungsseils zum Hubschrauber auszuklinken. Der neue Pilot sah mich beim Anflug nun gar nicht an, weil er sich aufgrund eines anderen Maschinentyps durch einen Blick in den Spiegel besser orientieren konnte.

Sein Vorgänger hatte, um optimal aus dem Hubschrauber hinaus schauen zu können, sogar eine Seitentüre ausgehängt und so »windig« mal ein schweres Aggregat exakt auf der kleinen Ladefläche unseres Minitrucks abgesetzt! Überlegungen, die Landezone bei Bedarf mit Farbbändern zu markieren oder zwecks höherer Standfestigkeit der Lasten einen Teil der Wiese sogar zu planieren, gab es wiederholt. Sie wurden aber nie verwirklicht.

Die neue Firma war öfter in unserem Raum tätig. Vielleicht würde man mit ihr fortan nicht für gar so lange Zeiträume planen müssen. Mehr als drei Termine pro Saison waren sonst schon wegen der hohen Anflugkosten nicht drin! Das mögliche Gewicht der Fluglast von 700 kg (statt bisher 420 kg) schuf freilich auch wieder Probleme beim Beladen: So viel ging in einen Sack nur selten rein, und es war schwer, mit *einem* Palettenheber gleichzeitig zwei Lasten aus dem Container heraus zu fahren. Um teure Verzögerungen zu vermeiden, mußten diese im Abstand von nur wenigen Minuten zum Anhängen an den Hubschrauber draußen bereit stehen.

Daß sich die Versorgungszeit insgesamt aufgrund der höheren Traglast um ein Drittel verkürzte, war angenehm – da habe ich die Küche nicht gar so lange zusperren müssen. Manche Wanderer waren ja recht ungeduldig, wenn sie für längere Zeit nichts von mir bekommen konnten – für ihre Notversorgung hab ich Wasser und Gefäße, Trockenbrot und Kekse kostenlos bereitgestellt; in Phasen ausgeprägter Nächstenliebe sogar heißen Tee. Als rüstige Frührentner uns dann bei den Transportaktionen unterstützen konnten und eine nette Frau mich dabei manchmal in der Küche vertrat, waren solche Angebote nicht mehr nötig. Noch später wurde meine Präsenz im Flugbetrieb, dank einem Bodenmann der Firma, sogar fast überflüssig.

Leider haben wir am Ende der Saison 1994 feststellen müssen, daß uns die Versorgung mit dem neuen Partner unterm Strich um 70 % teurer kam als mit dem alten. Auch mit dem Lagercontainer im Tal gab es neuen Ärger: Als ein Baustoffunternehmer nebenan seine Schotterberge wachsen ließ, hatten wir eine größere Fläche als zuvor gepachtet, um noch genug Platz zum Rangieren und Verladen zu haben. Trotzdem war der Platz als Basis für unseren Flugbetrieb nicht mehr ideal: zu viel Staub wurde dort aufgewirbelt, der unsere Ware verschmutzte und dem Piloten die Sicht behinderte.

So konnte es nicht weitergehen! Im nächsten Frühling hat Hans sich deshalb beim Forstamt erkundigt, ob nun, da unser Weg am Bach entlang befahrbar war, vielleicht doch eine kurze Materialseilbahn zur Hütte in Frage käme? Die Antwort war: Nein! Sie würde im Naturschutzgebiet so wenig genehmigt werden wie ein dafür nötiger Lagerplatz! Nur das Abfliegen von einer anderen Stelle käme vielleicht in Betracht. Je näher an der Hütte, desto besser für uns: Dadurch würden wir Flugzeit und -kosten einsparen können.

Schon bei der nächsten Versorgung im Juli 95 haben wir die Waren auf dem Dammkarfahrweg in eine Höhe von 1300m teils selbst befördert, teils befördern lassen. Freunde mußten beim Verladen helfen, weil dort weder ein Container noch die in ihm lagernden Hilfsmittel wie Seil-Hebezug und Palettenheber zur Verfügung standen ... Und dann begannen die Flüge erst mit vierstündiger Verspätung, über die uns niemand informierte, mitten am Nachmittag bei 50 Grad! (Weil ein Kunde vor uns seine Netze zu schwer gepackt und weit mehr hatte fliegen lassen, als vereinbart war!) Wenigstens das Aufräumen am Abend klappte dann gut, auch dank Unterstützung durch einen Hüttenfreund aus Mittenwald, der zufällig hinzukam.

Im folgenden Winter wurde klar, daß unser Container an der vorgesehenen Stelle am Dammkarweg wegen der Schiabfahrt nicht ständig aufgestellt werden durfte – außerdem konnten wir ihn als ständiges Depot auch im Tal gut gebrauchen. Hans beschloß deshalb, günstig einen zweiten Container anzuschaffen, der auf »Abrollbetrieb« umgebaut wurde. Bei ihm konnte man künftig im Bedarfsfall das Dach öffnen und fertig gepackte Lasten vom Hubschrauber direkt heraus heben lassen ... Der Behälter wurde auf die Wiese vor unserer Wohnung geliefert und dort mit Rostschutz und olivgrüner Farbe gestrichen. Nach einer vorläufigen Erlaubnis durch drei verschiedenen Behörden brachte ein örtlicher Unternehmer ihn mit einem Spezialfahrzeug zum vorgesehenen Ort.

Dann begann das Theater um eine endgültige Genehmigung: Am Karsamstag erfuhren wir, daß unsere eingereichte zweiseitige Begründung für das auf 5 Monate im Jahr begrenzte Aufstellen den zuständigen Stellen nicht genügte! Also habe ich mich am Ostersonntag, unmittelbar vor einer Urlaubsreise, hinsetzen müssen, um unser Ansinnen noch genauer zu erläutern: Wir betonten, daß durch den »mobilen Charakter des Behälters« kein Eingriff in die Landschaft nötig sei. Trotzdem wurde ein »Beteiligungsverfahren« eingeleitet, in dem alle anerkannten Naturschutzverbände Bayerns zu unserem Objekt befragt wurden. Beamte und andere Fachleute aus München reisten an, um das bescheidene Objekt vor Ort in Augenschein zu nehmen und tolle Vorschläge wie den folgenden zu diskutieren: Ob man den Container nicht mit Brettern verschalen könnte, die vor Flügen halt entfernt und danach wieder montiert werden müßten?

Am Ende stimmte nur *ein* besonders rühriger Verband noch gegen unseren Plan, und so steht die grüne Kiste nun schon seit Jahren im Winter neben ihrer älteren Schwester im Tal, vom Frühling bis zum Herbst an einer Biegung des Weges im Wald höher droben. Dort hat ihr lange ein großes Krangestell zur Wartung von Pistenraupen Gesellschaft geleistet, das ein leichteres Schicksal als sie selber hatte: Es wurde von offiziellen Stellen nie bemerkt!

Für Ladetätigkeiten ohne Hilfskräfte haben wir einen Anhänger mit Seilzug und hydraulischem Hebekran angeschafft. Um diesen auf dem steilen Fahrweg zum Dammkar bewegen zu können, brauchten wir ein stärkeres Fahrzeug: einen kleinen LKW, der uns teuer zu stehen kam, weil sein Motor schon nach 40 000 km kaputt war. (Leider aber erst nach Ablauf der Gewährleistungszeit!) Schon zuvor hatten wir mal Ärger mit einer anderen Transporthilfe gehabt: Ein Geisteskranker schlug mitten im Gelände alle Scheiben von unserem »Haflinger« ein – mit Werkzeug, das zum Reparieren des Weges in ihm drin lag! Zum Glück hatte der Bursche, der amtlich als »gestört« registriert war und den Schaden deshalb nicht bezahlen mußte, wenigstens wichtige Kabel verschont – so konnte Hans das Auto noch zur Werkstatt fahren. Nach einem verschwundenen Reserverad hat er lange vergeblich gesucht: Es tauchte erst im nächsten Sommer im Bachbett wieder auf!

Wasser und Feuer

In unserem ersten Dienstjahr wurde eine alte Leitung von der Quellfassung weg neu verlegt. Kurz drauf stellten die Behörden fest, daß wir das zu uns kommende Wasser künftig nur noch in aufbereitetem Zustand an unsere Gäste würden abgeben dürfen. Kontrollen durch einen Mediziner der Bundeswehr hatten zwar seine einwandfreie Qualität bestätigt. Ein anderer Fachmann war mit seiner Wasserprobe aber (scheinbar nicht ohne Absicht) zu einem anderen Ergebnis gekommen! Am Zulauf des Brunnentroges war ein Schild mit der Aufschrift »Kein Trinkwasser« anzubringen, das viele für eine Maßnahme des Wirtes zur Geschäftsbelebung halten – dabei können wir es schon wegen der angedrohten Geldbußen gar nicht entfernen! Zum Entkeimen wurde ein Katadyn-Filtersystem gefordert, für das der natürliche Gefälledruck nicht reichte: Wir mußten eine Pumpe und zwei Zwischentanks erwerben und zum Unterbringen der Aufbereitungsanlage einen Anbau mit Keller und Werkstatt errichten. Im folgenden Jahr wurden eingebaut: ein Rohwasserbehälter mit 1500 Liter Fassungsvermögen zur Pumpenversorgung, eine Pumpe für 6 bar Druck zum Betreiben des Trinkwasserfilters und Fördern von reinem Wasser zu einem Behälter, der in 25 m Höhe über der Hütte aufgestellt wurde; dazu ein Trinkwasserfilter mit einer Leistung von 3000 Litern pro Stunde und ein weiterer Reinwasserbehälter.

Im gleichen Sommer begann nach dem Einbau von Dachfenstern und Trennwänden der Innenausbau der Sanitärräume im Bereich der früheren Werkstatt. Ein befreundeter Fachmann hat mit Hans an elf Wochenenden kostenlos Installations-Arbeiten durchgeführt, zusätzlich noch etwa siebenhundert Einzelteile während seiner Arbeitswoche in München besorgt. Sie wurden in Rucksäcken zur Hütte geschleppt, die manchmal mehr als vierzig Kilo wogen!

Bei der Quellfassung mußte das bereits bestehende Becken mit einem Einstiegshals versehen und nach oben hin abgedeckt werden, um es gegen Regen- und Sickerwasser abzudichten.

Eine feuerverzinkte Stahlkonstruktion wurde zu diesem Zweck per Hubschrauber an Ort und Stelle transportiert, danach montiert und innen mit Beton bedeckt. Unsere alte Quellfassung, die wegen Auswaschungen nach unten abzurutschen drohte, wurde nach drei Seiten neu einbetoniert und mittels Stahlarmierung im darunter liegenden Fels verankert. Ein ganzer Trupp von treuen Helfern hat an einem schönen Wochenende im Herbst den Beton von der Hütte in Eimern über 200 Meter steil bergauf geschleppt bzw. mittels Seilzug zur Einsatzstelle gebracht.

1981 mußte für die Toiletten eine Klärgrube gebaut werden, mit dreißig Tonnen Material, das – zu 600 kg Frachten zusammengestellt – in einem pausenlosen, sechs Stunden dauernden Hubschraubereinsatz zur Hütte geflogen wurde. Sektionsmitglieder aus allen Altersklassen halfen beim Verladen und Verräumen! Der Aushub des behördlich geforderten Fassungsvermögens von achtzehn Kubikmetern war schwierig, weil unter einer dünnen Humusschicht blanker Fels zutage trat. Hans berichtete darüber folgendes: »Mühselig, eher an den Strafvollzug vergangener Zeiten erinnernd, gestaltete sich die Arbeit. Schwerer Fels mußte vor dem Aushub mit einem elektrischen Hammer gebrochen werden, 70 Kubikmeter Gestein mußten über mehrere Stufen zuletzt bis über vier Meter hoch ausgeschaufelt und mit dem Schubkarren auf die sechs Meter höher gelegene Lagerfläche transportiert werden. Leider war die Zahl der freiwilligen Helfer gering, deren Mithilfe dafür um so wertvoller ... Zur weiteren Unterstützung unserer Truppe engagierten wir an zwei Wochenenden jeweils vier Yugoslawen aus der Tiefbaubranche – für harte D-Mark zwar, die sie sich aber redlich verdienten. Im August fand ein zweiter Hubschraubereinsatz statt, bei dem nochmals sechs Tonnen Baumaterial zur Hütte transportiert wurden.«

Nach über zweieinhalb Monaten waren die Aushubarbeiten abgeschlossen, Ende August wurde mit dem Betonieren der Grube begonnen. Der Hüttenwart erhielt Verstärkung von der Sektionsjugend sowie einem engen Freund – so hatten sie bald alles gänzlich ausgemauert, die Rippendecke verlegt und zum Betonieren vorbereitet. Kurz vor dem Wintereinbruch erfolgte Anfang Oktober die Bauabnahme durch je einen Vertreter von

Wasserwirtschafts-, Landrats- und Gesundheitsamt: Eine Maßnahme war damit zum Abschluß gebracht, die in der Sektion jahrelang für Auseinandersetzungen gesorgt hatte, nun aber als ein Stück praktizierter Umweltschutz galt! Die Anlage ist heute am Steilhang hinter der Hütte kaum mehr zu erkennen: Nach dem Ausbringen von Humus und Grassamen, vorübergehendem Befeuchten und Umzäunen grünt es dort schöner als zuvor, und flüchtigen Gestank gibt es nur dann, wenn im Frühling die fäkalischen Überreste vom Vorjahr ausgepumpt werden.

1982 wurde der alte Abort erneuert, den man bei Wassermangel und im Winter auch heute noch braucht. Er bekam ein neues Betonfundament mit eingebautem Fäkalientrichter, der in ein Rohr mündet, welches im Sommer mit Wasser vom höher gelegenen Trog ständig bespült wird. Das Plumpsklo hat sich über Jahrzehnte bewährt und Besucher nicht nur der schönen Aussicht wegen immer wieder begeistert – manche schätzen auch sein Überraschungs-Potenzial: Wenn man den Stöpsel am Brunnen vor der Hütte zieht, hört man gleich drauf weiter drunten ein kräftiges Rauschen! Dieses hat Unkundige schon oft geschreckt, und der Effekt wurde von Gästen mit spitzer Feder mehrfach festgehalten.

Der Weg zu diesem Häusl, das ein Herz zum Lüften hat, war manchmal lästig: Bei Regen wurde man von oben naß – wenn es mitten im Sommer Schnee gab, bekam man vom Freischaufeln einen Muskelkater ... Manche zieren sich, das Traditionsklo zu betreten, wenn die anderen Toiletten wegen Wassermangel geschlossen sind – obwohl ich das Ärgste, weit unter einem Dekkel, dann von Zeit zu Zeit mit Wasser aus der Küche oder einer Regentonne wegspüle. Andere verschmutzen die hölzerne Sitzfläche mit ihren Schuhen, wenn sie sich darauf stellen, statt sich hinzusetzen, und treffen dann auch noch verstärkt daneben. Frauen befragen vor dem Betreten gerne Geschlechtsgenossinnen, ob man es denn wagen könne, »da« hinein zu gehen, und wenn eine behauptet: »Kann man *nicht*, total versaut!«, glauben sie das gleich, auch wenn es gar nicht stimmt. Männer sind da, obwohl nicht weniger sauber, meist weniger heikel, und ein Franke, dem die öffentliche Debatte des Themas mal gar nicht gefiel, meinte ganz deftig: »Da häng I do mein Arsch nei und ned mein Kopf!« ... Weitere Details über das Verhalten im Sanitärbereich gehören nicht in den Bereich der Belletristik und bleiben dem Leser dieses Buches deshalb erspart. (Zu unserer Arbeit gehören sie fast wie das tägliche Brot.)

Bei den Anlagen zur Wasserversorgung gab es immer wieder was zu tun. Am Bunker wurde ein zusätzlicher Reservetank für 5000Liter eingebaut, den Ablauf einer Dachrinne hat man mit jenem vom Brunnentrog zusammengeführt, die Wasserleitung fast vollständig erneuert. Mal hat verfaultes Holz dort den Zulauf verstopft, ein anderes Mal ein Stein, der nur durch Öffnen der Verschraubungen in unsere Leitung gelangt sein konnte: In beiden Fällen hat Hans ziemlich lange gebraucht, bis er die Störungsursache finden und beseitigen konnte. Winterschäden an der Leitung, die von der Quellfassung weg ein paar hundert Meter durch Steilgelände führt, gab es öfter – zuletzt im Jahr 2000, als Schneemengen dort, wo sie einen Graben frei hängend überquert, diesen bis zu fünfzehn Meter hoch füllten und unter ihrem Druck die Stahlverankerungen für die Aufhängung brachen. Die Leitung konnte erst an neuen Ankerbolzen wieder festgemacht werden.

Die Aufbereitung unseres Wassers kostet täglich Mühe und Geld: Ventile und Absperrhähne müssen auf- und zugedreht, Generator und Pumpe an verschiedenen Orten gestartet und gestoppt werden, die sündhaft teuren Filterkerzen mindestens zwei mal pro Saison gereinigt und spätestens nach sieben Jahren durch neue ersetzt werden. Roh- und Trinkwasserproben sind alljährlich zu entnehmen und noch am gleichen Tag kühl in ein Labor zu bringen: für die physikalisch chemische Untersuchung in sieben Flaschen! Manche soll man vorher ausspülen und andere nicht, einige zügig, andere zur Vermeidung von Turbulenzen nur langsam befüllen – nachdem man das Wasser zuvor länger ablaufen ließ und den Hahn mit einem in Alkohol getränkten Wattebausch gereinigt hat. In bestimmten Zeitabständen ist zur bakteriellen auch noch eine umfangreiche mineralogische Untersuchung vorgeschrieben, für die zwanzig Liter Wasserproben per Rucksack ins Tal gebracht werden müssen!

Zur Kontrolle der Kontrolle überraschten mich einmal zwei Beamte, als ich droben ganz alleine war. Sie baten mich um ein

Feuerzeug zum Entkeimen des Trinkwasserhahns in der Küche. Dann kniete sich einer draußen unter den Ablauf des Trogs, um dort die Rohwasserprobe zu entnehmen. Vermeintlich unbemerkt! Ich sah ihm dabei aber vom Fenster aus zu und fragte, warum er sich das Ungefilterte nicht bequemer am Zulauf hole? Dort, wo es noch nicht in Kontakt gekommen sei zu Algen, Schweiß und Schnauzen? »Beim Rohwasser is' des doch völlig wurscht!«, meinte der Diener des Staates. »Mir aber nicht, denn es wird vom Schlauch weg immer wieder getrunken!« Darauf hat der Mann sein Fläschchen trotzig ausgeschüttet und mit einer neuen Probe gefüllt – dann sind die beiden Herren ohne Gruß verschwunden. Ich konnte mich bei ihnen nicht mehr über den Kollegen beklagen, der zwei Jahrzehnte zuvor auch für das Spülwasser in den Toiletten Trinkwasserqualität gefordert hatte und damit eine entsprechende, irreversible Verlegung von Rohren. Zu meinem Glück: Durch Hans erfuhr ich nämlich, daß *jener* identisch war mit dem, der nun vor unserem Brunnen niederkniete!

Das behördlich vorgeschriebene Schild »Kein Trinkwasser« gilt manchmal ganz wörtlich: Wenn es lange nicht geregnet hat und kostbares Naß in unsere Tanks nur noch langsam oder gar nicht mehr nachfließt, kommt aus dem Schlauch am Trog nichts mehr raus. »Wegen Wassermangel geschlossen«, ist dann an den Toiletten und Waschräumen zu lesen, und über diese Botschaft ist schon mancher Ankömmling erschrocken. »Ach Du Scheiße!«, stöhnte einer, bevor ihn beim Blick auf offene Hüttentür und Gläser Erleichterung überkam: »Ach so, bloß das Scheißhaus. Na Gott sei Dank!« ... Wie schon erwähnt, kann man in solcher Not eine andere Bedürfnisstätte benützen, und sich auch anders waschen: mit einer Schüssel aus der Regentonne oder an einem zehn Minuten weit entfernten Wassergraben. (Sofern einen die Füße bis dorthin noch tragen!)

Als sich ein früher Tagesgast mal voll Frust über die Trockenheit unseres Trogs von seiner Frau Wasser aus einem bereit stehenden Kanister über den Rücken schütten ließ, war ich erschüttert, denn den hatten unsere Nachtgäste extra fürs Zähne putzen nach dem Frühstück zuvor herbei geschleppt. Noch mehr mußte ich mich über Amerikaner wundern, die ich beim Auffüllen von

Trinkflaschen aus einer Regentonne erwischte: Ihr »Führer«, erklärten sie mir, habe ihnen dieses empfohlen, nachdem sie im Waschraum an den Hähnen »Kein Trinkwasser« gelesen hätten! ... Ich schickte sie zum frischen Füllen genau dorthin zurück, an einen Hahn *ohne* Schild, den sie zunächst übersehen hatten. So sparte ich den Gästen ziemlich gewiß Bauchweh und Dünnschiß ... Weil auch andere dem anonymen Hahn nicht trauten, haben wir dort schließlich ein Schild mit »Trinkwasser« ohne »Kein« hin geklebt: Da glauben jetzt wieder viele, daß dieses Wort bloß verschwunden ist und fragen trotzdem, ob man dort trinken darf. Jene, die es versehentlich an »falschen« Hähnen tun, kann ich trösten, denn der ungefilterte Genuß hat bis heute, nach unserem Wissen, niemandem wirklich geschadet.

Ein echtes Problem ist dagegen Wassermangel, weil in Notlagen keine Transportmöglichkeit für Nachschub vom Tal her besteht. Erstmals wirklich schlimm traf es uns im Sommer 91, als nach ungewöhnlich vielen heißen Tagen acht Wochen lang kein Wasser mehr in unsere Tanks nachlief: Da mußten wir mit unseren Reserven so sparsam umgehen, daß wir zeitweise nicht mal mehr Schiwasser ausgeben konnten! Wenn Schlechtwetter gemeldet war, gab es bei uns nur ein kurzes Nieseln, bevor der Südwind alle Wolken schon wieder davon blies. *Einmal* aber kam dann doch *so* viel Regen, daß unsere Tanks sich wieder füllten und wir endlich Wäscheberge waschen konnten, die sich schon *vor* der Dürre wegen eines Defekts am Generator angehäuft hatten. Zu einer schweren Belagerung Anfang Oktober konnten wir den normalen Wasch- und Sanitärbetrieb gerade noch aufrecht halten. Danach mußten wir die Toiletten wieder schließen und Wäschesäcke schmutzig bis zum nächsten Frühling liegen lassen.

Auch zu viel Wasser vom Himmel ist nicht angenehm! Wenn unsere Gäste tropfnaß kommen, stellt sich die Frage, wie und wo man ihre Kleidungsstücke wieder trocknen kann. Da braucht es alte Zeitungen zum Stopfen in Schuhe, Haken für Regenhäute im Flur, Aufhänger, Kleiderbügel und Stangen. Dazu ein Feuer im Ofen, das beim Öffnen von Lüftungsklappen in seiner keramischen Umhüllung Wärme in die Stube strömen läßt, beim Schließen seine Kacheln erhitzt. Wenn die nur lauwarm sind, bitten Gäste mich manchmal, noch ein paar Holzscheiter nachzulegen, auch wenn das Thermometer im Aufenthaltsraum dreißig Grad anzeigt und allen, die dort sitzen, Schweißperlen auf der Stirne stehen! Bloß, weil manches Wäschestück nach einigen Stunden noch nicht trocken ist.

Manchmal kann ich der Versuchung nicht widerstehen, feuchte Sachen, die mich eigentlich nichts angehen, nach der Hüttenruhe so in der Stube zu verteilen, daß sie möglichst viel Luft bekommen und damit eine Chance, am Morgen trocken zu sein. Unkundige lieben nämlich die Kumulation feuchter Klamotten auf den Kacheln und wundern sich dann über die mangelnde Wirkung dieses ventilationsfreien Stapelverfahrens! Socken und Schuhe von Kindern lege ich schon mal am Küchenherd auf Topfdeckel und vor das heiße Rohr, damit sie beim Anziehen zur Freude der Kleinen richtig schön warm sind. Knödel von nassem Zeitungspapier müssen wir auf den Kompost tragen oder erst nach dem Trocknen verbrennen. Auf keinen Fall darf man sie alle auf einmal in den Ofen stecken, denn dann entsteht beim Zünden Rauchgas, das die Atemwege reizt und sich in Stube und Schlafraum verteilt. Dort, wo Rauch anderer Art nicht nur unerwünscht, sondern sogar verboten ist.

Wenn es nach einem Schauer gleich wieder schön wird, können Kleidungsstücke auf der Spinne im Freien bei Sonne und Wind ziemlich rasch trocknen. Weil dies nicht immer möglich ist, wollen wir demnächst endlich einen richtigen Trockenraum neben der Holzlege bauen! Aufhängestangen unterm Dach des Anbaus sind für *meine* Naßwäsche praktisch – Gästen, die bald weiter wollen, nützen sie ohne ausreichende Raumwärme wenig. Für sie haben wir gelegentlich einen Gasofen aufgestellt, was sich aber nicht bewährte: Immer wieder wurden Fenster so weit aufgerissen, daß die heiße Luft gänzlich aus dem Raum entwich; mehrmals Socken so nah vor die glühenden Heizspiralen gebracht, daß es nur wie durch ein Wunder nicht zu einem Brand kam.

Zur Erzeugung von Wärme hat man früher ausschließlich Holz verwendet. Das Fällen der Bäume, Sägen, Heranschaffen und Hacken lag in der Hand von Waldarbeitern, bevor Sektionsmitglieder und Hüttenwirte selbst für Brennstoffnachschub sorgten. Der gesamte Jahresbedarf wurde dann bei sogenannten »Holztouren« am Buckel zur Hütte geschleppt! Diese Anstrengung konnten wir uns vor dem Erwerb eines »Minitracs« nur *einmal* auf besondere Weise sparen: als der Standort abgestorbener Bäume günstig war und so viel Schnee lag, daß sich Stämme und Äste mit einer »Seilbahn« transportieren ließen – in einem Akja, der an einem über die Betonmischmaschine laufenden Seil hing!

Heute muß Holz zum Teil aus größerer Entfernung mit dem Hubschrauber zur Hütte gebracht werden; fürs Befördern im Nahbereich genügen Muskelkraft und Minitruck. Gerne haben wir auch schon Briketts und Abfälle aus einem Sägewerk im Tal zum Heizen hergenommen, denn der Brennstoff, der aus Wurzeln kommt, wächst in unserer Höhe nicht mehr ausreichend nach. Zur Sicherung seiner Zukunft haben wir wiederholt Fichtensetzlinge in der Umgebung der Hütte eingepflanzt, seltener auch Lärchen und Zirben.

Eine besonders eindrucksvolle Aktion fand 1988 statt, als wir zehn vom Wind gebrochene Bäume von der Rehbergalm zu uns fliegen ließen. Nach Betriebsschluß im Herbst haben wir die Stämme an herrlich milden Tagen in kurze Scheiter aufgetrennt, Äste zersägt und die Holzlege mit ihnen gefüllt. Vor einem angekündigten Wettersturz wurde sogar noch bei Flutlicht aufgeräumt! Nur Berge von Sägespänen blieben über Nacht liegen und mußten am nächsten Tag, schon feucht, mit einem Staubsauger beseitigt werden. Der Rasen unter ihnen wäre sonst erstickt ... Schade, daß wir nicht alle Arbeitsphasen photographierten: Eine so große Lieferung sollte es nie wieder geben! Die Bäume waren teilweise 400 Jahre alt und entsprechend dick. Ihre gestutzten Stämme wurden zu einer imposanten Pyramide aufgetürmt, mit deren Holz wir Stube und Küche jahrelang heizten.

Unerwünschtes Feuer gab es auch: Im Juni 1993 schlug ein Blitz in den Ableiter hinter unserer Hütte ein, kam vor ihr an einer Treppe wieder heraus und züngelte an den Verbindungsklammern der Stufen entlang. *Soo* energiegeladen noch, daß morsches Holz zerspalten wurde und wild durch die Gegend spritzte! Den zerstörten Zugangsweg haben wir nach diesem

Spektakel nicht mehr erneuert, weil es zwei weitere Eingänge zu unserer Terrasse gibt. Es durfte Gras darüber wachsen.

Wesentlich schlimmer war eine andere Folge der entstandenen Überspannung: Einige Sicherungen verschmorten, der teure Spannungswandler für die gut gefüllte Tiefkühltruhe funktionierte nicht mehr. Zum Glück war unser Solarstrom-Ingenieur, obwohl es Sonntag war, telefonisch erreichbar, so daß Hans das Problem besprechen konnte. Am Ende blieb ihm aber doch nichts anderes übrig, als das fünfundzwanzig Kilo schwere Trumm ins Tal zu schleppen und dem Fachmann zu bringen, der ihm für die Zeit der Reparatur ein leichtes Ersatzgerät leihweise zur Verfügung stellte. Weil dieses nicht für alle Geräte – insbesondere meine Schneidmaschine in der Küche – reichte, war ich ziemlich froh, als der stärkere Spannungswandler nach dem Reparieren auf dem Rücken unseres Jugendleiters wieder zu uns hoch kam!

Auch auf dem Balkon haben wir mal einen kleinen Brand gehabt, nachdem jemand leere Kartons achtlos vor dem Abzugsrohr unseres Badezimmerofens aufgestapelt hatte. Als wir diesen ahnungslos beheizten, hat sich durch aufgestaute Wärme im Freien zunächst die Pappe entzündet. Danach begannen einige Schindeln an der Wand darüber zu brennen! Wir bemerkten es gleich und konnten die Flammen noch mit Putzlumpen löschen. Trotzdem waren wir gewarnt und haben künftig besser aufgepaßt. Außerdem hab ich geprüft, wie unsere Feuerlöscher im Ernstfall zu bedienen wären.

Wasser haben wir für dieses Feuer nicht gebraucht – dafür brauche ich täglich Feuer zum Erhitzen von Wasser. Das funktioniert im Prinzip schon lange auch ohne Holz. Der erste Gaskocher in unserer alten Küche war allerdings so klein, daß er bloß zum Erwärmen kleiner Mengen geeignet war! Deshalb stellten wir dort bald einen stärkeren zweiflammigen Brenner auf, der zwischen Holzherd und Türe gerade hinpaßte und für mich ein gewaltiger Fortschritt war. Endlich mußte ich bei stärkerem Betrieb nicht mehr eine Stunde vor den Gästen aufstehen, bloß damit das Wasser fürs Frühstück rechtzeitig zum Sieden kam! Endlich mußte ich nicht mehr rund um die Uhr schüren und konnte damit viel Holz einsparen. Wenn meine Suppe überkochte, tropfte sie nun geruchlos auf ein Auffangblech und ließ nicht mehr das ganze Haus nach Angebranntem stinken. (Dies war bei solchem Mißgeschick zuvor der Fall, weil man die glühend heiße Herdplatte ja erst nach dem Erkalten reinigen konnte. Bis dahin war die dicke Flüssigkeit schon zu Asche geworden!)

Angefangen haben wir mit kleinen Gasflaschen im Haus. 33-Liter-Behälter dürfen aus Sicherheitsgründen nur im Freien installiert werden und erfordern stärkere Rohre. Diese wurden beim großen Umbau verlegt. Jetzt ist die Versorgung rentabler und auch praktischer: Wenn man rechtzeitig merkt, daß der Brennstoff zur Neige geht, kann man durch einfachen Hebeldruck eine bereits angeschlossene Zweitflasche sofort zum Strömen bringen, spart sich dann das umständliche Neuentzünden von Kühlschränken, Lampen und Öfen. Besonders wohltuend ist die Wärme, die wir im Privatbereich mit Gas erzeugen können! Wenn früher mancher Wirt den Saisonschluß gar nicht mehr erwarten konnte und am liebsten schon Anfang September mit dem Vieh ins Tal gezogen wäre, so lag das auch an der unwirtlichen Kälte, der man beim Anziehen und Waschen ausgesetzt war. Es gab keine Heizmöglichkeit in der Kammer unterm Dach, nur eiskaltes Wasser in eisigen Räumen! (Als Ausweg blieb da nur die Körperpflege an der Küchenspüle). Ähnlich hart haben es heute im Sanitärbereich noch unsere Gäste, freilich nur ausnahmsweise und kurz. Trotzdem hofft wohl mancher, daß auch dieser Zustand nicht so bleibt bis in alle Ewigkeit.

Licht und Strom

In der Frühzeit unserer Hütte brachte Petroleum Licht ins Dunkel der Nacht. Ab 1963 wurden Gastraum und Küche mit Propangas beleuchtet. In den anderen Räumen sollte es noch für weitere Jahrzehnte keine Lampen geben, denn im Schlaf-und Sanitärbereich wäre Gas viel zu gefährlich gewesen. Der unsichtbare Brennstoff strömte nämlich, sofern die Absperrschalter am Zuleitungsrohr geöffnet waren, in den Raum, wenn man ein Staberl neben dem Glühstrumpf unter dem Lampenschirm herunter gezogen, das Gas aber nicht entzündet hat. Da konnte man dann froh sein, wenn man den zu Boden fallenden Brennstoff durch seinen Geruch noch rechtzeitig bemerkte: Zigaretten oder Kerzen hätten eine Explosion auslösen können! Berühren durfte man den Glühkörper aus empfindlichem Gewebe auch nicht, weil er dann sofort zerfiel, was mir gelegentlich, neugierigen Gästen oft passierte: Da mußte man dann einen neuen Strumpf einsetzen, der ziemlich teuer war und beim ersten Abbrennen furchtbar gestunken hat.

Weil ich nicht gerade die Größte bin, mußte ich mich zum Lichtmachen in der Stube von einem Stuhl aus zur Lampe hoch strecken und dabei sogar einen Fuß auf den Tisch setzen, um nicht das Gleichgewicht zu verlieren. Diesen Balanceakt fanden viele Zuschauer spannend, mir hingegen war er oft peinlich, mußte ich dabei doch manchem Gast, der nicht zur Seite rückte, meinen Hintern ziemlich nahe vor die Nase halten! Wenn ich die Hüttentüre nach Einbruch der Dunkelheit schon abgeschlossen hatte, weil keiner da war, und dann doch noch ein Gast an ihr klopfte, habe ich mich erst aus der Küche mit einem Schemel in den Flur begeben und dort das Licht angezündet, bevor ich mich traute, die Türe aufzusperren. Und das konnte mal ein junger Mann, der zu vorgerückter Stunde Einlaß begehrte, gar nicht verstehen: Wovor ich mich denn fürchte? Wenn ich an Gott glauben und IHM vertrauen würde, hätte ich doch für Angst in dieser Welt überhaupt keinen Grund!

Spannend wurde es auch, wenn das Gas ausging und nicht sofort wieder strömte. Da habe ich dann Kerzen in die voll besetzte Stube stellen müssen und einmal einen unvergeßlichen Abend erlebt. Bei irrem Gedränge im Gang wurde eben der Eintopf ausgegeben, als plötzlich Finsternis eintrat. Im Schein gezückter Taschenlampen setzte ich meine Arbeit fort – Hans mußte die Flaschen ja gleich ausgewechselt haben. Es dauerte dann aber doch etwas länger, und als die Gaslampen *endlich* wieder die Hütte erhellten, war die Zahl der Gäste von fünfunddreißig auf fünfundfünfzig angestiegen! Die Neuankömmlinge hatten also allen Grund, um ihren Schlafplatz zu bangen, und mancher hätte mir darum den Ausweis zum Anmelden gern schon im Dunkeln vorgelegt!

1987 fingen wir an, das Licht des Himmels einzufangen und zu speichern: zunächst nur für den Betrieb von Radio und Funkgerät sowie einer Leuchte über unserem Bett, die uns manchen Frust ersparte. Nun mußten wir beim Schlafengehen nicht mehr mit Taschenlampen und Kerzen rumfummeln und uns zu später Stunde über schwache Batterien, kaputte Birnen, leere Schachteln, feuchte Hölzer und verlegte Feuerzeuge ärgern ... Die Möglichkeit zum Betreiben eines Funkgerätes hatte über Autobatterien, die mit einem Aggregat aufgeladen wurden, schon länger bestanden: Dies war ein weiterer, gewaltiger Fortschritt gewesen! In den Anfangsjahren hatten wir nicht die geringste Chance zu fernmündlicher Verständigung: Da mußte Hans jedes Mal ins Tal laufen, wenn er etwas in Erfahrung bringen oder Aufträge erteilen wollte, und wenn zum Beispiel ein Hubschrauber nicht wie vereinbart kam, mußte er ebenfalls stundenlang marschieren – bloß, um ein Telefon aufzusuchen!

Mit Funkgerät konnte er sich und auch der Bergwacht manchen Weg ersparen, und wenn ich alleine war, fühlte ich mich nicht mehr gar so abgeschnitten. Mulmig wurde mir nämlich schon, wenn seltsame Einzelgänger bei Nebel oder Dunkelheit um Einlaß baten! Das war auch kein Wunder, denn ein Beinah-Abenteuer hatte ich schon hinter mir: Da fragte mich eines Abends ein leicht verwilderter Schlafplatzbewerber, ob ich denn ganz alleine sei? »Nein, mein Mann ist bloß zum Einkaufen gegangen, eigentlich müßt' er schon wieder da sein!« Leider war diese Auskunft bloß Tarnung – ich wußte genau, daß Hans nicht kommen konnte. Hatte aber Glück, denn in der Dämmerung trafen noch weitere Gäste ein, so daß ich mit dem Burschen nicht alleine blieb ... Der wollte sich länger bei uns aufhalten, konnte aber schon bald eine Zwischenrechnung nicht bezahlen und regte sich deshalb ziemlich auf: »Des gibt's doch net, i hab doch no an Fuffzger g'habt!« Ich beruhigte ihn: Wenn er sein Gepäck da lasse, könne er ja ins Tal gehen und von seinem Postsparbuch etwas holen. Schenkte ihm noch ein Frühstück zur Stärkung, dann marschierte er los. Und kam am Abend nicht zurück! Dafür stürzte am nächsten Morgen ein Polizist in die Küche und fragte mich ganz schreckensbleich: »Ham Sie heut nacht an Ärger g'habt?« »Nein, aber abgeh'n tut uns einer!« Der keuchende Mann war sichtlich froh, mich noch lebendig anzutreffen, und erzählte uns, warum: »Heut früh kommt einer ganz verstört auf die Polizeistation und sagt, daß wir ihn verhaften sollen. Dann schmeißt er einen Haufen Geld auf den Tisch und eine Pistole, in der ein Schuß fehlt, und wie wir ihn fragen, wo er herkommt, sagt er, von eurer Hütte!« ... Wo der Kerl an jenem Morgen wirklich herkam, haben wir nie erfahren. Bei uns gab es zum Glück keinen Überfall, erschrocken bin ich aber trotzdem!

Mit dem Funkgerät konnte man in verdächtigen Situationen wenigstens gewisse Daten und Fakten ins Tal durchgeben – freilich auch nur dann, wenn der Kanal besetzt war. Und dann hat es oft furchtbar gerauscht und man mußte Gespräche mithören, die einen eigentlich gar nicht interessierten. Darum waren wir froh, als 1988 die nächste Errungenschaft ins Haus kam: Ein Autotelefon, das fast zehntausend Mark gekostet hat und trotzdem wegen starker Nachfrage gar nicht so schnell geliefert werden konnte, wie wir die Nummer von der Post bekamen ... Für die Stromversorgung der Batterie zum Betreiben des Apparates wurde eine kleine Solaranlage installiert. Die monatliche Grundgebühr für dieses Telefon war so hoch, daß wir es anfangs jeweils für das Winterhalbjahr abgemeldet haben und im Frühling erneut anmelden mußten, was ziemlich umständlich war. Die Berechtigungskarte von der Post wurde manchmal trotz wochenlanger Vorlaufzeit und mehrfachen Anfragen erst in letzter Minute zugestellt, und einmal konnten wir das Telefon sogar *mit*

Karte zu Saisonbeginn, wo wir es dringend gebraucht hätten, nicht benutzen! Ein Postler, der zufällig vorbei kam, wurde gebeten, im Tal die Störungsursache zu ermitteln, und erfuhr dort, daß wir durch einen Anruf um die Freigabe unserer Nummer hätten bitten müssen! Eine Forderung, die zu erfüllen uns droben ohne funktionierendes Telefon nicht möglich war.

Bis zur Abschaffung des C-Netzes im Jahr 2000 wurde es dann nie mehr abgemeldet. Bei wetterbedingter Solarstromschwäche und schlechtem Ladezustand der Batterien nach der Winterpause hat unser Telefon manchmal gestreikt, wenn die Sonne raus kam oder man den Generator anwarf, funktionierte es wieder – oft zwar nicht gleich, aber spätestens nach einer Stunde, und das war schon erfreulich! Nun konnte ich mich beim Alleinsein noch sicherer fühlen, die Bergwacht besser erreichen und mit den Nachbarwirten in Verbindung treten. Nun konnte man Gerätehersteller anrufen und Störungen mit ihrer Beratung oft beheben, sich so den teuren Anmarsch und Einsatz von Fachleuten sparen. Unsere Gäste bekamen die Möglichkeit, Übernachtungswünsche kurzfristig anzumelden und Auskünfte aller Art einzuholen. Dies konnte nerven, wenn sie gar nicht uns betrafen: So fragte man uns oft nach den Nummern von Nachbarhütten aus einem anderen Telefonnetz, weil die Auskunft sie nicht nennen konnte. Einmal wollte jemand mitten in der Nacht wissen, wo er in Mittenwald ein Zimmer bekommen könne, weil das Verkehrsamt dort schon zu war!

Ich mußte mir angewöhnen, die Flammen am Herd vor dem Abheben des Hörers klein zu stellen, weil es sonst zum Überkochen oder Anbrennen von Speisen kommen konnte, und dachte bei langwierigen Wegauskünften manchmal an die Gebühren, die man beim Arzt für eine kurze Begrüßung schuldig ist. Ich beriet Wanderer, die gar nie zu uns kamen, Leute, die ihre Bewegungslust ausschließlich am Telefon zu stillen schienen oder Reservierungen schon beim geringsten Risiko von Regen stornierten. Andere wiederum haben sich an-, aber nicht abgemeldet: Sie nahmen durch die Unterlassung mir und dem Verein ein mögliches Geschäft, anderen Wanderern den Schlafplatz weg.

Anfragen über Kosten und Termine, das Wetter und die Wege beantworten wir gerne. Eine volle Befriedigung des Fragestellers ist aber nicht immer möglich: *Wir* können *auch* nicht wissen, ob der uns unbekannte Kollege eines Unbekannten bestimmte Wege gehen kann – haben keine Ahnung, wie das Wetter Wochen später sich gestalten wird. Wenn wir ihr *das* nicht sagen könnten, meinte mal eine Frau, dann könne sie auch keinen Schlafplatz reservieren! Eine andere fragte, welchen Wetterbericht ich ihr empfehlen könne, bevor sie mich um dessen Nummer bat. Ein Mann, der die Prognose schon kannte, rief trotzdem bei mir an: »Der Wetterbericht hat für morgen Gewitter gemeldet – wissen *Sie* da schon, wann die kommen?«

Was die Leute am Telefon noch wissen wollten, ließ mich manchmal schmunzeln: Ob man bei uns mit dem Auto, dem Bike oder einer Seilbahn hochkommen kann? Ob es Getränkeautomaten gibt? Ob man Matratzen mitbringen muß, wenn man nicht auf Holzpritschen schlafen will? Eine Frau erkundigte sich, ob wir warme Schlafsäcke gekauft hätten, nachdem sie beim letzten Besuch unter den Wolldecken fror. Auf meine Empfehlung, einen Sack aus Leintuch mitzubringen, fragte ein älterer Mann: »Schlafen wir denn da im Heu oder auf Stroh?« Ein Vertreter an der Strippe hielt unsere Hütte dagegen offenbar für ein besonders nobles Etablissement: Er wollte mir Teppiche aus Seide präsentieren!

Unser Telefon befand sich im privaten Flur. Als auch die Gäste es immer öfter benutzen wollten, war das unangenehm. Wenn ich ganz alleine war, ließ ich Fremde nur ungern zu mir rein, und schon gar nicht gleich zu zweit, denn da hätte ja einer, während ich in der Küche beschäftigt war, in unser Schlafzimmer eindringen können. Da hab ich mir dann manchmal lieber die Nummer geben lassen und selbst zum Hörer gegriffen, um Wichtiges an Dritte auszurichten. Daß Einzelwanderer ihre Angehörigen zu Hause über die wohlbehaltene Ankunft informieren wollten, konnte ich ja verstehen. Einmal war bis zur Hüttenruhe bei der fernen Mutter eines jungen Mädchens das Telefon ständig »besetzt«; meine Finger wurden vom vielen Wählen fast wund. Als ich am nächsten Morgen endlich zu der Frau durchkam, schien sie einem Nervenzusammenbruch nahe zu sein: Warum ihre Tochter sich denn nicht früher gemeldet habe? Vor lauter Angst hätte sie kaum geschlafen, und zuvor deshalb schon den ganzen

Abend mit Freundinnen telefoniert. »Ach«, stöhnte ich, »*darum* konnten wir Sie nicht erreichen!«

Ein anderes Mal war eine anrufende Ehefrau ganz fertig, als ihr Mann sich nicht am ausgemachten Tag in unserer Hütte befand. Es mußte ihm, sie war sich sicher, etwas zugestoßen sein. Erst als ich den Telefonhörer aufgelegt hatte, ist mir sein Name irgendwie bekannt vorgekommen: Ein Blick in die Belegungsliste vom Vortag ergab, daß der Mann schon eine Nacht früher als geplant bei uns gewesen war! Was würde seine Frau sich jetzt, infolge meiner schlechten Auskunft, sorgen! Was konnte ich bloß dagegen tun? Zum Glück hatten wir ein Münchner Telefonbuch zur Hand. Der gesuchte Name fand sich darin fünfmal. Gleich die erste angewählte Nummer war richtig! Ich konnte die Faktenlage klären und einer fremden Frau sowie mir die Nachtruhe sichern.

Immer wieder mußten wir Gäste suchen, wenn ein Anruf für sie kam, und wenn einer bei uns telefonieren durfte, wollten es die anderen auch ... Als das Geschwätz eines Fremden in unserem Flur mal gar nicht enden wollte und so laut war, daß wir selbst uns mit Gästen in der Küche kaum mehr unterhalten konnten, wurde es Hans ausnahmsweise zu dumm: »Das ist doch eine Frechheit«, zischte er zu dem Gast. »Wieso?«, fragte der zurück, »erwarten *Sie* einen *Anruf*?«

Viele haben es einfach nicht geschafft, sich kurz zu fassen, und so gesehen waren wir froh, als nach zehn Jahren Betrieb am Hüttentelefon die Gäste eigene Sprechgeräte mitbrachten. Die wurden im ersten Sommer noch schüchtern nur in einiger Entfernung im Freien benutzt, im zweiten schon auf der Terrasse. Seit dem dritten Handy-Sommer sind fast alle Hemmungen bezüglich des Sprechortes gefallen, und wiederholt deshalb auch Wanderer: Ich sah schon manchen, der beim Anmarsch einen Anruf bekam, über Wurzelstöcke stolpern!

Ein bißchen Strom hatte uns mit dem Rest der Welt verbunden. Nun sollten die elektrischen Energien in unserer Hütte immer stärker strömen: Paneele auf dem Dach und Batterien im Keller sowie weiteres Zubehör wurden installiert. Dann verlegte Hans Stromleitungen für Lampen in den Schlafräumen, im Jahr 1990 weitere in Flur, Stube und Sanitäranlagen. Der technische

Fortschritt wurde von den Gästen freudig begrüßt, noch begeisterter war ich selbst: Was man mit Strom nun alles machen konnte! Im Tal war diese stets verfügbare Energiequelle selbstverständlich, droben für mich, nach so vielen Jahren »ohne«, fast wie ein Wunder! Nur bei Schlechtwetter mußte man zum Aufladen der Batterien manchmal noch kurz den Dieselgenerator laufen lassen, außerdem für die volle Spannung von 220 Volt zum Betreiben von Waschmaschine und Wasserpumpe. Wir haben uns bemüht, den Lärmerzeuger nur zu besucherschwachen Zeiten einzusetzen. Nach dem großen Umbau wurde er in einiger Entfernung vom Hauptgebäude in einem Bunker aufgestellt.

Bescheidene Stromerzeugung, mit Hilfe eines Aggregats, hatten wir schon von Anfang an – Werkzeuge, Staubsauger, Bügeleisen, Wasch- und Schneidmaschine damit betrieben. Schon diese Geräte haben mir manche Arbeit erleichtert, die ganz ohne Strom äußerst mühsam gewesen war: Die schweren Matratzen wurden früher zum Ausklopfen einmal im Jahr aus dem Obergeschoß vor die Hütte befördert. Das Ausbeuteln von Wolldekken im Freien war bei manchem Wirt ein den Gästen als Pflicht auferlegtes Ritual! Kleine Wäsche mußte von Hand bearbeitet werden; größere Stücke, vor allem die Leintücher, wurden zur Reinigung ins Tal befördert. Gebügelt wurde mit »Rutscherln« aus Eisen, die nach dem Erhitzen auf der Herdplatte meist zu heiß und nach kurzer Zeit kalt waren. Zum Entfernen von Wachsspuren verwende ich sie manchmal noch heute – man muß bloß aufpassen, daß einem die schweren Dinger nicht aus schlecht eingerastetem Halter auf die Zehen plumpsen!

Besonders froh war ich über eine elektrische Schneidmaschine, die wir nach dem ersten Hüttenjahr kauften. Das Zerteilen großer Mengen von Brot und Schinken, Hartwurst und Käse war mit einer Handkurbelmaschine zuvor ziemlich schwer gewesen und hatte mir dicke Schwielen an den Händen beschert! Ganz bequem war die Herstellung von Aufschnitt freilich lange noch nicht, denn wenn dieser ausging, mußte ich zum weit entfernten Generator laufen, ihn starten, wieder vor in die Küche, Schneiden, wieder hinaus zum Abschalten, wieder vor. Wenn ich alleine war, ging das manchmal gar nicht, und wenn ich bei meiner elektrischen Arbeit unterbrochen wurde, lief der Stromerzeuger draußen ganz umsonst.

Permanenter Strom in der neuen Küche war deshalb ein weiterer Fortschritt, die Anschaffung einer Tiefkühltruhe auch: Mit ihr konnten wir Frischfleisch für den Privatbedarf der ganzen Saison sowie Brot in ausreichender Menge einfrieren, dieses den Gästen nach dem Auftauen schön frisch präsentieren ... Zu unserem Kummer funktionierte die Truhe allerdings nicht gleich: Zwei Tage nach Inbetriebnahme brannte ein Teil durch; die Temperatur sank bei alarmierendem Stromverbrauch auf unter vierzig Grad Minus! Offenbar war beim Absturz auf den Kellerboden tatsächlich etwas kaputt gegangen ... Hans besorgte in Garmisch ein Ersatzteil, mußte die Truhe aber erneut abschalten, als sich auch dieses erhitzte. Zum Glück hatten wir für den Probebetrieb nur drei Wecken Brot eingefroren! Anrufe beim Lieferanten, dem Hersteller und einem Ingenieur ergaben schließlich, daß eine Schaltung für den unregelmäßiger laufenden Solarstrom nicht geeignet war und umgebaut werden mußte – man habe das Problem auch schon auf Hochseeschiffen gehabt!

Im August 91 fiel, nach nur wenigen Betriebsjahren, unser erster Generator aus. Ein Kfz-Mechaniker aus der Sektion versuchte (bei sengender Hitze unter einer Plane) ihn wieder flott zu kriegen, es war aber nichts mehr zu machen: Die Aufhängung einer Kurbelwelle hatte sich ausgehängt! Ein neuer Stromerzeuger stand relativ schnell in Garmisch zum Abholen bereit, nur leider ziemlich lange kein Hubschrauber für den Transport ... Im nächsten Sommer versagte der neue Generator, als Hans gerade begonnen hatte, Bretter für die Stufen im Nebenhaus zu hobeln. Ein Absteuerventil wurde, nach langem Studieren, als Ursache der Störung identifiziert – bis ein neues per Post zu uns kam, mußte Hans seine Bauarbeit unterbrechen. Just, wo es unter der Woche noch ruhig war und er voll Schaffensdrang!

1993 ging der Generator in den Streik, als gerade die Waschmaschine lief. Ihr Inhalt mußte, bereits von Lauge durchnäßt, eiskalt per Hand gespült und ausgewrungen werden. Und wieder mal war, bis zur Lieferung von Ersatzteilen, vieles nicht möglich: Unser Wasser hatte ohne Pumpenbetrieb so wenig Druck, daß es weder gefiltert noch im Bad erwärmt werden konnte; es lief so langsam aus der Leitung, daß man lästig lange warten mußte, bis Gefäße sich damit füllten. Hans konnte mit seiner umgebauten Holzspaltmaschine keine Dosen mehr pressen, und mir fehlte der Permanentstrom in der Küche ... Immerhin konnte durch stundenweisen Betrieb eines kleinen Aggregats das Abtauen unserer Tiefkühltruhe, damit der Verderb von 60 Wecken Brot sowie 40 Kilogramm an Fleisch- und Wurstwaren verhindert werden.

Schmutziges Geschirr habe ich fünfzehn Jahre lang ausschließlich per Hand gespült, heißes Wasser dafür nach dem Erhitzen am Herd erst durch die halbe Küche zum Abwaschbecken schleppen müssen. Bei starkem Betrieb kam ich durch diese Beschäftigung nach dem Frühstück kaum ins Freie, am Abend erst lange nach der Hüttenruhe ins Bett, und manchmal war ich zu vorgerückter Stunde so erschöpft, daß ich die letzten Tellerstapel schmutzig stehen ließ. Und dann bin ich öfters mitten in der Nacht aufgestanden, um sie doch noch abzuspülen und den nächsten Tag ohne alten Dreck zu beginnen!

Als auch noch Stapel von klebrigen Marmeladeschälchen zu säubern waren, weil wir auf fertig abgepackte Portionen verzichten sollten, beschlossen wir im Jahr 1993, endlich eine Spülmaschine anzuschaffen: eine gewerbliche, die große Geschirrmengen in kurzer Zeit bewältigen kann und wegen ihrer komplizierten Technologie entsprechend teuer war. Zusammen mit der Profi-Schneidmaschine, die auf ihr zu stehen kam, haben wir dafür zehntausend Mark investiert!

Die Lautstärke des neuen Helfers war gewöhnungsbedürftig, aber auch nicht ganz normal: Ein Ventil scheint von Anfang an defekt gewesen zu sein! Hans hat zunächst andere Störungsursachen vermutet und vieles ausprobiert, bevor er in der Lieferfirma anrief, die uns ein Ersatzteil zum Selbsteinbau schickte ... Als die Maschine nach dem Winter erneut bockte, mußte ihre defekte Pumpe dann leider doch noch ausgebaut und zur Reparatur gebracht werden. Hätte man Hans ausnahmsweise einen Schaltplan, der als Betriebsgeheimnis galt, überlassen, wäre dieser Transport nicht nötig gewesen! Seit damals läuft die hilfreiche Maschine bestens, und bei Spitzenbetrieb frage ich mich oft, wie ich ohne sie früher überhaupt auskommen konnte!

Für den Dieselgenerator wurde als Zwischentank ein Ölfaß eingebaut, das aus Kanistern befüllt wird und mit 200 Litern beinahe den Treibstoffbedarf einer ganzen Saison fassen kann. 1996 haben wir die ersten Solarbatterien ausgetauscht, die pro Stück siebzig Kilo wogen und mit einem eigens über der Kellertreppe eingebauten Kran hoch gehievt werden mußten. Der Transport der neuen Batterien vom Fachhändler bis in den Hüttenkeller war ebenfalls mühsam und nicht ganz ungefährlich. Weil eine Stange, die wir zum Schleppen benutzten, zerbrach, kam die daran gehängte Batterie, ausgerechnet auf eiserner Türschwelle, zu Fall – aus dem dabei entstandenen Leck in der Hülle spritzte mir Salzsäure an Schuhe und Hosen! Der Händler hatte die gewichtigen Energiespeicher leider schon befüllt; ein paar Jahre später ließ Hans die Säure bei einer neuerlichen Lieferung erst am endgültigen Standort vorsichtig in die Batterien fließen.

Vor ihrem Austausch hatte ich, weil sie schon so schwach waren, morgens keinen Strom mehr gehabt – nicht mal fürs Hüttenlicht! Da mußte ich mich öfter im Pyjama mit der Taschenlampe ins Freie begeben, um vor dem Duschen den Stromerzeuger im Bunker zu starten, und wenn jemand im Schlafraum seinen Fön oder Rasierer an unsere nur für den Staubsauger gedachten Steckdosen anschloß, ist das Licht auch bei laufendem Generator mitten im Frühstücksbetrieb noch mal ausgegangen. Man mußte dann in den Keller eilen, um eine Sicherung wieder einzuschalten.

Die neuen Batterien speicherten die Energie von unseren Solarpaneelen sowie dem Generator optimal, von letzterem leider nicht lange, denn er streikte schon kurz nach Saisonbeginn! Vielleicht fehlte ja, wieder mal, nur eine Kleinigkeit, aber das konnte man nur in einer Werkstatt feststellen, die nicht gerade vor unserer Haustür lag ... Schneller jedenfalls, als eine solche Prüfung möglich war, brauchten wir ein zuverlässiges Gerät! Schatzmeister und Vorstand wurden gebeten, die Finanzlage der Sektion für eine Neuanschaffung zu prüfen. Ein Freund vermittelte uns dann einen Generator fernöstlicher Herkunft für ermäßigte fünfzehntausend Mark. Für den Transport zur Hütte mußte nach einer Woche Lieferzeit eigens ein Hubschrauber kommen, so entstanden noch mal hohe Extrakosten.

Stundenlang habe ich damals bei äußerst wechselhaftem Wetter ganz allein auf den Anflug des kostbaren Gutes gewartet. Er fand zwischen zwei heftigen Gewittern erst im letzten Abendlicht statt. Hans mußte sich mit seinem Freund um den Abtransport des halb zu Tal geflogenen defekten Generators kümmern, der erst nach einem Jahr repariert werden konnte, weil zuvor niemand die Ursache seiner Störung erkannte. Mit unserem dritten Stromerzeuger hatten wir dann mehr Glück: Es gab mit ihm ein Jahrzehnt lang überhaupt kein Problem!

Elektrische Arbeiten gab es noch viele: 1997 wurden auch in der Veranda Energiesparleuchten installiert. Aus Küche und Schlafraum sind die gemütlichen, wegen ihres Sauerstoffverbrauchs aber auch ermüdenden Gaslampen erst im Jahr 2001 verschwunden. Eine neuerliche Macke an der Spülmaschine war nach stundenlanger Tüftelei ohne Ersatzteile zu beheben. Nach einem Defekt am Programmschalter der Waschmaschine, der mich wieder mal zum Bearbeiten ihres Inhalts mit den Händen zwang, hat ein Händler aus dem Tal einen neuen Schalter gebracht, diesen aber nicht montiert; Hans, der sich damit nicht auskennen konnte, brauchte für den Einbau einige Stunden. Drei Jahre später hat unsere erste Waschmaschine dann, in angemessenem Alter, ihren Geist für immer aufgegeben. Ihr Glasfenster lebt weiter, als Schüssel für Salate!

Neue Solarpaneele wurden aufs Dach gebracht: Planung, Logistik und Montage der Anlage erfolgten unter Einsparung von Lohnkosten ausschließlich in eigener Regie. Ein kleiner Bub, der bei den Arbeiten neugierig zuschaute und die Funktion der Glasplatten erklärt bekam, bemerkte grinsend: »Da geht der Koch dann auf's Dach hoch und macht das Essen!« Hans dagegen verging das Lachen, als ihm vor dem Winter die Schneebruchschäden des vorhergehenden in Erinnerung kamen. Wieviel Last die neuen Paneele wohl aushalten würden? Der Hersteller hatte dazu keine Angaben gemacht, auch Fachleute wußten auf Anfrage wenig. Immerhin waren sie sich darin einig, daß Schäden durch zu viel Druck nicht auszuschließen waren! Also war für Hans am Ende der Saison die Arbeit wieder mal noch nicht zu Ende: Er mußte beim Spengler im Tal Abdeckplatten in Auftrag geben, nach ihrer Herstellung einen Hubschrauber für den

Transport zur Hütte bestellen, und dazu noch einen Freund, der ihn beim Aushängen der Bretter und Montieren der Schutzanlage auf dem Dach unterstützte.

Als in der folgenden Saison einer der beiden Gaskühlschränke in der Küche kaputt ging, hatten wir relatives Glück: Erstens, weil dies nicht vor, sondern erst unmittelbar nach einem hektischen Herbstwochenende passierte, zweitens weil wir nach Erweiterung der Solarstromanlage ohnehin neue, elektrische Kühlschränke eingeplant hatten und deshalb schon einen in Bereitschaft hielten. Er konnte halbwegs rasch aufgestellt und an eine provisorische Stromleitung angeschlossen werden.

Im Jahr 2001 wurden unter anderem zwei Erdkabel vom Generator zur Hütte verlegt, das eine für die 380 Volt Verbraucher Wasserpumpe, Spülmaschine und Werkstatt, das andere zur Versorgung von Waschmaschine, Batterieladegeräten sowie Werkstattverbrauchern mit hohem Anlaufstrom. Es wurde aufgesplittet in drei Versorgungsstränge mit 230 Volt Spannung, die mit jeweils 16 Ampere abgesichert wurden. Die 230 Volt Versorgung, von Wechselrichtern aus den Solarbatterien gespeist, wurde in sechs Stromkreise aufgeteilt ... Es gab Einfach-, Doppel- und Dreifachsteckdosen in der Küche sowie weiteren Räumen, dazu Sensorleuchten im Außenbereich, um die Orientierung unserer Gäste bei wichtigen Geschäften in der Nacht zu erleichtern. Die alte Solaranlage wurde abgebaut und einschließlich der Stromzuleitungen zu den Solarbatterien im Keller neu installiert. Die Elektrifizierung unserer Hütte war damit abgeschlossen.

Gäste

Gut hunderttausend Besucher habe ich bis heute in unserem Refugium begrüßt. Der Jüngste von ihnen war erst sechs Wochen, der älteste schon neunzig Jahre alt! Sie kamen aus Deutschland und Europa, in geringerer Zahl aber auch aus anderen Ländern der Welt, zum Beispiel aus Amerika. Von dort sind manche über den Ozean geflogen, bloß um für eine Woche das Karwendel zu durchqueren, und fühlten sich kurz nach der Ankunft bei uns gleich wie zu Hause: Frauen sind nach dem Einquartieren zur Mittagszeit mit Nachthemd und Lockenwicklern über unsere Terrasse spaziert – nicht ahnend, daß bald andere Gäste kommen und sich über ihren Aufzug wundern würden. Männer, die Schießgeräusche aus dem Tal vernahmen und erfuhren, daß die nicht von US-Soldaten, sondern von einheimischen Schützen kamen, meinten überrascht: »Ah, *foreign* troops!« (Man mußte ihnen erst erklären, daß Deutsche in ihrer Heimat keine »Fremden« sind.) US-Studenten, die nach dem Frühstück eine Bibelrunde in der Stube hielten und sich danach wie Indianer bunt bemalten, erregten den Unmut unserer Polizei: Sie hatten während ihrer Andacht Dutzende von verschwitzten Schuhen und Sohlen über alle Tische im Freien zum Trocknen ausgebreitet; dort, wo einheimische Ordnungshüter, die rein privat gekommen waren, gern Brotzeit machen wollten! Die fanden den Anblick, der von mir noch unbemerkt war, nicht gerade appetitlich und fragten mich drum, leicht frustriert: »Wos hob't's denn eejs fia Leit heit do?« Ich konnte sie beruhigen, daß mit den Gästen, von wenigen Besonderheiten abgesehen, alles ganz in Ordnung war.

Unvergessen ist auch eine Polin, die genau so alt war wie die Hütte und mehrmals von Warschau aus zu uns hoch kam. Eine Frau, die bei jeder Ankunft ganz begeistert ausrief: »Hirr ist schenste Platz von Welt!« Sie kannte die höchsten Gipfel des Kaukasus ebenso wie den »Untergrund« in ihrem Heimatland; bestieg den Wörner mit achtzig und den Predigtstuhl noch später. Hatte einen zähen Charme, dem keiner sich entziehen konnte! Wenn sie ihr langes Haar, das bei Tag zu einem Zopf gebunden war, abends öffentlich zum Bürsten löste, gab es bewundernde Blicke. Wenn sie jeden Neuankömmling an meinem Küchenfenster lautstark fragte: »Wo kommen Sie herr? Wo gähn Sie hinn?«, konnte das freilich auch nerven ... Darum empfahl ich der Polin, als für ein bevorstehendes Wochenende mit Streß zu rechnen war, zu meiner Entlastung mal den Weitermarsch zur nächsten Hütte. Über diesen Vorschlag dachte sie kurz nach, dann fiel ihr, verdächtig plötzlich, etwas ein: Sie habe beim Studium der Landkarte unterwegs ihre Brille verloren und müsse unbedingt noch einmal danach suchen! Mit Zweifeln am Wahrheitsgehalt dieser Geschichte meinte Hans: »Das ist doch eine Matz! Jetzt hat sie sich etwas ausgedacht, damit sie nicht gehen muß!« Die Suche blieb ohne Erfolg, die Frau bekam ein zum Lesen geeignetes Ersatzmodell aus dem Hüttenfundus. Kaum war sie abgereist, brachte uns der Schäfer vom Predigtstuhl etwas mit: die Brille! Leider konnten wir das Fundstück mangels genauerer Daten nicht nach Warschau schicken. Erst als uns die (in jeder Hinsicht schwindelfreie) Alpinistin im folgenden Sommer neuerlich begrüßte, durfte sie sich über das Wiedersehen und wieder Sehen mit ihrer alten Brille freuen. Nicht mehr lange, denn wenig später nur soll sie in ihrer Heimatstadt verstorben sein.

Bei einer anderen hoch betagten Besucherin erschien uns *einiges* verdächtig. Es war schon beinah dunkel, als sie fern vom Weg durch Latschen stolpernd auf uns zukam, in Halbschuhen und einem alten Lodenrock. Ob bei *der* noch alles ganz in Ordnung war? Das fragten wir nicht laut, wohl aber, woher sie denn um diese Zeit noch komme? »Von der Mittenwalder Hütte!« Ungläubig riefen wir dort an. Der Wirt bestätigte, daß die Frau bei ihm gewesen war – leider nicht, ohne auf seiner Toilette höchst unschöne Spuren zu hinterlassen, denn sie habe dort *total* daneben geschissen! *Sicherheitshalber* verständigten wir die Polizei, denn die leicht Verwirrte konnte in einem Heim abgängig sein.

Als sie in der Stube stolz eine Sammlung von Hüttenpostkarten präsentierte, jedem einzelnen Gast bei jedem Stück beteuernd, »da bin i *a* scho gwen!«, dämmerte mir, daß sie auch bei uns vor Jahren schon mal gewesen war und damals *voll* neben einen für sie extra hingestellten Nachttopf gepinkelt hatte! Ich mußte Maßnahmen zur Schonung unserer Matratzen erwägen. War erleichtert, als die Frau Angst vorm Treppensteigen äußerte und die vorgeschlagene Nächtigung auf einer Matte in der Stube gut fand. »Da schlaf i jetzt wia a Ruß!«, proklamierte sie schon um halb neun. Die anderen Gäste mußten sich zurückziehen ... Am nächsten Morgen überlegte unsere Bergfreundin noch länger, ob sie eine Stofftasche suchen sollte, die am Vortag verloren gegangen war. Dann ist sie aber doch lieber gleich talwärts losmarschiert. Schon nach wenigen Minuten Gehzeit trat sie dann, wie man uns später erzählte, ohne anzuklopfen in eine Privathütte ein mit den Worten: »Jetzt muß i mi a wenig ausraschte, hat's was zum Trinke da – a *Bier*?« Die Pächterin erschrak zutiefst und befürchtete ein Umfallen der alten Frau, bot ihr deshalb lieber nur etwas Alkoholfreies an. Danach aber stand der Greisin nicht der Sinn. Ohne Labung zog sie weiter.

Als sie dann noch auf der Meilerhütte im Wetterstein auftauchte, haben besorgte Touristen die Bergwacht verständigt. Man brachte sie zur Polizeistation in Mittenwald, wo sich bestätigte, was wir vermutet hatten: daß die alte »Almerische« aus einem Heim abgehauen war und schon gesucht wurde! Ihre verlorene Tasche tauchte auch wieder auf. Sie enthielt neben Socken und Höschen einen Brief, in dem geschrieben stand: »Liebe Frau X! Damit sie auch in diesem Sommer wieder ihre geliebten Berge besuchen können, lege ich fünfzig DM bei!« (Die waren, wohl durch die Beschenkte selbst, bereits entnommen).

Schmunzeln mußten wir auch über einen noch gar nicht sonderlich alten Professor, der uns öfter besuchte. Mit zeremonieller Langsamkeit hat er mehrmals am Tag seine Teezutaten zurecht geschnippelt, im Gelände Wackelübungen absolviert, inbrünstig betriebene Aufzeichnungen beim Eintreffen junger Leute jäh unterbrochen. »Die sind schon wieder hinter mir her!«, stöhnte er dann, und einmal sah er sich gar gezwungen, die Hütte wegen seiner »Verfolger« überstürzt zu verlassen ... Als der Mann ein anderes mal wieder bei uns einquartiert war, ganz *allein* im unteren Schlafraum, ist Hans zu später Stunde über eine Erscheinung erschrocken, die ihm von dort entgegen kam: Ein altes Weib mit rot kariertem Kopftuch und dicker Perlenkette! Eine Person, die nicht bei uns registriert war! Allerdings nur *scheinbar*, denn nach einer Weile ist sie Hans, trotz Schummerlicht im Flur, dann doch sehr bekannt vorgekommen: Es war der Herr Professor!

Richtig prominente Gäste hatten wir auch, zum Beispiel Bundespräsident Karl Carstens. Er kam im Sommer 1979 ohne Vorankündigung mit seiner Frau und einigen Begleitern, hat unsere Suppe trotz Nebel im Freien gelöffelt und dazu selbst mitgebrachten Gesundheitstee getrunken ... Als er nach Eintrag im Hüttenbuch wieder fort war, geriet ein kriegsversehrter, neu eingetroffener Gast beim Lesen des Namens in höchste Erregung: »Das gibt's ja gar nicht, der *Carstens* war da! Wie *gerne* hätte ich den mal persönlich getroffen! Ist er schon lange weg?« ... Am liebsten wäre der Verehrer seinem Präsidenten nachgelaufen, und mehrmals kehrte er am Jahrestag seiner Visite erneut bei uns ein mit der Frage: »War Carstens wieder da?«

Weniger privat war der Besuch von Verteidigungsminister Manfred Wörner im Juli 1986. Man hatte ihm die Idee, unseren Hausberg zu besteigen, schon Monate zuvor unterbreitet und dreißig Schlafplätze reserviert: Plätze, die zu der Zeit gar nicht vorhanden waren, weil wir uns mitten im großen Umbau befanden! Unter enormem Zeitdruck hatte Hans den Schlafraum im Erdgeschoß fertiggestellt. Als der Minister kam, konnte ich ihm dort, wo man kurz zuvor noch im Freien gestanden hatte, seinen Platz anweisen mit den Worten: »Sie sind der erste Irdische, der hier sein müdes Haupt zur Ruhe betten darf!« Worauf er meinte: »Jetzt fehlt nur noch eine resche Sennerin!«

Gleich nach Ankunft war Wörner ein Mißgeschick passiert: Von allen Seiten durch Soldaten bedrängt, die ihm die Hand schütteln wollten, setzte er sich am Brunnentrog auf die eigene Brille! (Ein Glas geriet dabei aus der Fassung und wurde durch Hans wieder eingepaßt.) Auch nach dem Abendessen hat man dem Mann keine Ruhe gelassen, ihn in der Stube ständig mit Berufsproblemen drangsaliert. »Der schaut immer so sehnsüchtig zu uns rüber«, bemerkte Hans irgendwann, »hol den doch da mal weg, der langweilt sich ja schon zu Tode«. Der Minister kam meiner Einladung, an *unserem* Tisch Photoalben durchzublättern, gerne nach. Nicht nur ausgewählte Bilder, wie etwa die von Mulis der Bundeswehr beim Versorgen der Hütte, wünschte er zu sehen, sondern alle, und von einem wollte er Näheres wissen: »Wer ist denn *dieser* Rübezahl?« Es war, rein zufällig, mein Vater!

Als ein Soldat mit besorgtem Blick auf die Uhr aufsprang und sprach: »Herr Minister, wir müssen Ihnen jetzt das Panorama erklären«, erbat sich der noch etwas Zeit, um die Betrachtungen bei mir zu Ende zu führen und seinen (wörtlich zitiert) »inneren Schweinehund zu überwinden«, dem der Sinn gar nicht nach Gipfelkunde stand ... Im Anschluß daran gab es in der Stube als Betthupferl noch eine Runde Schnaps. Mit den Worten: »Jetzt trinken wir mal auf das Wohl der Gastgeberin!« erhob der Minister feierlich sein Glas, um weniger förmlich hinzuzufügen: »Kimm her Madl, kriegst a Bussl!« Ich hielt ihm die Backe hin und bemerkte nach dem Kontakt seiner Lippen: »Es freut mich, daß sie trotz der Bürde ihres Amtes Mensch geblieben sind!« Darauf gab er mit gleichem Pathos zurück: »Es sind diese Augenblicke, die einen aufrecht halten!«

Am nächsten Morgen haben sie den Minister lange vor Tagesanbruch aus dem Lager gescheucht, nach bitterem Frühstückstee auf den Gipfel geführt und zurück zum Wörnersattel, wo er von einem Hubschrauber zwecks Weiterflug zu einem Bankett in Genf abgeholt wurde. Ein anderer Flieger kam zur Hütte – von Musikanten mit schweren Instrumenten, die so bald wie möglich ins Tal wollten, schon sehnsuchtsvoll erwartet. Zu ihrem Kummer war dieser aber noch nicht für sie bestimmt: Ein Kundschafter wollte bloß wissen, ob wir einen Waschbeutel gefunden hätten – der Minister vermisse den seinen. Man forschte nach, stieß dabei aber nur auf einen vergessenen Rucksack ... Mit der Bemerkung: »Dann muß der Minister sich halt in der Schweiz ein neues Zahnbürstl kaufen!« flog der Sucher im fast leeren Hubschrauber wieder fort. Die »Musi« mußte auf den ihren noch ziemlich lange warten.

Den Spitzen unseres Staates wäre es kaum gelungen, ihr Inkognito zu wahren. Ein Schauspieler, der seine Ruhe wünschte, schaffte dies wenigstens am Ankunftstag mit Hilfe einer Sonnenbrille, die er auch zu vorgerückter Stunde nicht von der Nase nahm. Ein großes, schwarz gebundenes Buch auf seiner Matratze hat ihn am nächsten Morgen aber doch noch verraten: Ich hielt es beim Aufräumen zunächst für unser Hüttenbuch und wunderte mich über dessen Verschleppung vom Stammplatz im Vorraum. Dann schlug ich es auf und staunte, denn es enthielt Texte zur Fernsehserie »Cafe Meineid«! Da wußte ich endlich, woher wir den Kerl mit dem vermeintlichen Augenleiden kannten, und als nach seiner Rückkehr vom Wandern irgendwas zu klären war, sagte Hans zu ihm: »Für Sie als Staatsanwalt dürfte das ja kein Problem sein!« Da hat der Mime schmunzelnd seine Brille abgenommen und am Abend in der Stube mit uns *mehr* als nur ein Glas Rotwein gekippt .

Die meisten Gäste sind höflich und rücksichtsvoll, bei einigen aber ist Vorsicht geboten ... Laute sind beim Schlafengehen oft schon leise, während stille Wasser zu vorgerückter Stunde aufdrehen können und auch im Lager noch lärmen. Zum Leidwesen jener, die eine »Hüttenruhe« ab 22 Uhr zu schätzen wissen! Manche möchten nur in einem Einzelzimmer schlafen, das es bei uns nicht gibt. Der eine will es nächtens nicht zu hell, der andere nicht zu dunkel. Manche wollen zum Fenster wegen der frischen Luft, andere gerade deshalb nicht. Einen Eckplatz wollen fast alle. Größtmögliche Sauberkeit natürlich auch, und deshalb ist (weil Kissenbezüge und Leintücher nur gelegentlich, Wolldecken noch seltener gereinigt werden können) im Lager die Verwendung eines eigenen dünnen Schlafsacks vorgeschrieben. Als Gäste, die einen solchen nicht erwerben wollten, mal die Leintücher von unbelegten Matratzen abzogen, um sie als Überzug für sich selbst zu verwenden, war ich recht wütend, denn sie haben diese nicht mal retourniert, sondern mitsamt den Decken nur wild auf einen Haufen geworfen! So brauchte ich zum Aufräumen viel mehr Zeit als sonst, just an einem wegen Flugbetrieb ohnehin sehr arbeitsreichen Tag!

Auch als ein junges Mädchen lautstark kundtat, »eine Küchenschabe oder so was ähnliches« gefunden zu haben, waren wir zornig, denn das vermeintliche Ungeziefer war ein wunderschön glitzernder, unter Naturschutz stehender Käfer. Ein Tier, das sich wohl kaum über jene Leberwurst gefreut hätte, die ein anderer Gast mal in geöffneter Dose unter seinem Kissen versteckte!

Oft schon mußte Hans beim Reparieren gerissener Rucksackriemen helfen, abgelöste Sohlen an Schuhe leimen, Teleskop-Stöcke, total verklemmt, mit Zangen in Bewegung bringen ... Gäste, die ohne Stock zu uns kommen, aber nur »mit« gern wieder gehen, behelfen sich manchmal mit Ästen: Ein Pfarrer, der »auf Hannibals Spuren« die Alpen überqueren wollte, kam einst gar mit einem ganzen Christbaum als Stütze daher! Zur Abendandacht hielt er ihn, umringt von seiner Gruppe, fest in der Hand. In der Früh wünschte er von mir ein scharfes Beil, um sein feuchtes Bäumchen zu entasten, was ihm nach Fehlschlägen auf den Zaun auch gelang. Zur geplanten Wanderschaft des plumpen Stocks bis Bozen kam es trotzdem nicht: Unser Hirte hat ihn an einem schwierigen Abschnitt des Weges gefunden!

Andere Gegenstände werden unabsichtlich bei uns zurückgelassen: Mäntel, Schuhe und Schirme, Hosen und Jacken, Handschuhe, Stirnbänder, Socken und Mützen. Brillen und Linsen, Uhren und Ketten, Lampen und Messer, Bücher und Tücher. Karten und Flaschen, Matten und Kissen, Säcke und Stöpsel, die Oropax heißen. Waschlappen und Handtücher, Seife und Shampoo, Haarnadeln, Pflaster und Gummis. T-Shirts und Hemden, Unterhosen und Büstenhalter, Waschbeutel, Tuben und Kämme. Proviant und Brotzeitdosen, Kameras und Stöcke. Geldbeutel. Karten. Dokumente.

Was vermißt wird, ist oft nicht da, und das, was da ist, wird von niemandem vermißt. Manchmal finden Menschen und Dinge aber auch wieder zusammen. Doppeltes Glück hatte einmal der Verlierer eines Photoapparates, der dank einer Verlustanzeige beim Fundamt ermittelt werden konnte: Das Gerät war bei uns abgegeben worden und trotz langer Lagerung im Freien noch völlig intakt – mitsamt dem Film, der sich darin befand! Sein Besitzer ließ uns nach dem Entwickeln wissen, daß das Wiedersehen mit verloren geglaubten Urlaubsbildern für ihn zu Weihnachten die schönste Überraschung war!

Vermeintlich gestohlene Gegenstände tauchen oft wieder auf: Manchmal sind sie bloß verwechselt worden oder im falschen Rucksack gelandet. Trotzdem empfiehlt es sich, Stöcke, Schuhe und Flaschen zu kennzeichnen, denn Fälle von ihrem Verschwinden hat es doch auch schon wiederholt gegeben. Drei

Mal wurden neue Schuhe anstelle von alten der gleichen Marke von falschen Leuten fort getragen – ob aus Versehen oder mit Absicht, war für den, der dann mit Schlechterem vorliebnehmen mußte, egal. Es war besonders schmerzlich, als das übrig gebliebene Modell auch noch etwas kleiner als das eigene war ... Für Verluste kann man die Gepäckversicherung in Anspruch nehmen; Schmerzensgeld für Blasen an den Füßen gibt es nicht!

Unerfreulich war auch eine Verwechslung in der alten Küche: Eine junge Frau hatte dort zwei Liter Teewasser, die zuvor bestellt waren, ohne mich zu fragen abgeholt. Als sie mehrmals wieder kam, um weitere Liter zu verlangen, begann ich, mich über ihren Durst zu wundern. Solange, bis ein Mann Schiwasser für seine Flasche wünschte und zu meinem Schreck aus der dafür nötigen Kanne statt Sirup bloß heißes Wasser floß! Die Frau hatte beim Selbstbedienen das falsche Gefäß erwischt! Danach hat sie den Inhalt dann für Zitronentee gehalten, dem ihr »dusseliger« Begleiter bloß zu viel Zucker beigemengt hatte: Wie sie das bei einer *derart* dicken und noch dazu kalten Flüssigkeit denken konnte, blieb mir ein Rätsel! Der zu Unrecht als dumm diffamierte Freund war über die Unmöglichkeit des Verdünnens so verzweifelt, daß er den »dicken Tee« bereits weggeschüttet hatte, als ich den Irrtum bemerkte.

Glimpflicher verlief ein anderer Fall von Verschüttung: Da haben zwei Rentner beim Versuch, mit Limo gemischtes Bier aus einem Maßkrug in den engen Hals ihrer Trinkflasche zu bringen, auf dem Tisch einen »Radlersee« produziert – um ihn aufzuwischen, ein ganzes Päckchen »Tempo« verbraucht ... Erst als die beiden mich schüchtern fragten, wo sie die angesoffenen Papierknödel deponieren könnten, bemerkte ich das Malheur und konnte wenigstens noch etwas helfen: Der Rest des schäumenden Getränks wurde mit einem Trichter und Geduld über der Spüle umgefüllt.

Die meisten Gäste haben zum Glück keine Hemmungen, bei Bedarf um einen Lappen zu bitten: Norddeutsche verlangen ganz vornehm einen »Aufnehmer«, Österreicher ohne Scham einen »Fetzen«, Niederländer ein »Tuch für die Tafel«. Ein Engländer verblüffte mich mal mit der Frage: »Haben sie einen Hoden?«

Weil ich sein Begehren nicht sofort erkennen konnte, bat ich um nähere Erklärung und bekam sie auch: Der Nachbarwirt habe ihm beigebracht, daß man bei uns die Tische mit diesem Ding abwische! »Ach so«, sagte ich, »Sie meinen einen »Hadern«!« Dann empfahl ich ihm, künftig lieber einen »Lumpen« zu verlangen.

Manches Gespräch, an sich banal, war trotzdem irgendwie zum Schmunzeln. Zum Beispiel das folgende: »I hätt no a Bitt. I bräucht a DIN A4 Blatt!« Weil ich dieses Format erst hätte holen müssen, fragte ich den Gast: »Ginge es auch ein bißchen kleiner? Wofür brauchen Sie es denn?« »I bräucht' an Trichta, für mei Puiva« »Ja, dann sagen Sie's halt gleich!« Kommentar bei der Rückgabe des hilfreichen Stücks aus Plastik: »Din A4 wär a ganga!«

Ein anderer Besucher bemerkte: »Die trinken alle so schönen Rotwein. Was haben Sie denn da im Angebot?« »Kalterer See«. »Haben Sie keinen Tiroler?« ... Der nächste wollte unbedingt »Hausmacher-Wein«, und ein dritter wußte gar nicht, was er wollte: »Ich möchte das Gleiche wie der Herr vor mir.« Weil der schon weg war, mußte ich fragen: »Ja, was *hatte* der denn?« »Das weiß ich ja *auch* nicht!«

Ein Soldat *schien* seinen Wunsch dagegen ganz genau zu kennen. Forsch hat er eine »Russenmaß« bestellt – als ich zehn Mark fünfzig verlangte, gestöhnt: »Was? So viel?« Dann erschrak er beim Anblick des ganzen Liters noch einmal: »Die Maß ist aber ein bißchen *arg* groß geworden, finden Sie nicht? Meine Kameraden haben doch bloß so *kleine* Gläser gehabt?« »Ja«, bestätigte ich, » das waren Radler, aber nur *halbe*!«

Viele Leute fragen, ob es bei uns »richtigen« Kaffee oder bloß Nescafe gibt und sind über die Beschränkung auf letzeren enttäuscht. Wenn sie dann trotzdem eine Tasse trinken, schmeckt ihnen die wider Erwarten oft so gut, daß sie noch eine zweite wünschen. (Weil täglich ein neues Glas geöffnet wird, kann das Aroma, verstärkt durch gutes Wasser, kaum verrauchen.) Wer Pulverkaffee nicht verträgt, muß halt auf Tee ausweichen: Bei dem läßt mancher sich den Beutel gleich wieder rausholen, ein zweites Mal aufgießen oder öffnen. Eine Frau begehrte ihn ganz trocken: »Hen se auch Pfefferminztee da?« »Ja freilich«. »Also da nehme ich jetzt gleich zwei, aber ohne Wasser. Also nur die Beutel!« Wie ich die Fragende etwas verdattert anschaute, erklärte sie: »Das Wasser hat meine Freundin ja noch draußen!« ... Umgekehrt verlangen Gäste öfter »eine Tasse Tee, aber ohne Beutel«, damit sie sich selbst einen speziellen hinein hängen können, und zwei hoch allergische Frauen, die sich später noch postalisch für mein Verständnis bedankten, tranken das heiße Wasser pur, weil ihnen die ätherischen Bestandteile von Tee nicht bekamen. *Noch* empfindsamer war nur ein älterer Herr, der mir beteuerte, sein Körper könne ausschließlich trockenes Obst und dampfdestilliertes Wasser vertragen!

Manche Leute essen nur *rote* Marmelade, und die mußte einer mal erst nach dem Tauchen seines Fingers in einen Fremdnapf testen. Wiederholt wurde moniert, daß unsere Waffeln nicht von »Hanuta«, sondern » Manner« waren. Dazu rief eine Mutter indigniert: »Nee, die mag mein Kleiner sicher nicht!« (Als ob der mit drei Jahren schon lesen konnte, was man ihm vorenthielt!) Vom Kuchen wollen Kunden oft Genaueres wissen, und wenn ich bekenne, daß er nicht von mir *selbst* gebacken wurde, sondern einem Bäcker, der dies besser könne als ich, schüttelt mancher, als ob er dies bezweifle, den Kopf. Mangels Versorgungsweg und Kühen gibt es auch keine Frischmilch. Dies zutiefst bedauernd stöhnten mal zwei Sachsen: »Da ham mir wohl die falsche Hütte angelaufen!«

»Seid ihr 'ne Heli-hut?«, fragte mich ein gerade erst flott Angekommener. Als ich bejahte, röchelte er »*Wahnsinn*!«, um gleich drauf Luft zu holen zur nächsten Frage: »Habt ihr zum Käsbrot 'ne Tomate?« ... Ein Vater wollte wissen, wozu wir im Schrank Ketchup hätten, wenn es doch keine »Pommes« gibt. Ein Senior fragte forsch: »Is' noch Salatplatte da?«, ein anderer wollte Äpfel und Bananen kaufen. Als ich ihm sagte, daß wir kein Lebensmittelgeschäft sind, bemerkte er gekränkt: »Aber auf ihrem Tisch dort *liegt* doch ein Apfel!« ... Auch Eierspeisen werden oft vermißt. Den Verzicht auf Kaiserschmarrn verkraftet mancher leichter, wenn ich flunkernd sage: »Heute geht es nicht, das Personal hat frei!«

Zwei Köstlichkeiten *aus* dem Mund der Gäste möchte ich hier noch servieren:

Ein Teenager sagte zu seinem Freund über den Schlafraum unterm Dach an einem Sommertag: »Echt *cool* da droben – total heiß!«

Ein Mann, der in der Veranda saß, als draußen Schneeflocken fielen, angesichts der Blumen vor den Fenstern: »Mei, is des nett da herin, wia in an Frühbeetli!« Darauf warnte ihn seine Frau: »Na paß auf, daß'd net zum Spriessen ofangst!«.

Daß unsere Hütte »so richtig was für`s Gemüt« ist, finden viele, und beim Untergang der Sonne formulieren sie ihre Gefühle: »Ich hab so was noch nie gesehen!« »Das ist ja wie in Kairo hinter den Pyramiden!« »Also so was erlebt unsereiner ja nur ein oder zwei Mal im Leben!« Tief ergriffen trauen sich manche dann kaum noch zu flüstern, und ein junger Mann raunte mir beim Erröten des Himmels ins Ohr: »Jetzt weiß ich warum sie hier sind!« »Schön war's bei Euch«, hören wir oft und gern von den Gästen beim Abschied, und dazu eine ganze Menge von Wörtern: »Auf Wiedersehen, ade, adele, tschüß, tschüssi, ciau, pfiat eink, servus und baba.«

Arbeit

Es gibt viele, die mich um meinen Job beneiden. »So eine kleine, gemütliche Hütte zu übernehmen, das würde mir auch gefallen!« Solche und ähnliche Äußerungen höre ich oft. Manche wollen Hüttenwirt werden, wenn sie in Rente gehen, andere erst, wenn sie wieder auf die Welt kommen. Daß wir es schön haben, finden fast alle, und erwarten deshalb, daß wir rundum glücklich und zufrieden sind ... Daß wir Viertel, Drittel und Halbzeit der Saison im Kalender vermerken und manchmal wie Gefangene die Tage zählen, bis sie wieder um ist, hielt ein »Hüttenträumer« mal sogar für einen schlechten Scherz: »Na, des glab I Dir net! Ja, bist Du nimmer gern heroben?« Ein weiterer Gast war überrascht, mich nach Jahren noch anzutreffen: »Ja, Sie sind ja *immer* noch hier! Es macht Ihnen also immer noch *Spaß*?« Als ob *ich* meiner Arbeit, anders als andere, nur zum *Vergnügen* nachgehen würde und den Beruf wechseln könnte wie ein Hemd!

Viele sehen freilich auch nicht die mit ihm verbundenen Strapazen – denken, daß man bei schlechtem Wetter (wahlweise auch: morgens und abends, tagsüber sowie unter der Woche) reichlich Zeit zum Lesen und sonst nichts zu tun hat, außer auf Gäste zu warten. Vermuten, daß man bei Sonnenschein den halben Tag im Freien sitzt: »Sie müßten doch ganz braun sein nach dem schönen Wetter!« Weil man gerade dann oft nicht raus kommt, hat ein Kollege den gutgemeinten Spruch »Schön haben Sie's hier!« mal ganz grantig erwidert: »Ja, das ist schon schön, den ganzen Tag den Dreck von den Leuten wegputzen!« »Ja, aber die gute Luft!«, meinte darauf schüchtern der Gast. »In der Küche!«, brummte der Wirt.

Ich hab mir die Arbeit zum Glück *so* einrichten können, daß Pausen zum Verschnaufen bleiben, wenn auch nicht jeden Tag und dann, wann ich sie will. Man braucht sie, denn zwanzig Wochen Bereitschaftsdienst ohne Ruhetag und fast rund um die Uhr schlauchen. »Fünf Monate – wie hält man das aus? Also nö, das könnt ich nicht machen!«, erkannte ein Gast für sich, während ein anderer mich aus anderem Grund bewunderte: »Wie *Sie* das machen, das sieht gar nicht nach Arbeit aus! Darf ich ihnen dabei ein bißchen zusehen?« Weil der Mann so höflich darum bat, hab ich ihm die Freude, mein Hantieren in der Küche wie bei einer Peepshow zu verfolgen, nicht verwehrt. Es freut *mich* ja auch, wenn die Arbeit leicht von der Hand geht, weil alle Abläufe gut organisiert sind: unter größtmöglicher Einsparung von Kraft, Zeit und Wegen.

Unsere Küche ist täglich fünfzehn Stunden lang geöffnet, und auch außerhalb dieser Zeit gibt es genug zu tun: morgens und abends, wenn die Gäste noch nicht aufgestanden oder schon zu Bett gegangen sind; im Frühling vor Saisonbeginn und im Herbst nach Hüttenschluß. Als nach dem großen Umbau »Selbstbedienung« möglich wurde, die mir manch unnötigen Einsatz sparte, war ich darüber recht froh, andererseits aber auch traurig: Das Bedienen an den Tischen hatte mir zumindest manchmal Spaß gemacht; auf Kunden zu warten entsprach meinem Wesen, das gern auf andere zugeht, eigentlich nicht. Aber man muß halt schauen, daß man sich schont, wo es nur geht!

Berge *besteigen* kann ich im Sommer nicht – Berge von Geschirr sind mein alltägliches Metier. Das Heben von riesigen Töpfen und Kisten fällt am Anfang der Saison schwer, wenn man im Winter nicht trainiert hat. Das Gewicht von leichten Gegenständen summiert sich im Laufe eines Tages: Jede Tasse, jedes Glas und jeder Teller muß beim Verkauf des Inhalts voll und leer mehrfach in die Hand genommen werden; Dutzende von dicken Decken bringen mich beim Aufräumen schon in der Früh ins Schwitzen. Lang vor dem Sternenhimmel sieht man dann Perlen auf der Stirne glitzern!

Manchmal hat man zu viel Arbeit und manchmal zu wenig; mal Streß, mal Langeweile. Manchmal kommt den ganzen Tag kein einziger Gast, und am Abend ist die Hütte plötzlich überfüllt ... Wohl fühlt man sich, wenn es rund um die Uhr was zu tun gibt und man nicht aus dem Rhythmus kommt; wohl aber auch, wenn nach zufriedenstellendem Betrieb mal *gar* keiner da ist: Dann fragt gewiß *niemand*, ob es nur *das* zu essen gibt, was auf der Karte steht!

Statt Freude gibt es oft Frust: Wenn das Essen anbrennt, weil ich mit einer Schlange vor dem Fenster beschäftigt bin und nicht zum Umrühren komme; wenn die Suppe überkocht, weil ich das Gas wegen einer Ablenkung nicht klein gestellt habe; wenn Gäste fernbleiben und deshalb Speisen versauern, Brot schimmelt und der Aufschnitt im Kühlschrank verdirbt ... Die Erbsensuppe vom Vortag befreie ich, sofern sie noch gut ist, mit einem Spitzsieb von Klumpen und Haut. Beim seihenden Schütteln sah mir mal ein Gast plaudernd zu und fragte dann: »Sagen Sie, was *machen* Sie da eigentlich, *Käse*?« »Nein, das ist die Suppe!« »Ach so, wissen Sie, ich kenn' mich da nicht gut aus, *darum* frage ich!«

Wenn es abends Gerichte mit Nudeln gibt, treffen just, wenn ich die abgieße, oft neue Gäste zum Schlafen ein. Sie müssen dann, um ein Erkalten der Teigwaren zu vermeiden, mit dem Anmelden ein wenig warten ... Eintopf aus Hülsenfrüchten, der schön heiß am Herd steht, kann jeder abholen, wann er will: Da gibt es keinen Streß bei der Ausgabe und wenig Verderb beim Ausfall von Gästen – bei ihrer unerwarteten Vermehrung dafür die Möglichkeit, mit Linsen aus der Dose und gekochten Kartoffeln die vorhandene Speisemenge schnell zu erhöhen.

So entsteht, normalerweise, unser Hauptgericht: Man holt den Sack mit Linsen aus dem Schrank, füllt mit ihnen eine Schüssel zum Bemessen, kippt sie in einen Zwanzig-Liter-Topf, schüttet trocknes Suppengrün hinzu und läßt reichlich Wasser darauf fließen, danach das Gemisch über Nacht oder zumindest viele Stunden quellen. Sowie eine Flamme beim Frühstücksbetrieb frei wird, kommen Erdäpfel in einem Schnellkochtopf darauf. Sie können darin, nach einer per Wecker festgelegten Kochzeit mit Energiezufuhr, auch ohne diese noch länger weitergaren ... Wenn der Druck am Anzeiger weg ist, entriegle ich den Deckel und kippe das kochende Wasser samt Kartoffeln in die Spüle – halb blind wegen des Beschlagens der Brille. Kurz drauf werden die Knollen geschält, gewürfelt und in einem Kübel kühl gestellt. Sie kommen erst wieder dran, wenn die Linsen am Nachmittag aufgekocht und zum fertigen Gericht entwickelt werden: Brühe wird dann zugefügt, viel Senf, Essig und Pfeffer; um dem Ganzen Farbe zu geben, auch noch Karotten in Scheiben.

Ab 18 Uhr können die Gäste das Abendmahl erhalten: nach einem Strich auf jenen Zettel, der zum Abrechnen in einer Kartei hinter dem Reiter mit ihrer Lagernummer liegt. Die Stärkung wird in einen Teller mit zerschnittener Wurst geschöpft, der (meistens) leer zurückkommt; mancher Esser wünscht sich dann noch einen zweiten Schlag und bekommt ihn, wenn der Füllungsgrad des Topfes dies erlaubt. Nicht verzehrten Rücklauf laß ich so schnell wie möglich aus dem Blickfeld verschwinden; Besteck und Porzellan wandern in Schaffel zum Vorspülen, weiter in die ratternde Maschine und von dort bald sehr heiß wieder raus. Der Topf muß, wenn noch viel drin ist, ins Kalte: tief in den Keller oder nur auf den Balkon; je nach Temperatur im Freien.

Leichter noch als das Linsengericht läßt sich unsere Erbsensuppe zubereiten: vor allem, seit man das Pulver aus dem Sack, das ich zum schnellen Einsatz bereits korrekt bemessen in einem Becher halte, nicht mehr in einem Häferl kalt anrühren muß, bevor man den Brei per Besen in heißes Wasser schlägt. Der Hersteller beglückte uns mit Instant-Pulver, das man direkt in den Topf rühren kann – aber nur, wenn das Wasser darin noch nicht zu lange gekocht hat! Bei meinem Erstversuch mit der Neuerung war schon Dampf entstanden, der sich beim Heben des Deckels mit dem Pulver vereinigte und es in alle Richtungen entweichen ließ – nur nicht in die *gewünschte*! Seit dieser Explosion, die unsere Küchenwand begrünte, verwende ich die feuchte Hitze nur noch zum Entspannen der Gesichtshaut, bevor ich mein rührendes Werk für andere beginne.

Kochen, Wischen und Kehren, Keller rauf und Keller runter, Kühlschrank auf und Kühlschrank zu. Nachfüllen der Bestände von: verschiedenen Sorten Bier, Spezi und Sprite, Wasser und Saft, Wein weiß und rot; Obstler, Enzian, Williams und Rum, Butter und Milch, Zucker und Zitrone, Würstchen, Tee, Kaffee. Öffnen und Schließen von Gläsern und Dosen, Schubladen, Flaschen und Tüten. Spülen, Trocknen und Wegräumen von Gläsern, Tassen und Tellern, Brettern, Töpfen und Besteck. Gabeln und Messer in Servietten wickeln, Geschirr-, Hand- und Wischtücher wechseln, schmutzige Finger dutzendfach waschen und trocknen. Wurst, Brot, Speck und Käse holen und schneiden, Behälter mit frischem Aufschnitt befüllen, Portionen vorwiegen und durch Folien trennen. Sirup aus einem großen in kleine Kanister umfüllen; Wasser fließen lassen ins »Grantl« im Herd sowie Töpfe, Kannen und Becken zum Spülen. Holz aus dem

Schuppen heran schleppen und in die Schublade schlichten beim Ofen, Gurken aus großem Eimer in kleinen Tiegel befördern, Marmelade klecksen in Schälchen aus Glas.

Ansichtskarten müssen da sein, Klopapier und Küchenkrepp, Ofen- und Gasanzünder, Streichholzschachteln, Feuerzeug. Schaufel und Besen, Seife und Bürsten, Trichter und Zangen, Eimer und Tabletts. Süßstoff, Salz und Pfeffer, Maggi und Senf, Taschentücher, Servietten. Stifte und Blöcke, Schere und Kleber, Stempel und -farbe. Tüten und Folien, Pflaster und Nähzeug, Öffner und Verschlüsse von vielerlei Art.

Meine Kleidung darf nicht wetzen und schaben, sie muß im Nacken warm sein wegen der Zugluft vom Fenster, und vor dem Hals luftig wegen der Hitze vom Herd. *Schürzen* halten mir den Schmutz vom Leibe und schützen nicht nur Textilien darunter, sondern noch tiefer die Seele: als trennende Schicht zwischen mir und dem Dreck. Oft würde ich gern auf sie verzichten, aber wenn ich es bloß *einmal* tue, spritzt mir schon etwas an die Brust! ... Geradezu gefährlich wird schürzenloses Schaffen, wenn offene Jacken dem Gas am Herd zu nahe kommen – dabei ist mir schon öfter ein hängender Zipfel verschmort! Ein ganzes Dutzend Schürzen hab ich schon verschlissen, doppelt so viele gehören mir noch: an vielen Orten erworben, zum Teil auch selbst genäht. Bin als Wirtin fast zur Schürzenjägerin mutiert, und hab doch nie gefunden, wovon mir manchmal träumte: ein Geschäft, in dem es *beglückend* schöne Arbeitskleider gibt!

Meine Hände sind nach wenigen Wochen droben so rissig und rauh, daß ich nichts sticken und zarte Strümpfe, die leicht reißen, nur mit Handschuhen anziehen kann. Und das, obwohl ich meine Greifwerkzeuge jeden Abend befette und befeuchte! Die Einnahme von Kieselerde mit Calcium hat ihren Zustand kaum verbessert, das Tragen von teurem »Creme-Handschuh« ebenso wenig: Er wird, obwohl angeblich wasserfest, beim permanenten Tauchen ins Spülbecken wieder aufgelöst; auch die Lake an Wiener Würstchen, die ich x-mal am Tag aus einer Dose fische und zerschneide, tut ihm und meiner Haut nicht gut. Und wie soll ich verhindern, daß noch nicht eingezogene Creme auf Lebensmitteln landet, die meinen Gästen schmecken sollen? Feste

Schutzhandschuhe kann ich nur selten tragen: solche aus Stoff oder Leder beim Greifen von Brennholz, gummierte beim Scheuern von Töpfen und Böden; (fast nie) dünne aus Vinyl, wenn ich mir die Hand nicht schwärzen will an geräuchertem Speck oder Ruß beim Schüren des Ofens.

Verletzungen, die unter die Haut gehen, gibt es in der Küche immer wieder: Mehrmals schnitten sich Freunde an meiner alten Brotschneidmaschine; mit einer neuen, fast narrensicheren, brachte ich schon mal den eigenen Daumen in Gefahr. Wahrscheinlich hätte ich ihn verloren, wenn meine Hand beim Kontakt mit der rotierenden Scheibe nicht sofort zurückgezuckt wäre! Dank Reflex gab es nur einen blutenden Riß, der stark auseinander klaffte und durch einen Gummifinger zusammengedrückt werden mußte. Mehr als nur *relatives* Glück war mir beim Entgleiten eines zarten Glases beschieden: Ich hätte voll in das beim Aufprall auf die Spüle splitternde Gefäß gegriffen, wenn mein Gehirn den Befehl, es zu fassen, nicht *gerade noch* rechtzeitig storniert hätte!

Als von einem plötzlich berstenden Boden im Kühlschrank ein winziger Scherbe zwischen die Knochen meines kleinen Fingers geriet, schmerzten sie wochenlang, bevor der Fremdkörper eiternd heraus kam. Narben blieben auch von Wunden, die ich beim Wischen der nicht auf Stärke Null gestellten Schneidmaschine erlitt, sowie beim Zerschnippeln von Würstchen. Die scharfe Messerklinge packte ich beim Putzen einmal so schräg an, daß sie zunächst ein Schwammtuch, darunter dann die Haut meiner Daumenkuppe zerschnitt.

Wunden entstehen auch durch Splitter, die in Lappen hängen geblieben sind, durch Scharten beim Öffnen von Dosen, durch Sprünge in Gläsern beim Trocknen und Spülen ... Wiederholt hab ich mir die Hände am Dampf aus fast leeren Töpfen verbrüht, kochendes Wasser mangels Licht beim Umfüllen in Flaschen und Tassen über die Finger gegossen, mich an heißen Henkeln, Deckeln und Abstellringen auf dem Herd gebrannt ... Wenn Messer oder Töpfe fallen, ist ein Seitensprung empfehlenswert. Beim Schälen von Hartwurst sollte man bedenken, daß ihre Haut abreißen kann: dabei wurde meine Klinge einmal so beschleunigt, daß sie durch den halben Daumennagel ging!

Manche Pannen sind aber auch zum Lachen: Einmal war im Schnellkochtopf, als ich Kartoffeln aus ihm kippen wollte, bloß Wasser drin; ein anderes Mal wurden bereits weiche Kartoffeln ein zweites Mal gesiedet. Einem Gast gab ich statt Kaffee bloß eine Tasse mit Pulver, einem anderen warf ich ungewollt zehn Pfennig in den vollen Teller. Mir selbst hab ich mal eine Wasserladung auf den Hintern katapultiert: mit einem Schöpfer, der langstielig aus dem Rührhäferl ragte und sich vor dem Schließen der Küchentüre in ihrer Klinke eingehängt hatte!

Als ein ganzer Tellerstapel vom Brett stürzte und Porzellan für fünfzig Mark zerbrach, konnte über die Frage »Mußte das sein?« nur der sie stellende Zuschauer kichern ... Kleinere Bruchschäden gibt es immer wieder: Aschenbecher werden durch Rucksäcke vom Tisch gefegt, halb entleerte Weißbiergläser vom Winde verweht, am Boden deponierte Drinks von Füßen umgestoßen, die dafür keine Augen haben ... Ein Gast, der seinen vollen »Spezi« umwarf, seufzte: »Das ist ja ärgerlich, da muß ich jetzt ja *noch* mal einen kaufen!«, tat dies jedoch nach dem Nippen am Glas seiner Gattin nicht. Bedachte dafür mich mit Mitleid, als ich zum Aufkehren der Splitter kam: »Gell, mit den Gästen hat man *immer* Arbeit!« Fürwahr: *Drei* Kübel Wasser waren noch vonnöten, um das klebrige Gesöff restlos zu entfernen!

An Sauereien in der Küche bin ich meistens selber schuld: Beim Umwerfen der Würstldose spritzte mehrfach schon Saft in sauber aufgereihte Tassen, beim Entgleiten des Behälters mit den Gurken schwappte Essigstand über Stapel von Tellern. Als ich eine (nur vermeintlich offene) Ketchup-Flasche heftig drückte, schoß ihr Verschluß plötzlich durch den Raum und der halbe Inhalt hinterher. Nach dem Empfang von heißem Schiwasser hielt ein Gast mal nur noch einen Henkel in der Hand: Der Rest seines Glases war abgesprungen, unter einer Spannung, die ich wohl mit einem Löffel hätte ableiten können! In einem ganz *anderen* Spannungsfall wurden gekochte Kartoffeln gegen eine geriffelte Türe geschleudert: Dort waren sie angetrocknet, als mein Zorn verflog, und nur noch schwer zu entfernen. (Gleich bloß mit Wasser zu schießen, hätt' mir viel Mühe gespart!)

Nach vierundzwanzig Dienstjahren mußte ich für die Führung meines Kleinbetriebes zum Thema »Sicherheitstechnik und Arbeitsmedizin« einen Fernlehrgang absolvieren. Dabei erfuhr ich Interessantes über die Vermeidung von Unfällen, die mir nicht fremd waren, und einen Grundsatz, den ich gern an meine Gäste weitergeben würde: Daß man Menschen beim Hantieren mit Messern nie durch lautes Rufen schrecken soll, weil dies Reflexe auslöst und zu unliebsamen Reaktionen führen kann! Eine andere Frage aus dem Katalog, den die Berufsgenossenschaft zuschickte, war für mich dafür irrelevant: Ob ich meinen Koch zum Arzt schicken muß, wenn Wunden sich entzünden, die er sich beim Austern waschen zuzog?

Muscheln gibt es in meiner Küche nämlich nicht, nur Vögel und Fische: als Spielzeug für den Brunnentrog! Dazu auch noch geschnitzte Vögel als Zierde an den Wänden – neben Stickbildern, die Männern so gut gefallen wie Frauen. »Würde es viel Mühe machen, mal eines abzunehmen, damit ich es näher betrachten kann?«, fragte mich einer, während ein anderer Wanderer bemerkte: »Haben *Sie* Glück, daß meine Frau nicht dabei ist, die wär' schon in ihrer Küche drin!«

Gemütlich *muß* es schon sein, wo man monatelang die längste Zeit des Tages verbringt; ganz besonders dann, wenn beim Blick ins Freie durch Nebel oder Finsternis jene ästhetische Erhebung fehlt, die mich einst zum Hüttenleben verführte! *Schöner* arbeiten als andere anderswo können wir schon, genug damit verdienen aber nicht mit weniger Aufwand: Zwanzig Wochen zu hundert Stunden ergeben schon droben mehr als eine »normale« Jahresarbeitszeit! Erspart bleibt uns der *Weg* zum Arbeitsplatz hin, weil wir schon dort sind – dafür können wir ihm auch fast nie den Rücken kehren, wenn uns mal danach zumute ist. Es gibt ja weder Ruhetag noch Lohn bei Krankenstand! Ich selbst hab großes Glück gehabt und war bis heute während der Saison kein einziges mal rund um die Uhr »außer Gefecht«! Elend gefühlt hab ich mich in dreißig Dienstjahren freilich schon oft.

Geld und Geschäfte

Die müssen gut verdienen, daß die hier soo viele Blumen haben!« ... Eine derart seltsame Spekulation zu unserer Finanzlage kam mir erst einmal zu Ohren – die Frage, ob unser Job sich denn lohnt, dagegen schon oft. Wir stellen sie uns selbst manchmal auch, und in letzter Zeit öfter als früher: Da habe ich mir über Krankenversicherung und Altersvorsorge kaum Gedanken gemacht, nicht vorstellen können, wieviel Geld dafür mal nötig sein würde! Die Befürchtung von Freunden, daß wir mit dem Sanieren der Hütte unsere besten Jahre vergeuden könnten, fand ich unbegründet. Die Empfehlung eines Fremden, regelmäßig für die Rente zu bezahlen, beinah unverschämt: Was ging denn *den* das an?

Über Jahre meiner Jugendzeit hatte ich beim Alpenverein immer wieder gesungen: »Was kümmert uns im Tale das Geld, der Tanz, der Wein? Nur für die Berge leben, soll unsere Losung sein!« In der Schule wurden Aufsätze darüber geschrieben, daß Geld allein nicht glücklich macht. Die eigenen Eltern lebten mir recht heftig vor, daß Geben seliger denn Nehmen sei. Als mir aus ihrem Bücherschrank zum besten Zeitpunkt auch noch ein Werk des Naturphilosophen Henry Thoreau in die Hände fiel, war meine antimaterialistische Weltauffassung für immer besiegelt: Die Lektüre von »Walden« hat mich dazu ermutigt, das Experiment des Lebens in einer kleinen Hütte zu wagen!

Es hat gedauert, bis ich begriff, daß meine Arbeit mir so viel Geld wie (auf anständige Weise) möglich bringen mußte: damit ich davon leben konnte! Zunächst hatte ich Hemmungen, für meine Waren und Dienstleistungen angemessene Preise zu verlangen; diese wurden nach dem Studium von Speisekarten im Tal bald abgelegt ... Heute weiß ich, daß mein Stundenlohn unter dem Durchschnitt in unserem Lande liegt und ich mich darum nicht zu schämen brauche. Manchen Gästen ist das klar, anderen leider nicht: Die machen sich gar keine Gedanken über den Aufwand, der hinter unserem scheinbar bescheidenen Angebot steckt – meinen manchmal auch, daß man vom Alpenverein für die Arbeit bezahlt wird. Dabei bekommen wir nur einen Anteil von den Schlafgebühren für die Reinigung der Lager; überwiegend gehen Erträge aus diesem Bereich an die Sektion, die sie wiederum in den Unterhalt ihres Eigentums investiert.

Ein angemessener Geschäftsgang ist also für alle Beteiligten wichtig, und der wird ganz stark durch das Wetter bestimmt. Wenn man die Hütte im Frühling zu Feiertagen noch nicht öffnen kann, weil zu viel Schnee liegt, oder wegen eines Wintereinbruchs lang vor der Oktobermitte schließen muß, wird die Anzahl der Geschäftstage reduziert. Man selbst wird ganz *deprimiert*, wenn länger nichts läuft oder dramatische Rückgänge gegenüber einem Vorjahr zu verzeichnen sind. Traurig auch, wenn von spärlich kommenden Gästen kaum was konsumiert wird, Besucher mit absolutem Nullverzehr mich besonders einfühlsam für schlechten Geschäftsgang bedauern ... Einmal ergriffen drei Wanderer gar die Flucht, als ich sie fragte, ob sie etwas haben wollten – nach freundlicher Begrüßung, langem Bewundern der Landschaft und ihrer Bemerkung: »So ein schönes Fleckchen Erde! Daß hier keiner da ist, das ist ja schade!«

Unabhängig vom Wetter gehen die Geschäfte im Frühsommer viel schlechter als im Herbst, weil dann noch keine Schulferien sind und Schnee in höheren Lagen Bergsteiger fern hält – folglich nur wenige bei uns übernachten. Auch die Tagesgäste bleiben aus, wenn große Hitze zum Baden verlockt oder das Wetteramt ältere Personen vor Anstrengungen im Freien wegen erhöhter Ozonwerte warnt. Weltmeisterschaften, Olympische Spiele und Veranstaltungen im Tal halten Besucher fern, andere besondere Ereignisse auch: Nach dem Unfalltod von Prinzessin Diana haben uns viele Gäste trotz Reservierung im Stich gelassen. Nach dem Attentat vom 11. September ist von fünfundzwanzig Gästen, die zum Übernachten angemeldet waren, kein einziger erschienen! Allerdings bei einem Wetter, das ebenfalls Assoziationen zum Weltuntergang weckte und mich das Wunder einer – trotz Herbst – leeren Hütte begreifen ließ. Ein »Wunder«, das sich in jenem Monat noch mehrmals wiederholte und, gepaart mit schwachem Tagesbesuch, zur Halbierung des sonst üblichen Umsatzes führte!

Bei Hochdruck kann es im Herbst dafür zu Massenanstürmen kommen, die kaum zu bewältigen sind. Wir ließen noch niemanden verhungern oder verdursten – nächtigen durfte schon manches Mal nicht jeder, der es wollte. Ein diesbezüglicher Rekord wurde am ersten »Tag der deutschen Einheit« aufgestellt, als ich circa hundertfünfzig Schlafplatzbewerber habe abweisen müssen! Unter meteorologischen Bedingungen, die man bei uns trotz Abschaffung der Monarchie als »Kaiserwetter« bezeichnet. Lukrative Tage, wie man sie nur selten hat, führten damals am Ende der Saison zu einem erfreulichen Geschäftsergebnis. Dieses wird immer mit einer gewissen Spannung erwartet und mit dem Umsatz vom Vorjahr verglichen: Freude kommt auf bei Zuwachs, Zufriedenheit bei Stagnation, Wehmut bei Verlusten.

Während *ich* mich über den Austausch von Geldmengen freue, ist manchen Gästen daran weniger gelegen: Sie studieren und debattieren die Preise, meckern und feilschen; verzichten gar auf jeglichen Konsum. Nur ein kleiner Beitrag zum Unterhalt von Hütte und Wegen war lange Zeit von fast allen Besuchern zu leisten, und dagegen gab es immer wieder Widerstand ... Ein Rentner, der eignes Tischtuch und Brotzeit unter einem unserer Sonnenschirme hübsch ausgebreitet hatte, geriet in höchste Erregung, als ich die Gebühr für den Verein kassieren wollte. »Ach so, an ihrem Tisch liegt keine Karte, da haben Sie das mit der Mark nicht lesen können!«, versuchte ich ihn zu beruhigen, darauf wurde er aber bloß noch zorniger: »Sie brauchen gar nicht so zickig sein, ich bin hier schließlich auf Urlaub. Da nehmen sie einem drunten ja schon genug Geld ab!« Nach längerer Debatte mit seiner Frau wäre der Mann bereit gewesen, *eine* Mark zu bezahlen, aber nicht pro Person, sondern für beide zusammen. Als ich auf *zwei* Mark beharrte, hat er seine Brotzeit zusammengepackt und ist beleidigt abgerückt.

»Da geh ich doch zur nächsten Hütte weiter!«, verkündete nach dem Studium unserer Karte ein Wanderer, dem eine Halbe Bier für fünf Mark viel zu teuer war. Ein anderer dagegen meinte: »Es ist eine Schande, daß manche Preise in München höher sind als bei Ihnen!«, und eine Professorin informierte ihren Mann: »Die sind ja gar nicht teuer«, worauf der sie rügte: »Du blöde Kuh, sag das nicht zu laut, sonst setzen sie die Preise rauf!« ...

Wirklich großzügig erschien mir zunächst ein älterer Herr, der flüsternd kundtat, er wolle den jungen Leuten an seinem Tisch ein Schiwasser spendieren – bevor er ergänzte: »Aber nur, wenn ich es von Ihnen billiger bekomme!«

Manche Leute können die Speisekarte mangels Brille nicht lesen. Ein Gast bezweifelte ihre Richtigkeit: »Stimmt das, was da steht? Daß der Speck 9,50 DM kostet?« »Ja freilich, warum sollte das nicht stimmen?« »Weil Salami bloß 5,80 DM kostet, das ist doch ein Unterschied!« »Das ist doch auch eine Frage der Menge!« »Ach so, na klar, jetzt versteh ich das!« Ein anderer bestellte ein kleines Bier für zwei Mark, obwohl es so nicht auf der Karte stand. Eine Frau wollte für den gewünschten, etwas schwächeren Kaffee einen Preisnachlaß wegen des geringeren Verbrauchs an Pulver.

Weil die Übernachtung mit Mitgliedsausweis höchstens halb so viel kostet wie ohne, versuchen Besucher auf verschiedene Art, in den Genuß der Ermäßigung zu kommen. Normalerweise mit einem Dokument, das ihre Beitragszahlung bestätigt, oft aber auch mit der (häufig nicht wahren) Behauptung, diesen Nachweis vergessen oder verloren zu haben. Andere haben zwar einen Ausweis dabei, aber nicht den eigenen – schließlich kommen Verwechslungen innerhalb einer Familie oder unter Freunden schon vor ... Bei uns wollte mal nicht nur der Sohn, sondern Jahre später auch noch der Enkel eines alten Mitglieds mit dessen Ausweis übernachten! Der Führer einer Reisegruppe legte mir Papiere von Personen vor, die gar nicht da waren. Ein anderer behauptete, sämtliche Ausweise seiner Schützlinge auf der Nachbarhütte vergessen zu haben und staunte, als ich dies telefonisch überprüfte. Dann gab es noch einen Engländer, der von seiner Mitgliedskarte das Deckblatt mit dem Namen heruntergerissen hatte, angeblich um Gewicht zu sparen, und einen jungen Mann, der mir statt Ausweis eine (bereits zweite!) Zahlungsmahnung präsentierte: Er habe vor lauter Unterwegssein bloß noch keine Zeit gehabt, den Betrag zu begleichen, und fände es recht kleinlich, wenn ich dies nicht verstehen könne.

Meine Aversion gegen den Konsum von selbst mitgebrachten alkoholischen Getränken mißfiel manchem Gast – dabei ist dieser ganz offiziell verboten. Für Hochprozentiges aus dem eigenen Rucksack wurden mehrfach Gläser aus der Küche verlangt – nur ausnahmsweise aber auch verliehen. Den Flachmann aus dem Rucksack, der gelegentlich an die Lippen geführt wird, toleriert man gern. Mit Literflaschen voll Schnaps gehen gewisse Gäste aber doch zu weit! Heimlich im Matratzenlager Geleertes hat nicht selten scheußliche Folgen: Da zieh ich es manchmal schon vor, eine Flasche über Nacht in Verwahrung zu nehmen!

Gegen die Zubereitung eigener Speisen vor der Hütte haben wir nichts, wenn Kocher nicht zu stark stinken oder gar Löcher in eine Tischplatte brennen. In einem solchen Fall gab es mal Ärger: Als nach dem Verschütten von Treibstoff ein Flächenbrand entstanden war und Hans, der zufällig hinzukam, zur Vermeidung größeren Schadens einen brennenden Kocher samt Topf über die Brüstung fort stoßen mußte. Der Verursacher, der sein eigenes Feuer zuvor nur tatenlos bestaunt hatte, beschwerte sich über den Verlust seiner Suppe!

Aufpassen muß ich selbst beim Auftrag registrieren sowie beim Addieren und Multiplizieren von Beträgen zur Rechnungssumme: einem Vorgang, den ich für die Nachtgäste schon zur Zeit der abendlichen Hüttenruhe vorbereite, damit sie beim Zahlen vor dem Abmarsch wenig Zeit verlieren. Außerdem fällt mir die Arbeit mit Köpfchen und Stift im Stillen viel leichter als unter dem Druck einer Schlange vor dem Schalter in der Früh! Ganz selten nur passiert es, daß ein Gast vergißt, sich »unschuldig« zu machen. Dies wird von ihm meistens bald selbst bemerkt und die ausstehende Rechnung auf Umwegen doch noch beglichen.

Bei den Tagesgästen ist seit Einführung der Selbstbedienung mit sofortigem Bezahlen Zechprellerei kaum mehr möglich, früher kam sie gelegentlich vor. Größere Verluste gab es durch Fehler beim Registrieren, den schlimmsten, als ich mal vergaß, für eine Gruppe von achtzehn Personen das Essen aufzuschreiben! Öfter habe ich mir durch mangelnde Konzentration beim Kassieren geschadet, zum Beispiel, wenn ich den Geldschein eines Zahlers versehentlich schon vor Herausgabe des Restgelds weggesteckt hatte und es zu Meinungsverschiedenheiten über das Gegebene kam. Manchmal konnten auch beide Seiten sich nicht mehr genau erinnern. Aufklärung war dann nur kurz nach einem »Kassensturz« noch möglich.

Richtiges Glück hatte ich einmal, als ein Gast am Anfang der Saison mit einem Hundert-Mark-Schein zahlen wollte, nachdem mir eben erst ein anderer einen solchen gegeben hatte und in der Kasse nicht mehr genug Wechselgeld war. Unsicher, ob ich überhaupt herausgeben könnte, nahm ich den Schein deshalb nicht gleich an, verließ die Küche, um meine Reserven im Privatbereich zu überprüfen. Fand ausreichend Wechselgeld, gab dem Kunden fröhlich plaudernd sein Getränk sowie einundneunzig Mark ... Etwas später erst fiel mir dann wieder ein, daß ich den großen Schein ja gar nicht angenommen hatte! Oder doch? *Ganz* sicher war ich mir nicht, fand meine Frage an den Gast deshalb peinlich: »Wissen Sie zufällig, wieviel Hunderter Sie dabei gehabt haben?« »Mehr als zwei bestimmt nicht.« Der Mann sah nach: neunzig Mark und zwei Hunderter befanden sich in seinem Beutel! Als er mir einen davon lächelnd übergab, hab ich tief durchatmen müssen: Das war ja gerade nochmal gut gegangen!

Ein anderes Mal ist mir der Grundsatz, Geldscheine bis zur Vollendung des Kassiervorgangs *nicht* wegzustecken, zum Verhängnis geworden: Da haben zwei Burschen gleichzeitig ihren Registrierzettel sehen wollen, weil auf einem viel mehr drauf stand als auf dem zweiten und sie dies untereinander ausgleichen wollten. Der erste Gast bezahlte schließlich mit einem Hunderter, den ich nicht sofort, sondern wie üblich erst bei seinem Wegtreten in die Kasse legte. Dann wandte ich mich dem zweiten Typen zu, der die ganze Zeit schon nervös an seinem Geldbeutel herum gefummelt hatte. Sechzig Mark war er schuldig, ich forderte ihn auf, mir diese zu geben. Da hat er behauptet, schon einen Hunderter herausgerückt zu haben, jenen Schein, der bis vor einer Sekunde auf meinem Brett gelegen habe! Dabei war das doch, da war ich mir ganz sicher, das Geld seines Freundes gewesen! Der aber hat meine Version auch nicht unterstützen wollen, und so blieb mir nichts anderes übrig, als klein beizugeben: Ich war an jenem Tag ganz allein und mußte mich auf das Kommen unseres Hubschraubers konzentrieren! Ein heftiger Streit hätte mich zu sehr aufgeregt und schlimme Folgen haben können. Schlimmer noch als meine Wut auf die zwei Kerle, die meine Schwäche zu ihren Gunsten ausgenutzt hatten!

Nicht vielleicht erst durch günstige Gelegenheit, sondern vorab schon auf Betrug aus war ein anderer Kerl. Dies sollte sich freilich erst später herausstellen, die Geschichte begann harmlos: Der Bursche traf zur Mittagszeit bei uns ein, kündigte uns die Ankunft seines Vaters, der von der Bergstation der Seilbahn kommen sollte, für etwa sechzehn Uhr an. »Ich hab kein Geld dabei, ist das schlimm, kann ich trotzdem was zu trinken kriegen? Mein Vater zahlt das dann!« »Freilich«, sagte ich, »so was kommt öfter vor!« Gab ihm, weil es arg heiß war, nach dem ersten auch noch ein zweites und drittes Getränk.

Es hat nicht lange gedauert, bis der junge Mann vor allen Leuten laut zu jammern begann: Was er doch für Angst um seinen Vater habe! Der war um sechzehn Uhr nicht da, um siebzehn Uhr auch nicht ... »Du mußt jetzt runter, sonst rückt die Bergwacht nach Dir aus!«, befahl ich, » Du mußt schauen, was mit Deinem Vater los ist! Ob der überhaupt losmarschiert ist?« Die Getränke, ergänzte ich noch, könne er vergessen ... Das wollte er aber keinesfalls, beteuerte immer heftiger, wie furchtbar peinlich ihm die Lage sei. Richtig auf den Wecker ist er uns allmählich gegangen, nur selber gehen wollte er nicht: Sein Bein, vor kurzem operiert, täte ihm nun so weh, daß er nicht mehr absteigen könne ... Tatsächlich hat er ziemlich gehinkt; mich zum Beweis seiner Behinderung schon lange vorher aufgefordert, real existierende Nägel an seinem Schienbein abzutasten.

Wegen der nun nötigen Übernachtung ließ ich mir den Personalausweis des mittellosen Gastes zeigen – mehr konnten wir, so schien es, an diesem Abend (ohne Telefon!) nicht mehr tun. Zufällig ist dann aber noch ein Soldat bei uns vorbei gelaufen, den wir baten, die Geschichte im Tal auszurichten: damit die Bergwacht nicht unnötig ausrücke und nachprüfen möge, was mit dem Vater geschehen sei ... Als wir schon im Bett lagen, gab es im Hüttengang Krach. Ein paar Männer, die von draußen kommend direkt in den Schlafraum stürmten, schrien laut: »Wo ist dieser Holger?« ... Der Kerl hatte doch glatt eine falsche Adresse als Quartier angegeben, und dies, wie die dort wohnende Frau betonte, nicht zum ersten Mal. Das kam uns schon recht spanisch vor!

Die Bergwachtler versuchten nun eine halbe Stunde lang zu eruieren, wo der Bursche wohnen könnte, wegen des angeblich verschollenen Vaters. Als sie dem Verblüfften Papier und Bleistift zum Aufzeichnen in die Hand gaben, ist der auch noch frech geworden: »Glauben Sie, ich fahr auf Urlaub, daß ich mir hier alle Straßennamen merke?« ... Wegen der scheinbaren Beschränktheit des jungen Manns konnte man vorerst nichts mehr unternehmen. Er sollte sich am nächsten Tag bei der Polizei im Tal melden ... Das hat er, nachdem er sich vor dem Abstieg noch stundenlang um unsere Hütte herumdrückte, nicht getan. Dafür ist er beim Pfarrer zum Betteln gegangen, und der hat den Burschen durchschaut! Ein Anruf am Heimatort ergab, daß die Geschichte um den Vater nur erfunden war: Der Mann fuhr zur nämlichen Zeit in Norddeutschland Taxi und wollte von seinem betrügerischen Stiefsohn nichts mehr wissen. Wie polizeiliche Ermittlungen ergaben, hatte dieser sich schon seit längerem ohne Geld durch die Gegend geschlagen! Pro forma fragte man uns nach der geschuldeten Summe; natürlich bekamen wir das Geld nie zu sehen. Dafür den Betrüger nochmal, ein paar Jahre später in Garmisch: Als er uns da auf einem Gehsteig kommen sah, ist er *sehr* flott auf die andere Straßenseite gehumpelt und im Gedränge der Passanten verschwunden.

Unglücksfälle

Ein Tourist, der mit seiner achtjährigen Tochter an einem heißen Tag in geschwächtem Zustand lange unterwegs gewesen war, taumelte mit letzter Kraft in unsere Stube. Dort fiel er auf einer Bank in Ohnmacht. Als Hans ihn anschaute, war er eiskalt; ein zufällig anwesender Arzt prüfte den Puls und bemerkte: »Kaum was zu spüren ... Das könnte ein Herzinfarkt sein!« Sofort wurde die Rettungsleitstelle alarmiert. Als wenig später ein Hubschrauber eintraf, war der Mann wieder zu sich gekommen. »Wer hat Sie gerufen?«, schrie er die herbeieilenden Helfer an, »*ich* war es nicht! Rühren sie mich nicht an, das ist Freiheitsberaubung!« ... Er habe keine Krankenversicherung, außerdem seiner kleinen Tochter versprochen, am nächsten Tag zum Karwendelhaus zu marschieren. »Die dürfen den Papa nicht mitnehmen, ich will zum Karwendelhaus!«, begann die Kleine zu kreischen. Gäste bemühten sich, das Kind zu beruhigen. Den Sanitätern gelang es nicht, den Vater zum Mitkommen zu bewegen. Als sie unverrichteter Dinge wieder abziehen wollten, bat der Arzt aus dem Publikum den Notarzt im Dienst, doch wenigstens ein EKG zu machen. Der Patient stimmte dieser Maßnahme unter der Bedingung zu, daß er sie nicht bezahlen müßte; er bekam dies schriftlich bestätigt. »Sieht gar nicht gut aus«, meinte der Arzt zum Ergebnis, »Sie müssen morgen früh unbedingt runter ins Tal!«

Noch lange nach dem Abflug der Maschine schimpfte der Mann immer wieder, daß man es mit dem Helfen auch übertreiben könne und wir alle miteinander scheinheilig wären; er selbst war felsenfest davon überzeugt, daß sein EKG ganz okay sei: »Ich bitte Sie, bei welchem 58-jährigen ist das schon perfekt?« Nach einer erholsamen Nacht konnte niemand ihn von seinem Vorhaben abbringen. Obwohl es erneut wahnsinnig heiß war, wollte er, nachdem alle anderen Gäste längst weg waren, zum Karwendelhaus weiter! ... Wenn er auf diesem Weg wieder ins Straucheln geriete, liefe das Kind einsam und hilflos in ausgesetztem Gelände herum ... Ob denn nicht auch ein anderes Ziel möglich wäre, fragte Hans, und schlug als Alternative den Weg zum Soiernhaus vor, der genau so schön, aber weniger gefährlich sei. Der Vater blieb stur: »Wenn ich meiner Tochter das Karwendelhaus versprochen habe, dann bleibt es auch dabei!« Und dann fügte er, beinahe beiläufig, noch hinzu, daß er seine Frau mit einem weiteren Kind auf der Brunnsteinhütte zurückgelassen habe und sie von seinem Schwächeanfall nichts erfahren dürfe, weil sie schwanger sei!

Darauf versprach Hans ihm, zu schweigen, wenn wir über die wohlbehaltene Ankunft telefonisch Bescheid bekämen. Der Mann willigte ein ... Leider ist am Abend aber kein Anruf gekommen! Selbst zu vorgerückter Stunde konnte der Wirt vom Karwendelhaus nur bestätigen, daß Vater und Tochter *nicht* eingetroffen waren. Da blieb uns nichts anderes mehr übrig, als die Polizei zu informieren ... Sie hat an mehreren Stellen vergeblich nach dem Vermißten gefragt; auf dem Soiernhaus war das Telefon schon abgeschaltet. Gerade *dort* haben dann Bergwachtmänner, nach längerer Autofahrt und Fußmarsch, die Gesuchten kurz nach Mitternacht gefunden: im Lager, wo sie frei von Schuldgefühlen wegen der unterlassenen Meldung fest und friedlich schliefen!

Andere Leute waren froh, wenn man sich um sie gekümmert hat: Einem Bergsteiger, der kurz nach Betreten der Hütte einen Bandscheibenvorfall erlitt, blieb die Qual einer schlaflosen Nacht bei uns erspart, weil wir sofort reagierten und man ihn gerade noch rechtzeitig vor Einbruch der Dunkelheit ins Krankenhaus flog. Voll Hoffnung auf einen ähnlich bequemen Abtransport waren wir, als ein anderer Gast nach dem Verzehr von Dörrobst und Knäckebrot über heftige Schmerzen im Bauch klagte. Weil dieser stark gewölbt war, befürchtete Hans einen Darmverschluß, der bald durchbrechen könnte, entschied, daß der Patient noch vor dem nächsten Morgen ins Krankenhaus müsse. Dies könnte klappen, wenn bald ein Hubschrauber käme – noch war es hell ... Die Rettungsleitstelle wurde informiert. Nach längerem Warten kam ihr Rückruf: Eine in Landsberg stationierte Maschine der Bundeswehr werde bald starten. Der Pilot erkundigte sich, wie bei uns das Wetter sei. Windstill und sternenklar, gab Hans ihm zur Auskunft, und daß er draußen auf der

Landewiese gleich einen Scheinwerfer aufstellen werde. Um diesen mit Strom zu versorgen, warf er den Generator an. Einige Bergwachtmänner trafen keuchend bei uns ein, allen voran ein Arzt, der den Patienten schon mal notdürftig versorgte und uns über dessen Zustand beruhigen konnte.

Der Pilot hatte vor dem Start nur noch die Auskunft des deutschen Wetterdienstes über die Flugbedingungen in unserer Region einholen müssen, das konnte ja wohl nicht zu lange dauern! Oder doch? Es rührte sich jedenfalls lange rein gar nichts ... Wir und die Gäste wären allmählich gern zu Bett gegangen. Der Patient begann zu frieren und wurde von Helfern im Licht von Stirnlampen unter eine wärmende Folie gebettet. Endlich, nach weit über einer Stunde, hörte man aus der Ferne einen Hubschrauber kommen – leider zunächst nicht zu uns, sondern ins Tal, wo er direkt über dem Ort nachts um halb elf eine gute Weile kreiste! Die voll getankte Maschine mußte, wie wir später erfuhren, erst mal an Gewicht verlieren, bevor ihr Pilot einen Anflugversuch wagte ... Für den hat er dann, weil er unsere Gegend nicht kannte und das Risiko eines Aufpralls an (nicht vorhandenen) Felswänden scheute, eine Höhe von weit über zweitausend Metern gewählt – eine Entfernung, aus der unsere Hütte trotz Scheinwerferlicht nicht zu erkennen war. Fazit: Keine Landung möglich! Nun mußten also die Bergwachtler, die sich seit gut zwei Stunden bereit gehalten hatten, den Kranken in einem Akja zu ihrem weit entfernten Fahrzeug befördern; die halbe Nacht lang über einen holprigen Weg.

Zwei Tage später hat ein Jäger in unserer Nähe einen Schwächeanfall erlitten, Hans per Handy um Vermittlung von Hilfe gebeten. Fast umgehend war ein im nahen Murnau stationierter Hubschrauber zur Stelle, der den Mann mustergültig mit einer Winde aus dem Wald holte ... Am folgenden Samstag bekamen wir erneut Besuch von Rettungskräften, diesmal unerwartet und so spät, daß wir gerade schon beim Einschlafen waren, als ungewöhnlicher Lärm uns aufschreckte. Zwei Kletterer, die sich nach einer schwierigen Überschreitung schon in sicherem Gelände zwischen Latschen und Schafen befanden, und den weiteren Abstieg nur wegen Dunkelheit nicht finden konnten, hatten die Bergwacht per Handy um Ratschläge zwecks Orientierung gebeten ... Rufe hallten hin und her, bis die zum Biwakieren nicht motivierten Sportler aus der Stadt geortet waren; wir hielten uns für ihre Bewirtung bereit. Unnötigerweise, denn die Männer waren bei Ankunft an der Hütte noch fit genug, um ohne jede Labung mit den Lotsen gleich ins Tal zu gehen.

Mehrmals haben sich Wanderer ohne Kopfbedeckung im Hochsommer einen Sonnenstich geholt und erbrechen müssen, letzteres kam auch aus anderen Gründen manchmal vor. Die meisten, aber nicht alle Gäste haben sich nach solchen Mißgeschicken fair verhalten ... Öfter hat man Erschöpften entgegen gehen müssen oder den Verbleib von vermißten Personen ermitteln, von Leuten, die ihr Nachtlager schon belegt hatten und bis zur Hüttenruhe nicht zurückgekehrt waren, von angemeldeten Gruppen, die versehentlich zu einer anderen Hütte marschiert waren und am vereinbarten Tag nicht mehr zu uns kommen konnten. Kinder, die angeblich ihren Eltern vorausgeeilt waren, sind zu deren Entsetzen nicht bei uns eingetroffen, andere waren da, ihre Eltern dafür nicht. »Das gibt's doch gar nicht, daß die so langsam sind!«, meinte ein Mädchen mit seiner laut weinenden kleinen Schwester an der Hand. »Denen ist ganz bestimmt was passiert! Könnten Sie meine Mama mal anrufen?« Wir haben es versucht, doch Mamas Handy war nicht eingeschaltet.

Fußverletzte haben manchmal wenigstens einen Teil des Abstiegs noch aus eigener Kraft geschafft. Andere mußten von der Hütte abgeholt werden, und genau *das* wollte einer mal nicht – weil sein Arbeitgeber nicht erfahren sollte, daß er im Krankenstand auf einen Berg gestiegen war! Nach einem schweren Absturz hat der Mann sich stundenlang humpelnd und auf allen Vieren kriechend zu unser Hütte gequält; Hans, auf dessen Hilfe er gehofft hatte, war ins Tal gegangen. Erst bei einem Funkkontakt am nächsten Morgen konnte ich ihm überhaupt von dem Vorfall berichten, sowie einem seltsamen Plan des Verletzten: Hans sollte ihn beim Abstieg mit einem Stock unterstützen und zum Bahnhof fahren; die Reise bis München wollte er dann ohne offizielle Hilfe schaffen, dort in eine bestimmte Klinik gehen, wo man nicht so genau nachfragte und ihm glauben würde, daß er in seinem eigenen Haus über eine Treppe gestürzt sei ... Logisch, daß Hans von dem Plan schon deshalb wenig hielt, weil er nach seiner Rückkunft Wichtigeres zu tun hatte als mit einem Verletzten stundenlang durchs Gelände zu stolpern ... Umgehend hat er einen Hubschrauber der Bundeswehr, der sich gerade vor Ort befand, zu uns hoch geschickt – der Gast bemühte sich mit seinem gebrochenen Bein vergeblich, vor diesem zu fliehen. Er war schon öfter bei uns gewesen und stets sehr nett – nach dieser Geschichte haben wir ihn nie wieder gesehen.

Ein anderes Mal sind wir über einen jungen Mann erschrokken, der mit einem blütenweißen Kopfverband in Begleitung seiner Freundin bei uns eintraf. Sein Gesicht war im Kontrast zur Umrahmung nämlich dunkelbraun, schien nur noch aus Blutkrusten zu bestehen! Wir erfuhren, daß er sich in Gipfelnähe eine schlimme Platzwunde zugezogen hatte, leider aber der Rucksack mit dem Verbandszeug vierhundert Höhenmeter tiefer am Wörnersattel deponiert war. So konnte die Blessur erst dort, nach starkem Blutverlust beim Abklettern, versorgt werden ... Nach kurzer Rast an der Hütte mußte der Bursche so schnell wie möglich zu einem Arzt, wollte den Weg bis zum Bankerl, wo die Bergwacht ihn mit dem Auto abholen sollte, per pedes schaffen ... Seiner zunächst noch recht gefaßten Freundin wurde vor dem weiteren Abstieg allerdings bange, als auch noch ein Gewitter aufzog; deshalb baten wir einen Bekannten, die beiden zu begleiten und einen Rucksack zu tragen. Wie wir später erfuhren, hat er für diesen Auftrag gute Nerven gebraucht.

Im Juni 1992 fuhr ein Bergsteiger eine Schneerinne am Wörner freiwillig ab – sie führte nach starken Lawinenabgängen verlockend weich und weit hinunter. Leider bestand sie aber am Ende, dort wo das Schmelzwasser immer wieder gefriert, nur noch aus beinhartem Eis: Der Mann hat deshalb vor einem Felsabsturz nicht mehr rechtzeitig bremsen können und wurde fünfzig Meter durch die Luft katapultiert! Zwei Soldaten haben dies gesehen und sind dorthin gestiegen, wo sein Körper nach der Landung lag. Haben den Puls gefühlt, aber nichts mehr gespürt. »Der hat ja kein Gesicht mehr gehabt«, sagten sie später ... Einer blieb bei dem Toten, um dem erhofften Bergungshubschrauber die Position zum Abholen anzuzeigen, der zweite hat uns das Unglück gemeldet. Wenig später ist eine Rettungsmannschaft gekommen. Bei den folgenden Flugmanövern haben unsere Gäste gemeint, daß es sich wohl bloß um eine Übung handelt – zur Vermeidung von Aufregung habe ich sie in diesem Glauben belassen und gar nicht gesagt, was wirklich los war.

Der Verunglückte hatte sich weder in Hütten- noch Gipfelbuch eingetragen und auch keine Papiere dabei. Wer er überhaupt war, konnte die Polizei erst mit Hilfe seiner Autoschlüssel ermitteln, die sie an geparkten Fahrzeugen im Tal durchprobierte ... Ein Freund des Verstorbenen ist kurz nach der Beerdigung zu uns gekommen, um zu sehen, wo das Unglück passiert war und von dem Mann zu erzählen: Daß er Kletterrouten im sechsten Schwierigkeitsgrad begangen und Siebentausender bestiegen habe, also erfahren und geübt war, und demnächst seinen 42. Geburtstag hätte feiern können – ein Fest, das von seiner Mutter schon lange herbeigesehnt wurde, denn dann hätte ihr Sohn genau jenes Lebensjahr hinter sich gehabt, in dem sein Vater und zuvor auch schon sein Großvater gestorben waren!

Ein anderer Bergfreund wurde an einem ungewöhnlich heißen Sommertag am Wörnersattel aus dem Leben gerufen, während einer Rast im Kreise von Gefährten. Die hofften zunächst freilich noch, daß man ihm, erst Mitte fünfzig, irgendwie noch helfen könne; zwei rannten los und trafen bei uns ein, als wir gerade recht lustig unter einem Sonnenschirm mit Gästen zusammensaßen ... Sofort hat Hans telefonisch Hilfe angefordert, die Männer gefragt, ob sie ihrem Kameraden auch genug zu trinken gegeben hätten. Sie bejahten dies, einer ging mit aufgefüllten Flaschen für den Rest der Gruppe wieder fort. Der andere hat sich furchtbar aufgeregt, als wir weiter fröhlich blieben und nicht sofort ein Hubschrauber kam – bei ihnen zu Hause wäre ein solcher spätestens in zehn Minuten da. Nach einer viertel Stunde begann er zu bezweifeln, daß unsere Meldung, falls überhaupt erfolgt, an der richtigen Stelle angekommen sei. Wir haben dies durch einen Rückruf überprüft, der Rettungsflieger war schon zum Sattel unterwegs. Als er dort eintraf, war der Mann schon lange tot, man hätte ihm auch früher nicht mehr helfen können ... Der Rest der Gruppe ist nach diesem Schock trotz eigener Erschöpfung noch vor der Nacht ins Tal gegangen. Sie konnten es nicht fassen: Am Anfang ihrer Wanderwoche durchs

Karwendel habe ihr Kamerad sich nicht besonders fit gefühlt, just an seinem letzten Morgen aber beim Losmarschieren fröhlich ausgerufen: »Das ist heute *mein* Tag!«

Die Geschichte war damit noch nicht zu Ende: Im folgenden Sommer habe ich mich über drei Tagesgäste in unserer Veranda gewundert, die nach dem Abwarten eines schweren Gewitters unbedingt noch zum Sattel weiter wollten – obwohl es schon Nachmittag war und ein weiteres Gewitter drohte. Als ich besorgt fragte, ob sie die Tour nicht auf ein anderes Mal verschieben wollten, gab einer sich als Schwager des im Vorjahr Verstorbenen zu erkennen: Er wollte dessen Stiefkinder zum Jahrestag der Todesstunde an die Stelle führen, wo das Schicksal zugeschlagen hatte ... Dann erzählte er mir noch, daß sein zweiter Schwager, jener, der sich im Vorjahr bei uns so furchtbar aufgeregt hatte, ein paar Tage nach der Rückkehr zu Hause ebenfalls tot umgefallen sei – nach einem Fitneßtraining!

Aufregungen hat es auch an unserem zweiten Hausberg, der Tiefkarspitze, gelegentlich gegeben. Einmal mußten Hausgäste dort ungeplant biwakieren, ein anderes Mal sind Kletterer erst mitten in der Nacht von ihr zurückgekehrt. Bergsteiger, die ihre eigenen Kräfte überschätzt hatten, mußten mitten am Tag vom Grat abgeholt werden: Wanderer hatten uns auf Hilfeschreie aufmerksam gemacht, die wir, bei schlechtem Wetter in der Küche sitzend, höchstens zufällig bei einem Gang ins Freie gehört hätten. Wir prägten uns die Stelle ein, an der ein Mann mit gelber Jacke winkte, gingen davon aus, daß eine zweite, für uns nicht auszumachende Person verunglückt war ... Die Sicht war noch leidlich, als ein Rettungshubschrauber kam. Trotzdem konnte er den Standort des Mannes auf unsere telefonische Beschreibung hin nicht gleich finden, mußte sich nach Landung vor unserer Hütte näher informieren. Als die Maschine wieder abhob, zog sich am Grat gerade ein kleiner Nebelvorhang zusammen, zwei Bergwachtmänner wurden schnell und leider viel zu tief abgesetzt, dann flog der Pilot, wohl ein Absinken der Nebels befürchtend, sofort ins Tal zurück. Zwei Minuten später klarte es in der Höhe wieder auf, wir riefen bei der Bergwacht an, daß sie den Hubschrauber sofort noch mal hoch schicken sollten: Nun konnte man die Hilfesuchenden endlich entdecken und in ihrer

Nähe Helfer absetzen, die den Abtransport per Seilwinde vorbereitet haben. Dieser war der vielen Wolken wegen erst nach einer weiteren Stunde möglich.

Ein Unfall, auf dessen Spuren man noch heute manchmal stößt, ereignete sich an einem Sonntag Nachmittag im Juli 1990, ebenfalls bei dichtem Nebel. Regen prasselte damals ohrenbetäubend aufs Dach und alle Gäste waren schon abgerückt, als der Lärm eines Flugzeugs ganz nahe über der Hütte uns aus dem Halbschlaf riß. »Was fliegt denn der bei dem Wetter gar so tief?«, wunderte sich Hans, da konnte man auch schon das Aufheulen eines Motors vernehmen. Offensichtlich hatte der Pilot seinen Fehler bemerkt und versuchte nun, eine Kurve fliegend möglichst schnell an Höhe zu gewinnen ... Vielleicht eine Minute später hörten wir einen dumpfen Knall, gleich drauf eine – trotz Regen – irgendwie seltsame Stille. »Was ist jetzt? Ist er jetzt obi gfalln?« fragten wir uns, haben den Eindruck dann aber doch nicht ernst genommen und den Gedanken an eine Verständigung der Polizei verworfen. Der Schall von Flugzeugen bricht schließlich immer schlagartig ab, wenn sie den Grat überqueren.

Am Abend kam ein Anruf: In Innsbruck sei ein Flugzeug nicht eingetroffen, das schon auf dem Radarschirm erschienen war – ob *wir* da vielleicht etwas Näheres wüßten? Nun war alles klar! *Wo* wir den Knall vernommen hatten, konnten wir nur ungefähr sagen, irgendwo zwischen Wörner und Tiefkarspitze, wohl eher näher bei dieser ... Sofort haben Hubschrauber die Gegend abgesucht, so gut sie konnten, wurden an diesem Tag aber nicht mehr fündig, denn die Gipfel waren noch in Wolken gehüllt.

Ob der Abgestürzte am Ende noch lebte und ganz verzweifelt auf Rettung hoffte, als er die Rotoren hörte? Im Geiste bin ich mit ihm in der einsamen Höhe gelegen, mitten in der Nacht plötzlich aufgewacht: Mein eigenes Herz pochte heftig, wurde mit einem starken Schlag plötzlich still. Ein Gefühl überkam mich, als ob jemand ganz in meiner Nähe um sein Leben gerungen und es nun verloren hatte ... Gewiß sei meine Erregung nur eine Folge des langen Hubschrauberlärms, beruhigte mich Hans, der Unglücksflieger sei bestimmt auf der Stelle tot gewesen ... Seine Leiche wurde am nächsten Morgen neben der völlig zerfetzten Maschine, einer Cessna 210, in der Nähe des Gipfels gefunden.

Noch am selben Tag haben Experten des Luftfahrtbundesamtes ihre Ermittlungen aufgenommen. Sie wurden an der Unfallstelle in 2400m Höhe aus der Luft abgesetzt, konnten aber, weil erneut Nebel hereinbrach, dort nicht mehr abgeholt werden. Begleitet von einheimischen Helfern mußten sie im zweiten bis dritten Schwierigkeitsgrad abklettern, auf einer Route, die der schlechten Sicht wegen zeitweise nur schwer zu finden war ... Am nächsten Tag wollten Pressehaus München und Radio Tirol telefonisch Näheres von uns wissen, wenig später die Tochter des Verstorbenen. Ob wir an der Maschine nicht doch irgendwelche außergewöhnlichen Geräusche wahrgenommen hätten? Die Ursache für die geringe Flughöhe aufzuklären wäre schon aus Versicherungsgründen wichtig gewesen ... Leider konnte ich der Frau aber weder weiter helfen noch tröstend mit ihr sprechen; als ihr Anruf kam, mußte ich gerade eine Schlange von Durstigen an meinem Schalter bedienen.

Weil das Unglück groß in der Zeitung stand, haben Besucher uns wochenlang danach gefragt. Über Jahre wurden Flugzeugreste, die im Geröll unterhalb der Felsen glitzerten, immer wieder ins Visier von Ferngläsern genommen oder zur Hütte geschleppt. An der Aufprallstelle am Grat war nur ein Rest der Maschine geblieben und abgeholt worden, vieles hat sich über Steilrinnen verteilt und ist erst im Lauf der Zeit mit Lawinen herunter gekommen ... Bis heute tauchen neue Teile auf, skurril verformt oder so unversehrt wie ein Schuh des Piloten.

Vom Hund zum Schmetterling

Gelegentlich hört man im Hüttenpublikum den Spruch: »Ja, unser Herrgott hat halt einen großen Tiergarten!« Ihm gehören *ohne* Hintersinn jene Besucher an, von denen ich nun berichten will. Fast täglich kommen Hunde, die schon mal sehnsuchtsvoll in die Küche schauen und dann im Auftrag ihrer Herren oder von mir ein Würstchen geschenkt bekommen, sonst beim Futtern aber »Selbstversorger« sind. Durst löschen sie mit Wasser aus einem Hahn, der Tonne oder dem Brunnen; Vierbeinern beim Baden darin zuzuschauen macht Spaß. Handtücher zum Trocknen kommen bei ihnen üblicherweise höchstens nach Regenschauern zum Einsatz. Einmal allerdings habe ich einen Dackel auch bei schönem Wetter mit einem Frottiertuch erwischt. Seine Besitzer hatten ihn darauf gelegt, um ihm die Haare zu scheren, und wie ich bemerkte, daß ich so was da droben noch nie erlebt hätte, meinten sie ziemlich ernst: »Es muß auch nicht jeder Hund am nächsten Tag auf eine Schönheits-Konkurrenz!«

Dafür sollte jeder beim Wittern von Wild an der Leine sein, denn unerwünschtes Ausreißen ist nur bei Tieren ausgeschlossen, die nicht selber laufen – solche werden gelegentlich in Taschen, Rucksäcken oder Kraxen zu uns geschleppt. Übernachten dürfen Hunde ausschließlich in der Stube, am besten zusammen mit »Herrli«, damit sie nicht bellen. Einmal haben sich Gäste im Dunkeln nicht aufs Klo getraut, weil ein riesiger Hund, der bei jedem Annähern bedrohlich knurrte, auf dem Türabstreifer vor der Haustür lag! In ihrer Not wählten sie schließlich den Ausstieg durch ein Fenster ... Ein anderes Mal erzeugte ein kleiner Pinscher bei Tag großen Lärm: Sein Besitzer hatte ihn an einem Stuhl fest gebunden, um ungestört auf die Toilette zu gehen. Genau das ging aber nicht: Der Hund folgte ihm mitsamt dem Möbelstück an den Beinen, und das hat beim Schleifen über die Eingangstreppe ganz scheußlich gescheppert!

Nicht weniger erstaunt waren wir über das »alternative« Haustier, das ein Knabe einmal mit sich brachte: Eine Zierratte, die gleich nach Ankunft bei der Hütte von seiner Schulter sprang und floh, um sich in einer Spalte hinter dem Fenster unseres Vorratskellers zu verstecken! Dem Vater des Rattenfreundes war das ganz schön peinlich! Mit hochrotem Kopf hat er uns gebeten, ihm durch Öffnen des Deckels Zugang in den Raum zu verschaffen, damit er das Tier dort wieder einfangen könne. Geglückt ist ihm das innerhalb von einer halben Stunde nicht: Der Nager befand sich an einer für den Arm eines Erwachsenen unerreichbaren Stelle und war weder durch geduldiges Zureden noch verlockendes Futter zum Verlassen seiner Ritze zu bewegen. Das Kind mußte sich schließlich selbst in den kleinen Fensterstock zwängen und eine Bergung des Ausreißers versuchen. Sie ist ihm, nach langem Hoffen und Bangen, zur Erleichterung aller gelungen.

Manchmal werden Gäste auch *wider* ihren Willen von Tieren begleitet, selten von Katzen aus dem Tal, oft von lästigen Insekten. Zwei junge Frauen konnten sich mal nur durch Flucht in den Flur vor einem aggressiven Fliegenschwarm im Freien retten! Als sie die Haustüre, die bei Schönwetter stets offensteht, panisch hinter sich zuknallten, wurden sie dafür zunächst aus der Küche beschimpft. Wir bedauerten dies, als wir den Grund der Handlung erfuhren und empfahlen den Verfolgten, eine stark riechende Sonnencreme abzuwaschen. Danach wurden sie von Fliegen kaum noch belästigt.

Tiere mit Anfangsbuchstaben aus (fast) dem ganzen Alphabet sind mir im Hüttenbereich schon zu Gesicht gekommen: Alpensalamander, Adler und Ameise, Birkhahn, Bergfink und Bläuling, Dohle, Dompfaff und Drossel, Echse, Eichhörnchen und Eichelhäher. Fliege, Fuchs und Fledermaus, Glühwurm, Grashüpfer und Gemse, Holzbock, Hase, Haselmaus, Kuckuck, Kreuzschnabel und Kupferläufer. Lerche, Laus und Libelle, Maulwurf, Maus und Made, Marienkäfer, Motte und Mücke, Natter, Ohrwurm und Ordensband. Pfauenauge, Regenwurm und Raupe, Schaf und Schmetterling, Spinne und Specht. Trauermantel und Tausendfüßler, Weißling und Wespe, Zeisig und Zugvogel. (Xanthippen selten, Yak und Yeti nie).

Auch den Inbegriff alpenländischer Idylle, nach dem Urlauber gern fragen, hat es bei uns nie gegeben: Kühe zum Melken! Früher hielt man sie für Eigenbedarf immerhin weiter drunten. Auf Hüttenhöhe wurden bloß Kälber aufgetrieben, und auch dies lohnt sich schon seit Jahrzehnten nicht mehr. Über die Beweidung mit Schafen wird genau so lang debattiert; Untersuchungen und amtliche Begehungen zum Thema »Verbiß-und Erosionsschäden« gab es immer wieder. Bis zu 500 Tiere grasen jeden Sommer in einem bestimmten Bereich unseres Arbeitsgebietes, von einem Hirten kontrolliert, bei Bedarf mit Salz versorgt sowie verarztet. Bei Schneefall im Sommer versucht der Mann, seine Tiere rechtzeitig möglichst weit hinunter zu treiben. Manchmal ist es dazu aber schon zu spät: Eingeschneite Schafe mußten schon in riskanter Kletterei aus Felsbändern gerettet oder per Hubschrauber zu Tal gebracht werden, und in einem benachbarten Weidegebiet sind Ende August einmal siebenundzwanzig Tiere von einer Lawine mitgerissen und getötet worden!

Während einer Hitzewelle begaben sich etliche Schafe in Gelände des dritten Schwierigkeitsgrades und haben sich dann da, wo sie rauf geklettert waren, nicht mehr runter getraut. Wahrscheinlich wären sie verhungert, hätten nicht zufällig Kletterer die kleine Herde auf dem äußerst selten begangenen Grat entdeckt: So konnte der Hirte sie mit Hilfe seiner Tochter und einem Bergseil in Sicherheit bringen. Es gelang ihm sogar, die ungewöhnliche Rettungsaktion auch noch zu filmen.

Schafen, die vom Blitz getroffen wurden, ist *nicht* mehr zu helfen. Ihre Kadaver werden fern von Wegen deponiert. Über verletzte wie einsam blökende Tiere berichten uns Touristen oft, wir informieren dann den Hirten. Er ist nicht erfreut, wenn jemand ein nur *scheinbar* mutterloses Lamm fürsorglich über weite Strecken zur Hütte verschleppt! Ein kleiner Bock, der wirklich verwaist war, wurde von einer früheren Wirtin »Wastl« genannt und mit der Flasche großgezogen. Nicht nur ihr Enkelkind freute sich über den lustigen Spielgefährten!

Zum zweiten Wochenende im September treiben die Weidegenossen ihre Tiere in der Höhe zusammen, nach dem Löschen dabei entstandenen Bierdursts möglichst vollzählig und gesund ins Tal: zum Waschen und Scheren, zum Schlachten oder weiteren Weiden sowie Überwintern in den Ställen. Im Sommer kann einem Schafmist das Rasten auf schönen Plätzen schon mal verleiden, das Schlüpfen schwarzer Fliegen aus dem Kot beim Wandern ein bißchen lästig sein ... Von unserer Terrasse hält ein Zaun die Vierbeiner fern. Auf Tischen und Bänken deponierter Proviant wurde freilich auch schon von der Wiese aus gestohlen! Salz sollte man dort, nahe beim Weg, lieber nicht streuen, denn die Schafe bewegen sich dann nicht mehr von der Stelle und drängen so dicht zusammen, daß für Kinder ein Passieren unmöglich wird. Meine Vorgängerin ist mal beim Füttern vor dem Hüttengatter gestolpert und wehrlos liegend von einem Widder mitten ins Gesicht getreten worden! Öfter kommt es vor, daß Schafe, die unter Salzmangel leiden, verschwitzte Wanderer bedrängen.

Wild gibt es im Karwendel reichlich, und die Gäste lieben es, per Fernglas nach Gemsen Ausschau zu halten, im Frühling deren Rutschpartien auf dem eigenen Hintern zuzuschauen: Immer wieder sausen die Tiere dann letzte Schneefelder hinauf, bloß um darauf abzufahren, und dabei schlagen sie sogar Purzelbäume! ... Als ich beim Aufstieg mal ein winziges Rehkitz sah, das sich reglos an einen Wurzelstock schmiegte, hab ich zwar kein Taschentuch gebraucht wie die Besucher von Walt Disney's »Bambi« im Kino – tiefe Rührung empfand ich aber doch. Mein kleiner Neffe dagegen blieb ganz »cool«, als er eine tote Gemse erblickte, die – mit Fichtenzweigen geschmückt – über den Rucksack des Jägers geschnallt auf der Wiese lag. Nachdem er sie eingehend betrachtet hatte, zuckte er nur mitleidslos die Schultern und beruhigte uns mit dem Kommentar: »Die war schon alt, die hätt' eh keine Kinder mehr gekriegt!«

Als ich noch nicht Wirtin war, legte ich mich einmal in Hüttennähe zum Entspannen in den Wald; wegen der Ameisen auf einer Liege, wegen großer Hitze splitternackt. Darum erschrak ich sehr, als hinter schützenden Bäumen plötzlich lautes Knacksen zu vernehmen war. Mein beschleunigter Herzschlag beruhigte sich, als nicht Voyeure, sondern bloß zwei Gemsen zum Vorschein kamen. Trotzdem blieb die Sache spannend: Weil ich mich nicht bewegte und kaum zu atmen wagte, kamen die Tiere langsam auf mich zu! Was würde nun geschehen? Ob sie mich tollwütig beißen oder an mir schlecken würden? Sie taten nichts dergleichen: haben mich bloß beschnüffelt und sich bald gelangweilt wieder von mir abgewendet.

Die Hirschbrunft beginnt, meist bei Vollmond, im Herbst. Zum Glück in einiger Entfernung von uns, denn die Träger von Geweihen können so gewaltig brüllen, daß einem der Schreck in alle Glieder fährt! Naturfreunde, die eigentlich im Freien übernachten wollten, haben dann schon mal bleich und verschüchtert zu vorgerückter Stunde noch um einen Schlafplatz im Gebäude gebeten ... Manchmal imitiert Hans auf unserem Balkon das Röhren und bekommt dann aus der Ferne Antwort von einem Hirsch, der echt ist.

Birkhähne balzen bei uns wohl schon seit Tausenden von Jahren. Wenigstens einer steht gewiß in jedem Frühling fast vor der Hüttentür, mit gespreizten Schwanzfedern und stetem Kollern, das nur gelegentlich kurz unterbrochen wird. Bei stärkerem Betrieb zieht der Hahn sich tagsüber zurück, im Morgengrauen kann man ihn manchmal aber noch bis in den Juli hinein bei seinem archaisch anmutenden Tanz auf der Wiese bestaunen. Bei schlechter Sicht nur zum Teil: als weiß leuchtende Scheibe, die sich langsam im Kreise dreht!

Weit mehr war zu sehen, als ich beim Frühstück mal von ungewohntem Geschrei aufgeschreckt wurde und vor dem Fenster nicht nur einen, sondern gleich *zwei* balzende Hähne erblickte: Mit geschwellter Brust sind sie vor unserem Brunnen, immer wieder Anlauf nehmend, aufeinander los gegangen, bis der Schwächere schließlich in die Luft gedrückt wurde und einige Meter davon flattern mußte ... So was hatte ich noch nie erlebt! Leider haben wir von dem Spektakel kein Photo, denn als Hans mit seiner Kamera kam, hatten die Kämpfer einander schon den Rücken zugedreht. Ein Hahn schritt den Hang hinauf, der andere hinunter, die Reviergrenze war festgelegt: der eine balzte fortan oberhalb, der andere unterhalb der Hütte.

Bereits im August hört man in der Früh gelegentlich wieder ein Glucksen. Sein Erzeuger ist dann zwar kaum zu sehen, übt jedoch schon für die Nachbalz. Im Herbst kann man den Hähnen, besonders schön bei Schneefall, stundenlang beim Sitzen und Stolzieren auf Fichtenästen und in Beerenbäumen zuschauen. Bei Nebel spazieren sie gemeinsam mit den Hennen Futter pickend durch die Wiese, schweigsam und so entspannt, als wären sie in einer Voliere. Nur wenn man die Haustür öffnet, flattern sie kurz davon.

Vom alten Küchenfenster aus konnte man Kreuzschnäbler beim Verzehr von Kalkmenüs bewundern. Bis zu zwanzig Exemplare hingen manchmal schlemmend an der Bruchsteinmauer! Nach dem Umbau ging das Pecken an anderer Stelle weiter – unter Bänken, wo man es nicht gleich sehen kann. Nähert man sich den Vögeln dort ahnungslos, schwirren alle gleichzeitig fort, den Entdecker wie eine Explosion erschreckend. Nach der Flucht wird es dann manchmal wieder so still, daß man sogar in fernen Fichten das Knacken und Fallen von Zapfen hören kann.

Jeden Frühling geben Vögel Benefizkonzerte. Ein Bergfink kommt regelmäßig, um Brösel unter den Tischen sowie Samen von verblühtem Steinkraut zu vertilgen. Eine Ringdrossel, die sich in unsere Veranda verflogen hatte, schiß vor lauter Schreck ins aufgeschlagene Hüttenbuch! Rotschwänzchen nisteten wiederholt an verschiedenen Stellen, mal mehr, mal weniger erfolgreich: Ein Nest wurde von meiner Katze beseitigt, ein anderes vom Hubschrauber verweht!

Vogelkinder, die über dem Eingang zum Holzschuppen zwitscherten, sah ich mir, um nicht zu stören, mit Hilfe eines Spiegels an. Tagelang flogen ihre Eltern immer wieder mit Würmern durch die Zwischenräume von Sprossen zu ihnen hinein und mit leerem Schnabel auf der selben Route retour. Daß wir die zunächst geschlossene Tür daneben, um die Futtertouren der Vögel zu erleichtern, schon bald offen ließen, bemerkten sie erst spät ... Ein anderes Mal bauten die Rotschwänze ihr Nest in einem ruhenden Rohbau: Als die Arbeiten dort wieder aufgenommen wurden, haben sie ihre noch viel zu schwache Brut, vom Lärm entnervt, verstoßen. Hilflos mußten wir zusehen, wie *ein* kleiner Federknäuel nach dem anderen starb.

Im Juni 1996 wurden Jungvögel nach langer Hege bei Schneefall aus dem Nest geworfen. Wenigstens *einer* war schon so kugelrund, daß er den wetterbedingten Futtermangel in der Natur vermutlich überleben konnte. Bei einem ersten Flugversuch legte er eine Bruchlandung auf unseren Balkontisch hin, dann aber flog der flaumige Winzling mit neuerlichem Flügelschlag in weitem Bogen davon und verschwand in einer Fichte. Er blieb für lange Zeit der Letzte seines Standes.

Dohlen, die ihr Futter von Kompost und Tischen holen, sind als Unterhalter und Motiv für Photos höchst beliebt. Man verwöhnt sie mit hingelegten Happen und wundert sich, wenn Frechlinge auch Stücke rauben, die man sich selber gönnen wollte. Fällt von den Fliegern, die so elegant sind, dann sogar noch Kot auf den Kopf, wird die Sympathie zwischen Mensch und Tier auf eine harte Probe gestellt! ... Früher hatten wir auf der Wiese ein Futterbrett, an dem man die Rangordnung der Dohlen gut beobachten konnte: Die Höchststehende bediente sich zuerst, die niedrigeren Klassen mußten auf dem Hüttendach warten. Dieser Brauch der Zwischenlandung wurde auch nach dem Errichten eines Depots für Biomüll, das vom Plumpsklo leicht verdeckt wird, beibehalten ... Eine Dohle, die schrill kreischend und hektisch in der Höhe mal um einen Adler kreiste, wollte diesen wohl aus dem Nistbereich von Nachwuchs treiben. Der König der Lüfte war über das Manöver wütend, aber machtlos, denn im Flug konnte er den Störenfried nicht packen.

Klein im Vergleich zu seinen Schwingen sind andere Flügel, die man bei uns oft bewundern kann: die von Schmetterlingen! Totenkopf- und Oleanderschwärmer, Distelfalter, Admiral und Trauermantel besuchten uns immer wieder; exotische Windenschwärmer mit einer Spannweite von zehn bis fünfzehn Zentimetern in vier verschiedenen Jahren. Im heißen August 1992 hielt ich den ersten derartigen Brummer im Dunkeln zunächst für einen Vogel, weil er seinen langen Rüssel in die Kelche der Petunien steckte wie ein Kolibri. Daß der bunte Nachtschwärmer in den Tropen beheimatet ist und nur gelegentlich ausschließlich in größeren Höhen zu einem Gastspiel übers Mittelmeer kommt, habe ich erst später aus einem Fachbuch erfahren.

Vom dunkelbraunen Bläuling gibt es ganze Schwärme, häufig sieht man auch Weißlinge und Zitronenfalter, deren Raupen allzu gerne meine Kapuzinerkresse kosten. Brennesseln reiß ich in der Umgebung nie ganz aus, obwohl ihr Pollen bei mir Schnupfen auslöst: weil »kleiner Fuchs« und Tagpfauenauge darauf ihre Eier legen! Nach dem Schlüpfen fressen Hunderte von bunt gestreiften Raupen die rauhen Blätter kahl, verwandeln sich gestärkt zu Puppen, aus denen wieder neue, zauberhafte Schmetterlinge werden: schimmernde Schönheiten, die wie schwerelos rund um unsere Hütte schweben!

Katzen und Mäuse

Blutjung und kohlrabenschwarz war eine Katze, die uns vor langer Zeit an einem schönen Sommertag durch Zulauf aus dem Tal beglückte. Zunächst noch unentschlossen, ob sie länger bleiben sollte, verschwand sie mehrmals für eine Nacht, um dann am nächsten Tag, meist mit Touristen, doch wieder zu kommen. Auf dem knapp 2000m hohen Wörnersattel wurde sie öfter gesehen, einmal angeblich sogar nahe beim Gipfel. Ihre Wanderlust hinderte die Kleine nicht daran, unsere Hütte schließlich zum festen Wohnsitz zu bestimmen, und damit hat sie, die wir »Murli« tauften, sicher keine schlechte Wahl getroffen: Mäuse waren hier zu finden, Betten, Kissen und Decken zum Kuscheln, Bänke zum Sonnen und Stolzieren. Zur Krönung des Ganzen gab es jeden Morgen ein Frühstück mit »Whiskas« und Milch! Wenn ich aufstand, hockte Murli schon draußen vor der Tür, stürmte herein und strich mir mit dem Kopf ein paarmal bettelnd um die Beine – zunächst stumm, später auch mit zartem »Miau«. Der kleinen »Pantherin« beim Jagen zuzusehen, war schön, und wenn sie sich, um Fliegen zu erhaschen, am Fenster auf die Hinterbeine stellte, sah sie richtig niedlich aus.

Ein Streich, den Murli uns bald spielte, war allerdings nicht lustig: Durch irgendwelche Schlupflöcher pflegte sie ihre Beute auch bei geschlossenem Fenster an unser Bett zu befördern. Dabei muß ihr ein Opfer unter der Dachverschalung mal entkommen sein, so daß sie es nicht mehr fressen konnte. Oder hatte sie es einfach vergessen? Auf alle Fälle stellten wir in unserer Kammer eines Tages penetranten Verwesungsgeruch fest, und obwohl Hans einige Bretter abmontierte, konnte er die Störungsquelle nicht entdecken. Wir fanden uns mit dem Gestank ab; er wurde allmählich schwächer und verschwand.

Dafür tummelten sich auf unserem Nachtlager bald jene Aasfresser, die wir schon bang erwartet hatten: Maden! Furchtbar viele fette Maden! Nach dem Festmahl, das Murli ihnen absichtslos bereitet hatte, wollten sie nicht verhungern und ließen sich deshalb, voll Gier nach weiterem Mästen, durch Ritzen in den Brettern fallen. Just auf unser Bett! Wir waren diesbezüglich schon einiges gewohnt, aber *das* ging dann, bei aller Tierliebe, doch ein wenig zu weit! Schaufel, Besen und Spülung bereiteten den Nimmersatten ihr Ende. Weil mit Nachzüglern zu rechnen war, zogen wir vorübergehend in eine andere Kammer. Tatsächlich kamen in unser eignes Bett noch weitere Würmer nach, schon magerer als die ersten. Erst nach ein paar Tagen war der Spuk ganz vorbei.

Ende September taumelte unsere Katze auf drei Beinen bei der Tür herein: Am rechten Hinterfuß war etwas nicht in Ordnung, das man weder sehen noch ertasten konnte. Schlimmes mußte freilich passiert sein, denn Murli humpelte in den oberen Schlafraum und begann dort wie ein kleines Kind zu heulen. Ich war ganz verzweifelt: Die ganze Nacht lang wimmerte sie vor sich hin! Was konnte ich bloß tun? Es fiel mir nichts Gescheiteres ein, als eine halbe Schmerztablette in ihre Milch zu mischen, aber die hat sie dann gar nicht angerührt ... Zum Glück besserte sich Murli's Zustand auch ohne Medizin. Nach einem Tag jammerte sie nur noch bei unvermeidbaren Sprüngen, und sie lernte, sich bis zur Heilung ohne viertes Bein recht gut zu bewegen. Eine erfolgreiche Jagd auf Mäuse war ihr allerdings lange verwehrt, und das hat sie offensichtlich deprimiert.

Nach einer Weile begann Murli wieder zu spielen, auf dem Holzboden der Stube absolvierte sie richtige Trainingsprogramme. Einen Wollknäuel drippelte sie dort hin und her wie ein Fußball-Profi; manchmal legte sie den »Ball« in eine Ecke des Raums, um sich anschließend vom anderen Ende her im Slalom um Tisch- und Stuhlbeine rasend darauf zu stürzen! Halma-Figuren hatten es ihr ebenfalls angetan, und nur gelegentlich gelang es uns, die Katze durch spielerisches Necken mit alten Strümpfen von der zerstörenden Bearbeitung unseres Fleckerlteppichs abzulenken. Wenn ich Käse oder ähnliches geschnitten hatte, schleckte sie meine Greifwerkzeuge so leidenschaftlich ab, daß jede Hornhaut glatt geraspelt wurde. Steckte ihr jemand eine Hand ins Maul, hat sie die Finger mit den Vorderpfoten weggestoßen, um sie anschließend mit halb ausgefahrenen Krallen gleich wieder zwischen die eigenen Zähne zu ziehen. Dieses Spiel gefiel ihr ganz besonders zwischen den Stangen des Treppengeländers.

In der warmen Jahreszeit hat die Katze im Badezimmer, das über den Balkon zugänglich war, ihren Schlafplatz gehabt. Als draußen Schnee kam, durfte sie zu uns ins Bett. Bevor sie sich dort zwischen mir und Hans in Fußhöhe zum Schlafen zusammenrollte, jagte sie unter der Wolldecke nach vier mal fünf Zehen – das tat manchmal weh, und wir bemühten uns, ihr diese Untugend abzugewöhnen. Es gelang uns ebensowenig wie das Abstellen einer weiteren Störung in aller Herrgottsfrühe: auch wenn wir noch fest schliefen, teilte uns Murli ihr Erwachen mit, indem sie auf Kopfhöhe spazierte und unüberhörbar laut zu schnurren begann.

Drei Tage vor Hüttenschluß erwischte sie endlich wieder frische Beute: eine Spitzmaus! Das kleine Tier wurde in die Stube getragen und dort so lange zum Spielen mißbraucht, bis es verängstigt, aber noch quietschlebendig in einer Ritze verschwand. Stundenlang lauerte die Katze dann vor der betreffenden Stelle. Kurz nachdem wir zu ihr sagten: »Mei, bist *Du* dumm, die Maus ist doch längst weg!« tauchte diese aus ihrem Versteck doch glatt wieder auf und wurde von einem kräftigen Biß der mittlerweile müden Jägerin sofort ins Jenseits befördert.

Am nächsten Abend hat unsere Hausgenossin noch einmal eine Spitzmaus erbeutet, und deren giftiges Fleisch, das sonst liegen blieb, zu unserem Entsetzen gefressen. Zum Glück berührte Murli wenigstens die Eingeweide nicht, auch Unmengen von Milch, die sie nach dem Exzess schlürfte, dürften ihrer Gesundheit zugute gekommen sein. Ob sie wohl durchs Zuschauen bei einem Menschenmahl enthemmt war? Wir hatten kurz zuvor mit Freunden den Verzehr eines fetten Schweinebraten zelebriert!

Bei Stubenaufenthalten im Oktober, als es schon häufig schneite und kaum noch Gäste kamen, ist uns die zunächst doch ein wenig fremde Katze richtig ans Herz gewachsen, und als wir die Hütte schlossen, mußte sie mit uns hinunter ins Tal ... Einen mehrfach zugebundenen Karton mit Luftlöchern, den ich zuvor auf Transporttauglichkeit getestet hatte, verließ sie innerhalb einer Minute. Es war wohl besser, wenn wir sie in einen Rucksack steckten! Auch dieser wurde nicht fest genug verschnürt:

Schon nach kurzem lugte der Katzenkopf unter der Deckelklappe wieder raus, Sekunden später hatte Murli sich befreit! Sie floh, kam im tiefen Schnee jedoch nicht weit. Als wir sie wieder fingen, hat sie wild um sich gestrampelt.

Ein zweiter Packversuch gelang. Nun konnten wir die Widerspenstige in einstündigem Fußmarsch zum Auto bringen. Nach fünfzehn weiteren Minuten, die sie wegen dem Lärm des Motors auch noch sehr erregten, kamen wir bei unserer Wohnung an. Murli wurde hinein getragen und nach dem Beschnüffeln aller Räume in der Küche gefüttert. Weil sie nicht ganz stubenrein war und noch kein Klo für sie dastand, tat ich kurz drauf genau das, wovor Katzenkenner mich eindringlich gewarnt hatten: Ich ließ sie in den Garten hinaus.

Voll Neugier hat sie diesen erkundet und sich allmählich aus unserem Blickfeld entfernt, um 22 Uhr war sie von ihrem Trip noch nicht zurück. Kälte zwang mich zum Schließen der bis dahin nur angelehnten Eingangstür in meine Küche; fürsorglich hab ich auf die Terrasse davor einen Karton mit Decke und Futter gestellt. Wie ich um drei Uhr früh nachgeschaut habe, war dieses weg: Wenn es kein anderes Tier gefressen hatte, war Murli noch einmal zurückgekehrt! Dann aber ging sie von uns fort, und zwar für immer.

Wehmütig begann ich nun mit Büchern ein Studium der Katzenkunde. Dabei wuchs in mir Lust auf ein eigenes, sozusagen selbst bestimmtes Katzenkind. Am 1. April kam ein weibliches bei unserem Getränkelieferanten zur Welt. Wir durften es bald übernehmen und gaben ihm den Namen »Brezina«. (Tschechisch, Aussprache: »Bschesina«) Die Kleine war genau so schwarz wie Murli. Ihr Fell fühlte sich für meine Hände beim Streicheln sogar *noch* weicher an, schien in meinen Augen und der Sonne *noch* stärker zu glänzen als das der Vorgängerin. Und klettern konnte die neue Katze fast schockierend gut: in unserem Arbeitszimmer gleich senkrecht an der Textiltapete hoch! Ich wollte hoffen, daß sie an der Hütte, wo sie draußen toben konnte, nicht zu viel kaputt machen würde.

Weil Brezina zum Beginn der Saison noch winzig war, wehrte sie sich kaum gegen den Transport in einem gepolsterten Karton. Als wir sie droben in die Wiese setzten, schien ihr die Komposition aus Gräsern, Insekten und Blüten gleich zu gefallen. So eine schöne Spielwiese hätte sie im Tal nicht überall gefunden! Bald lernte sie, auf meinen Pfiff zu hören und geworfenen Gegenständen nachzulaufen, freilich ohne sie zu retournieren wie ein Hund. *Ihr* genügte die Freude des Wiederentdeckens, und sie bettelte darum, daß man ihr diese durch wiederholtes Werfen ermöglichte, so oft *sie* es wollte.

Zur Hüttenruhe hab ich unsere Katze anfangs immer rein gepfiffen, und da ist sie auch ganz brav gekommen. Wenn man sie dann aber nicht gleich wieder raus ließ, wurde sie grantig! Kurz drauf wollte sie meist doch wieder ins Warme und ist durch das Fenster in einen Schlafraum gesprungen, wo sie manchen Gast mit ihrem lauten Schnurren weckte. Wenn sie neben *mir* schlief, wachte sie mehrfach auf und kratzte dann stets meinen Hinterkopf, bevor sie sich umdrehte, um weiter zu schlummern. So viel Ruhestörung war nicht angenehm! Wenn sie etwas größer sein würde, wollten wir Brezina wenigstens in warmen Nächten draußen lassen.

Sie wuchs heran und benahm sich wie andere Katzen auch, Ungewöhnliches geschah den ganzen Sommer lang kaum. Nur als Brezi mal einen erbeuteten Vogel in der Küche präsentierte, war mir das ziemlich peinlich: Er konnte sich zwar noch befreien, verlor bei seiner Flucht aber Unmengen an flaumigen Federn, die im Flur ausgerechnet in die frisch gefüllten Gläser von Soldaten fielen!

Ein echtes Problem gab es erst bei Hüttenschluß, weil Brezina den unausweichlichen Transport ins Tal genau so widerlich fand wie ihre Vorgängerin. Wie gehabt versuchte ich vergebens, sie in einen Karton zu packen, bevor ich sie in einen Rucksack steckte. *Den* hätte man wirklich nicht besser zuschnüren können, und trotzdem schaute ihr schwarzer Kopf bald wieder raus! *Das* hätte er auch dürfen, aber unsere Katze wollte *noch* mehr Freiheit genießen: Kurz drauf schon sprang sie entfesselt auf die Wiese! Mit Hinterlist bekam ich sie zu fassen, ein zweiter Ausbruch aus dem Rucksack konnte durch noch festeres Knoten von Schnüren verhindert werden. Erbärmliches Jammern begleitete uns auf dem glitschig feuchten Weg, nach einer Stunde und drei Stürzen kamen wir beim Auto an.

In der Wohnung passierte dann wieder Ähnliches wie im Vorjahr: Obwohl ich diesmal für die Katze schon ein Klo bereitgestellt hatte, das sie auch benützte, bettelte sie bald so stark um das Öffnen der Türe zum Garten, daß ich ihrem Wunsch nicht widerstehen konnte. Langsam tappte sie unter meinen Augen in die Wiese hinaus, jeden Meter unserer Veranda dabei höchst intensiv beschnüffelnd. Ganz gewiß würde sie mit ihrem Riechorgan nach einem Rundgang den Rückweg zu uns wieder finden! Aber leider: Sie kam nicht! Tränen der Verzweiflung! Erleichterung am nächsten Tag: Brezina hatte sich bei einem Nachbarn in den Keller geschlichen und war dort unbemerkt eingesperrt worden. Erst am Morgen hörte man ihren Protest und ließ sie frei. Überglücklich schloß ich die Geliebte nach ihrer Rückkehr in meine Arme und drückte sie ganz lange fest an die Brust.

Wirklich schlecht ging es der Katze nach einer Sterilisation im folgenden Winter, die nötig war, weil sich während föhnig warmer Nächte im Garten triebmäßig schon einiges abgespielt hat ... So nett es gewesen wäre, Brezina wenigstens einmal Junge gebären zu lassen, so schwer hätte man sie wohl los gebracht, und mehr als *ein* Haustier konnten wir zumindest im Tal wirklich nicht gebrauchen! ... Zwei Stunden nach der Narkose wachte Brezina auf, schwindlig, aber mit unheimlichem Bewegungsdrang. Bei jedem dritten Schritt kippte sie um, mal nach rechts und mal nach links. Am nächsten Tag lag sie total apathisch stundenlang unter einem Baum, obwohl es regnete. Zur Nacht begab sie sich ins Spülbecken der Küche, dann suchte sie den kühlsten Raum der Wohnung auf, wo sie wieder regungslos im Dunkeln ruhte. Drei Tage nahm sie nichts zu sich, blieb stumm und reagierte auf rein gar nichts. Ratlos ließ Hans sie – bei fünfzehn Grad Minus! – in den verschneiten Garten hinaus, wo sie irgendwo verschwand.

Zu unserem Kummer ließ sie sich auch Stunden später nicht mehr blicken. Ihre Spuren führten zu einer Tanne, dort konnte ich sie aber im Dunkeln mit einer Lampe nicht finden. Weder am Abend noch in der Früh um sechs, als ich unter den Ästen kriechend noch mal verzweifelt nach Brezi Ausschau hielt. Ob sie schon tot war? Die Kälte war ihr in geschwächtem Zustand sicherlich nicht gut bekommen ... Bei einer dritten, späteren

Suche entdeckte ich die Katze dann doch noch unter dem Baum: Gekränkt über das, was man ihr angetan hatte, versuchte sie, sich zu verdrücken, hatte dafür aber nicht mehr genügend Kraft. Ich konnte sie bergen und zum Tierarzt bringen, der feststellte, daß eine Wundnaht sich durch Eigenbisse entzündet und damit hohes Fieber ausgelöst hatte. Nach einer Penicillin-Spritze wurde Brezina bald wieder gesund.

Mein Befinden ließ dagegen immer mehr zu wünschen übrig: Ständig lief mir die Nase, und weil dies vielleicht etwas mit dem Tier zu tun hatte, ließ ich einen Allergietest machen. Zu meiner Erleichterung konnte dabei aber keine Überempfindlichkeit festgestellt werden. So haben wir Brezina sechs mal im Frühling zu unserer Hütte hoch und im Herbst ebenso oft wieder hinunter getragen; an dieses Übersiedeln hat sie sich sogar gewöhnt. Ihre Zärtlichkeit tröstete mich an traurigen Tagen, ihre Gegenwart war mir so selbstverständlich, daß ich darüber keine Worte mehr verlor. Höchstens über *ein* Malheur wäre noch zu berichten: Als wir die Katze einmal nach herbstlicher Ankunft in der Wohnung aus dem Sack ließen, begann sie nicht wie sonst üblich zu schnüffeln, sondern raste gleich in die Küche, um dort ein Geschäft zu verrichten. Ordnungsgemäß in ihrer Schüssel, in der nur *leider* noch keine Streu drin war! Ganz verzweifelt schaute sie mich nach vollbrachter Tat im eignen Lackerl stehend an, und dann scharrte sie darin, als ob alles so wie immer sei.

An der Hütte beehrte uns auch mal ein Angorakater mit seinem Besuch. Ganz süß hat der ausgesehen, wie ein flauschiger Wollknäuel, vorne weiß und oben rot! Leider war Brezina von ihm weniger begeistert: Sie verdrängte ihn von der eigenen Futterschüssel, schlug ihm beim Fressen an einem zweiten Napf sogar mit den Pfoten ins Gesicht! Kein Wunder, daß uns der Kleine bald wieder verließ! Kurz drauf kam dann ein Soldat, der ihn abholen wollte: »Ihr Schwiegervater hat mir gesagt, daß hier eine Katze zugelaufen ist!« ... »Ja, das stimmt schon, aber jetzt ist sie schon wieder weg!« Wir hatten damals droben noch kein Telefon. Mein Verwandter war zufällig zeitgleich mit dem Kater bei uns gewesen, hatte nach Rückkunft im Tal Suchzettel mit seiner Beschreibung gelesen und den Besitzer informiert. Der packte nun, zutiefst enttäuscht, sechs Büchsen »Whiskas« aus dem

Rucksack – nicht mehr wie gedacht als »Finderlohn«, sondern halt bloß noch als Entschädigung für bereits erfolgte Verpflegung.

Ich liebte meine Katze jahrein, jahraus – mein Schnupfen wurde, besonders im Winter, immer schlimmer. Auf ärztlichen Rat unterzog ich mich einem neuerlichen Allergietest, das Ergebnis war nun, wie befürchtet, »positiv«. Eine langwierige Desensibilisierung kam nicht in Frage, ich mußte mich von meinem Liebling trennen! Katzen leiden, wenn sie ihren Wohnsitz wechseln müssen – eine mit Attest legale Spritze bereitet ihnen schnell ein fast schmerzfreies Ende. Ich rief also beim Tierarzt an und fragte: »Was machen wir anschließend mit dem toten Tier?« »Hinter der Kläranlage ist ein Container für Kadaver«. Ich war entsetzt! Trotzdem bin ich mit Hans in die Praxis gegangen, habe Brezina gehalten, war dabei, als sie entschlief. Forttragen konnte ich den starren Körper nicht, bin lieber ganz schnell nach Hause gelaufen ... Wochenlang starrte ich dann immer wieder auf das Sofa, wo Brezina so gern gelegen hatte: Es war kalt und leer. So wie der Kommentar, den ich zu hören bekam, wenn ich in meinen Taschen nach einem Tuch zum Trocknen dicker Tränen kramte: »Es war doch nur eine Katze!«

Von der Dammkarhütte ist Jahre später noch mal eine braun Gescheckte rübergekommen, zu kurzem Gruß und Nickerchen auf unserem Sofa. Ich schickte sie mit Gästen zurück, trotzdem blieb mir ihr Besuch länger lebhaft in Erinnerung: Jedesmal, wenn ich meine Strickjacke überzog, mußte ich furchtbar niesen! Erst nach einer Weile fiel mir ein, warum: Die Katze! Sie hatte sich in dem aus Island stammenden Gestrick zum Schlummern zusammengerollt. Ich hatte meine Allergie vergessen!

Seit dem Tod von Brezina war mein Schnupfen vergangen – im Hüttenbereich aber leider auch eine sehr *angenehme* »Nebenwirkung«: die Vernichtung von Nagern! Mäuse hab ich nie sonderlich geliebt, mit Ausnahme jener weißen, die in der Wohnung meiner Kindheit mal in einem Käfig gehalten wurden: als Futter für Geckos, Chameleons und Agamen, die mein Vater von Forschungsreisen mitgebracht hatte ... Die grauen Mäuse auf der Hütte haben schon zu viel angestellt, um mir noch richtig sympathisch zu sein!!! Manchmal konnte ich über ihre Missetaten lachen. Am Ende fand ich sie zum Weinen, denn da brachten sie ein Lebewesen um, das mir lieb und teuer war. Davon berichte ich jedoch erst später.

Bei meiner Vorgängerin haben die Nager in einem Wäscheschrank im Flur jeden Winter ihre Nester gebaut: Kleinkunstwerke aus zerfetztem Klo- und Zeitungspapier, warm gebettet in Laken! Die Wirtin war davon nicht erbaut, denn sie mußte frische Wäsche, die ganz voll gepinkelt war, im Frühling neuerlich waschen. Der Schrank wurde deshalb aus dem schlecht abzudichtenden Flur entfernt, als man erkannte, daß den Mäusen weder mit Fallen noch Gift beizukommen war. Beim späteren Hüttenumbau wurde darauf geachtet, daß die Tiere an der Unterkante von Türen nicht mehr durchschlüpfen konnten.

In einem alten Blockbau wird es freilich immer Ritzen geben, und Mäusemissetaten Jahr für Jahr. Leintücher in den Schlafräumen wurden wiederholt von kleinen Zähnen angebissen, im schlimmsten Fall dieser Art mußte ich gleich etliche Laken am Anfang der Saison mit einer alten Nähmaschine flicken. Die Zugschnüre von Rollos waren mal in einer Höhe abgetrennt, die Mäuse erst durch Hochklettern an ihnen selbst erreichen konnten. Scheibengardinen wurden entlang der Spannstangen so gleichmäßig gelocht, daß man meinen konnte, penible Tiere hätten die Abstände der Lücken vor dem Knabbern mit den Pfoten ausgemessen!

Man sollte Hüttenküchen wahrlich nicht als Winterraum für Mäuse zur Verfügung stellen! Was nützt aber das gewissenhafte Schließen aller Türen im Herbst, wenn sich ein Nager bereits eingeschlichen hat? Dabei vielleicht sogar gesehen wurde, aber einfach nicht zu fassen war? Eine solche Situation fanden Kinder im Herbst mal total lustig, während *ich* mich über die *Folgen* des Versteckspiels gar nicht freute: Die unfaßbare Maus hat es nach Hüttenschließung geschafft, von der Wandseite her in eine Schublade voll Tee einzudringen und mehr als hundert Beutel zu zerfetzen! Vom Teein geputscht hat sie dann Textilien attackiert, bevor sie durch den Ausgießer einer Teekanne kroch, aus der sie lebendig nicht mehr heraus kam.

Schon einmal hatte ich ein ähnliches Kannen-Opfer vorgefunden, generell zwei Arten von Mäuseleichen kennengelernt:

trockene Mumien, bei denen das Fell noch schön dran ist, sowie feuchte Ekel, bei denen Haut und Haare schon fehlen. Seit ich wußte, wie *die* stinken, ließ ich im Keller nie mehr einen Wassereimer ohne Deckel stehen! In einem Gummistiefel haben die Nager mal ausgelegten Giftweizen aus der ganzen Hütte zusammengetragen und fünfzehn Zentimeter hoch gespeichert. Ein halbes Pfund Spaghetti wurde aus einem weit entfernten Schrank in unsere Schlafkammer verschleppt und dort unter einer Bettdecke eingelagert. Wir haben uns über ihr Knistern gewundert, weil wir die harten Stangen nicht sofort entdeckten! Sogar Mäuse, die auf Etikette Wert legten, haben wir schon beherbergt: Sie rissen im Vorratsraum die Papiere von Weinflaschen ab und ließen sich's schmecken! Ein Verlust, den wir verschmerzen konnten, als wir den Inhalt zweifelhaft gewordener Herkunft selber leerten.

Im Keller ist alles gefährdet, was nicht aus Glas, Blech oder Kunststoff ist oder davon beschützt wird. Tetra-Paks sowie dünne Plastikflaschen mit Saft sind schon beknabbert worden, auf Regale gelegtes Obst, Gemüse und Eier. Solche Sachen dürfen darum nur in Behältern mit Deckel oder unerreichbar hoch plazierten Beuteln eingelagert werden! Gästen wird geraten, Rucksäcke mit Proviant lieber nicht auf den Boden zu stellen, sondern an Haken zu hängen – kommt es doch, wenn auch höchst selten, schon mal vor, daß sich nächtens eine Maus in Stube oder Schlafraum über Müsli, Brot und Käse, Wurst und Schokolade freut.

In unserem Container im Tal haben Mäuse sogar Transportsäcke aus robuster Faser mal so verbissen, daß man es nicht mehr wagen konnte, sie vor dem Reparieren zu verwenden. Weil wir das Malheur erst kurz vor einem Flugtermin im Frühling bemerkten, waren wir über eine verschlossene Kiste sehr froh, in der sich gerade noch so viele Säcke unversehrt fanden, wie wir für die bevorstehende Versorgung brauchten. Unser Autozelt, daß am selben Ort deponiert war, wurde von den Nagern damals so beschädigt, daß mir bis heute die Lust fehlte zum Flicken. Gewaschen habe ich es allerdings gleich, denn der Gestank von Kot und Urin war unerträglich!

Oskar, Huxel und Co.

Zum Glück gibt es außer Katzen auch noch andere Meister im Vernichten von Mäusen. Den ersten seiner Art lernten wir im Herbst 1989 kennen, als wir eine wahre Wespenplage mit vielen Stichen bei den Gästen hatten. Als Falle zum Fangen der Insekten war darum am Trog eine Schüssel aufgestellt, die mit gesüßtem Bier gefüllt war ... Da kam eines Tages, als die Sonne noch hoch am Himmel stand, plötzlich ein Fuchs über die Wiese geschossen, hat das Plastikgefäß mit seinem Kiefer gepackt und ist mit dem Gerstensaft samt Wespen drin davon geflitzt! Gewiß hat ihm das knusprig angereicherte Gebräu gemundet, und seine Kalorien halfen ihm, sich vor dem Winter zu mästen! Zurückgebracht hat der Räuber unsere Schüssel nicht: sie wurde auf einem Steilhang allerdings gefunden, und zwar so sauber geschleckt, daß man kein Bier mehr riechen konnte!

Im nächsten Frühling schlich der Fuchs in einiger Entfernung von der Hütte herum, und als wir ihn mal zeitgleich zu ihrer linken wie, scheinbar vergrößert, auch zur rechten Seite erblickten, wußten wir, daß er nicht allein geblieben war. Am Tag der Sommersonnenwende kam, bei dichtem Nebel, die nächste Überraschung: Traurig schauten unsere Kameraden von der Veranda aus ins Graue, nicht mal den Vogelfutterplatz auf einem Pfosten in der Wiese konnten sie klar erkennen. Plötzlich aber erspähten sie dort doch etwas: Eine Gestalt, die sich wie ein Hufeisen krümmte und einen Meter über dem Boden in der abgeschnittenen, bloß 30cm breiten Dose das Gleichgewicht zu halten suchte! Und warum? Weil darin ein den Dohlen zugedachter Tortenboden in aller Ruhe zu verzehren war! Bis zum letzten Brösel sind die Beine unseres vor dem Winter schönen, nun aber ganz zerzausten Fuchses auf dem Blech geblieben! Man gab ihm, seiner Frechheit wegen, unter Mißachtung seines weiblichen Geschlechts den Namen »Oskar«.

Nach ein paar Tagen tollte ein erster, wohlgenährter Jungfuchs direkt vor der Hütte herum. Seine Geschwister kamen uns weniger nahe: Sie wurden von der ausgemergelten Mutter beim

Spielen in sicherer, aber doch sichtbarer Entfernung gehalten und gelegentlich mit Futter versorgt. Sogar Asche, die vom Müllverbrennen übrig blieb und noch richtig heiß war, durchsuchte Oskar nach Verwertbarem! Wir boten Unterstützung an in Form von Lebensmittelresten. Manchmal bekam unser Fuchs auch ein Würstchen.

Unsere Fürsorge hat ihm gefallen, und so besuchte er uns fortan regelmäßig kurz nach Sonnenuntergang. Erst wenn er um die Ecke kam, haben wir den Biomüll aus der Küche entfernt. Ging Hans mit dem Eimer dann zum Plumpsklo, folgte Oskar ihm ungeduldig, bis die Reste endlich ausgeleert wurden. Den Balanceakt auf dem Futterblech hat er nicht wiederholt – kam er doch bald darauf, daß man die dort deponierten Schmankerln zum Fressen auf den Boden werfen konnte, wenn man sich stark nach ihnen streckte ... Weil dies gar so witzig aussah, haben wir Oskar öfter zu einer Vorführung seiner gedehnten Figur vor Gästen animiert und ein paar Happen zum Holen extra hoch plaziert!

Wenn wir nicht ins Freie konnten, warfen wir ihm kleine Leckerbissen aus der Küche auf die Wiese. So gewöhnte der Fuchs sich dran, nach den 'offiziellen' Fütterungen wie ein Hund vor dem Fenster liegend abzuwarten – mit einer solchen Ausdauer und Ausdruckskraft, daß man seinem Bettelblick spätestens nach einer Viertelstunde nicht mehr widerstehen konnte ... Als der Brunnentrog im August länger trocken blieb, hat Oskar sich zum Warten sogar öfters hineingelegt! Vielleicht fühlte er sich in dem ausgehöhlten Baumstamm beim halb aufmerksamen Dösen besser abgesichert, vielleicht hoffte er auch, daß man sein Betteln in erhöhter Position vom Fenster aus noch besser sehen konnte. Hat jedenfalls ulkig ausgesehen!

Einzelne Besucher hielten Oskar für den Hüttenhund und waren deshalb über seine Präsenz gar nicht erstaunt, viele fütterten ihn direkt aus der Hand. *Ich* unterließ dies lieber und ging nur manchmal ganz nahe zu ihm hin. Lange vor der Dunkelheit kam unser kleiner Gast stets auf dem selben Weg zu uns, scheinbar voll Respekt für das Schild »Abkürzer vermeiden«, denn seine flinken Beine ließen selten eine Serpentine aus. »Das ist ja ein richtiger Alpenvereins-Fuchs!«, meinte deshalb ein Besucher. Oskar verkehrte unter anderem Namen aber auch in einer

Privathütte, die weit entfernt liegt: Als »Johannes« soll er dort regelmäßig sogar in die Spülküche gekommen sein! Bei uns setzte er den ganzen Sommer lang nie eine Pfote über die Eingangsschwelle.

Nur einmal war Oskar wirklich frech: Er klaute meine auf der Hausbank abgelegte Sonnenbrille und lief damit in die Wiese! »Oskar! Gib die Brille wieder her!« befahl ich mit erhobenem Finger. Er gehorchte und brachte sie zurück ... Ein anderes Mal schoß er, als ich einsam vor der Hütte saß, senkrecht auf mich zu, und dabei hatte er das Maul ganz voll: mit Mäusen, deren Schwänze wirr und wild herunter hingen! Nachdem ich die stolz präsentierte Beute angemessen lang bewundert hatte, trollte Oskar sich davon. Die Demonstration seiner Unabhängigkeit war gelungen. Beim Verschlingen der Beweise mußte ich zum Glück nicht zuschauen.

Eines Tages meldeten Besucher, daß sie beim Aufstieg einen toten Fuchs gesehen hätten. Ich war entsetzt und besorgt: »Das wird doch nicht der *Oskar* sein!« Hans rückte mit einem Rechen aus, um die Leiche aus dem Weg zu schaffen. Ob es sich dabei um unseren Fuchs handelte, war nicht mehr zu erkennen. Es konnte aber genauso gut ein anderer sein, der aus unbekanntem Grund, vielleicht aus Altersschwäche oder nach einem Schlangenbiß, gestorben war.

Wenn Oskar noch lebte, dann würde er am Abend, so gewiß wie alle Tage, kommen. Er kam aber nicht! Ich konnte es kaum fassen! Stellte leere Gulaschdosen ungewaschen vor die Türe: falls er nächtens mit Verspätung doch noch eintreffen sollte, dann würde ich durch das Scheppern beim Schlecken vermutlich geweckt. Spätestens am nächsten Morgen könnte der Reinheitsgrad des Blechs anzeigen, ob Oskar da gewesen war. Aber leider: Die Büchsen blieben unbeleckt.

Hans war deshalb recht traurig, *ich* völlig deprimiert. *So* viel fast kostenlose Freude sollte von einem Tag auf den anderen, vielleicht für immer, verloren gegangen sein? Zum Glück doch nicht: Am nächsten Abend kehrte unser Oskar leibhaftig zurück, und er schien, wenn schon nicht zu wissen, so doch wenigstens zu ahnen, daß etwas Besonderes geschehen war. Nach diesem Vorfall besuchte er uns bis zum Ende der Saison wieder täglich, und wir hofften, daß er auch seinen zweiten Winter in den Bergen überleben würde. Auf Vorrat vergraben hatte er einiges. Mäuse gab es rund um die Hütte immer noch genug. Es konnte nicht schaden, wenn statt der früheren Katzen nun ein Fuchs für die Verfolgung der unliebsamen Fresser sorgte.

An Silvester gingen wir, wie jedes Jahr, mit Freunden zum Feiern hoch. Das Feuerwerk zur Mitternacht war schön wie immer. Eine weitere Freude folgte, als jemand um ein Uhr früh von draußen in die Stube rief: »Du, Irmi, der *Oskar* ist da!« Tatsächlich! Als ich ins Freie trat, sah ich zwischen den Zinnen einer Schneeburg, die Kinder gebaut hatten, zwei kleine Dreiecke: Oskars Ohren! Er hatte sich hinter der weißen Mauer verschanzt, um das Geschehen zu observieren. Als ich näher kam, ergriff er kurz die Flucht, wurde dann aber gleich wieder zutraulich und konnte erstmals sogar in den Vorraum der Hütte gelockt werden. Kein Wunder, er mußte ja sehr hungrig sein! Trotzdem hat er schon den dritten Brocken Wurst ins Freie getragen und vergraben, was angesichts der langen Zeit, die bis zum nächsten Sommer vor ihm lag, sicher sehr vernünftig war.

Alle Anwesenden waren vom Auftritt des Fuchses entzückt! Offenbar hatte das Feuerwerk ihn oder zumindest seine Neugier geweckt – meine Hoffnung damit auch: Wenn er uns jetzt, am ersten Tag des neuen Jahres, begrüßte, dann stünden die Chancen für ein Wiedersehen im Frühling wohl auch nicht schlecht. Oder doch? Hatte ihn gar unser Lärm langfristig verschreckt? Ich weiß es nicht. Es kann auch andere Gründe dafür geben, daß unser Fuchs im Frühjahr nicht mehr wiederkam. Nur einen kleinen *dicken* hat man dann noch gelegentlich bei der Hütte gesehen, den ich seiner Wampe wegen »Gustl« nannte. Er ließ sich, obwohl er wohl ein Kind von Oskar war, nicht zähmen.

Die Besucher haben mich noch oft nach dem Sondergast des Sommers 1990 gefragt und beim Plaudern über alten Photos Erinnerungen aufgefrischt. Eine so ungewöhnlich enge Freundschaft zwischen Mensch und Wildtier sollte es erst nach vielen Jahren wieder geben! Im Juni 1998 berichtete uns ein Bergführer von einigen Füchsen, die er hoch droben, an ziemlich exponierter Stelle, erblickt habe. Ich maß dem keine besondere Bedeutung bei und hatte die Beobachtung schon vergessen, als es an einem warmen Vormittag im Juli zu einem ungewöhnlichen Ereignis kam: Eine riesige Felsplatte löste sich plötzlich aus der Westwand des Wörners und stürzte scheppernd in die Tiefe! Beim Bersten des Gesteins entstand im Geröllfeld eine Staubwolke, die sich lange über hunderte von Höhenmetern ausgedehnt hat. Nach ihrer Auflösung wurde der Blick frei auf einen großen rötlichen Fleck an der Abbruchstelle, den man seitdem auch von Mittenwald aus deutlich sehen kann.

Am nächsten Abend saßen wir mit einer Flasche Huxelrebe auf der Hausbank. Unsere Müdigkeit nach vorhergehender Hubschrauberversorgung und Räumarbeiten war schon groß, als der unerwartete Gruß eines Gastes auf der anderen Hüttenseite für Aufregung sorgte: »Hallo, Mieze! Du hast aber einen langen Schwanz!« ... »Ach, das ist ja gar keine Katze! Aber wenn es keine *Katze* ist, was ist es dann?« Ich sprang auf, um das lautlos aus dem Dunkel gekommene Geschöpf näher zu betrachten: »Es ist ein *Fuchs*!« »Ob der wohl Tollwut hat?« »Das glaube ich eher nicht!« Der Kleine war wohl kaum schon je im Tal gewesen, und in unserem Revier hatte man zur Immunisierung der Wildtiere hunderte von Ködern mit Impfstoff durch Abwurf aus der Luft verteilt.

Ob aus dem abendlichen Gast ein »neuer Oskar« werden würde? Wir gaben ihm den Namen »Huxel«, und weil ich auf ein Wiedersehen hoffte, wurde sein Auftritt mit etwas Wurst belohnt. Tatsächlich sollte uns der kleine Fuchs, der wie sein Vorgänger eigentlich ein Weibchen war, fortan jeden Abend bei Einbruch der Dämmerung besuchen. Anfangs näherte er sich nur sehr vorsichtig und zuckte bei unerwarteten Bewegungen oder Geräuschen sofort zurück. Der Versuch, ihn schon am dritten Abend zu einem Dokumentationsphoto ins Haus zu locken, mißlang. Gern wäre er zu den von uns im Flur plazierten Gaumenfreuden gelangt –noch aber verhinderte natürliche Schwellenangst ein Überschreiten unseres Türabstreifers.

Im Freien war der Fuchs beim Füttern bald furchtlos. Er stillte seinen Durst am Brunnentrog und wagte einen ersten Diebstahl: Eine blaue Sitzunterlage wurde von ihm in die Wiese gezerrt und dort erst abgelegt, als mein Schimpfen ihm zu laut wurde! Ich ließ Huxel wissen, daß er bei uns als Gast sehr, als Räuber aber weniger willkommen sei. Tatsächlich war er am nächsten Abend wieder ganz brav: Meinen Bierkrug in der Veranda hat er zwar neugierig beschnüffelt, aber kaum berührt und schon gar nicht angerührt. In der Zurückhaltung gegenüber Alkoholischem unterschied Huxel sich von seinem Vorgänger, den wir, wie bereits bekannt, einst beim Raub von Gerstensaft kennengelernt hatten.

Am folgenden Samstag war die Stube so voll, daß wir beide uns dort erst nach dem Abrücken fast aller Gäste zur Hüttenruhe mit Freunden zusammen setzen konnten. Da kam, als wir leise plauschten, plötzlich Huxel zur Tür herein geschossen! Ganz schnell hat er jenen Raum erkundet, der kurz zuvor noch voll Lärm und Trubel war, ihn gleich darauf in aufgeregter Eile wieder verlassen. Auf dem Teppich bleiben konnte er noch nicht, das schaffte er erst später!

In den Hüttengang kam Huxel an den folgenden Tagen oft, und jedesmal lag dabei ein besonderer Zauber in der Luft. Hielten Menschen bei seinem Erscheinen ein schwarzes Objekt vor ihre Augen, staunte der Fuchs: Wollten sie ihre Visage vor ihm verbergen? Das hätt' doch wenig Sinn gemacht! Nein, Blitze haben sie ihm per Knopfdruck entgegen geschleudert! Huxel lernte, solche Bewegungen gelassen hinzunehmen – schließlich hatte er schon Schlimmeres, einen Steinschlag nämlich, überlebt. Wir vermuteten, daß er dabei seine Mutter verloren hatte und danach bei uns »Familienanschluß« suchte!

Allmählich bekam ich ein feines Gespür für den Zeitpunkt, zu dem der Fuchs uns aufzusuchen pflegte. Vom Tageslicht abhängig verschob dieser sich im Laufe der Saison von zehn Uhr abends bis kurz vor sieben. Wenn möglich, trat ich Huxel dann im Freien entgegen. Manchmal wartete er unter Bänken oder Tischen auf mich, wenn noch andere Gäste zu bedienen waren und ich deshalb nicht gleich raus kam. Präsentierte ich ihm die Futterschüssel mit Küchenresten im Sitzen, stützte er sich zum ungeduldigen Nachfassen an meinen Beinen ab; dies war die einzig zugelassene Berührung. Das sanfte Schnappen nach Füßen oder gar Händen konnte ich ihm durch lautes Schimpfen abgewöhnen. Lärm mochte er nämlich nicht, auch wenn weibliche Stimmen ihn etwas weniger störten als die von Männern. Und geradezu verabscheut hat er Nikotin: Während ihm Hüttenspiele in der Veranda normalerweise gefielen, suchte er bei Anwesenheit von Rauchern in diesem Raum so schnell wie möglich das Weite!

Gestreichelt habe ich das Fell unseres Fuchses nie, obwohl die Versuchung dazu sehr groß war! Das Wildtier sollte nicht gänzlich gezähmt werden, hygienische Verpflichtungen waren zu beachten ... Am liebsten empfing Huxel sein Futter aus der Luft: Vom »Männchen-Machen« vor staunendem Publikum hatte er erst bei totaler Sättigung genug! Manchmal kehrte er nach dem Verstecken überschüssiger Verpflegung zurück, um das Spiel mit uns fortzusetzen. Als ihm sein Fressen aus Zeitmangel mal bloß in die Wiese geworfen wurde, hat er es zunächst gar nicht angerührt und lieber versucht, mir in die Hütte zu folgen!

Man konnte schon meinen, daß Huxel durch häufiges »Stretching« so groß werden wollte wie die Menschen um ihn herum! Mehrfach stellte er sich auf die Hinterfüße, um ein an die Eingangstür geklebtes Werbeplakat für den Hüttenschlafsack näher zu betrachten; auch neugierige Fensterblicke waren nur auf zwei Beinen möglich. Als der Fuchs mal weder in Küche noch Stube irgendwen erspähen konnte, hatte ich den Eindruck, daß er richtig traurig war! Er schien schon süchtig zu sein nach Blitzlichtgewitter und stillem Applaus.

Wenn Gäste da waren, was ja meistens der Fall war, gerieten diese ob seiner Abendvorstellung ganz in Verzückung – um so mehr, als Huxel gegenüber Kameras keine Scheu kannte. Nur als die sonst so aufrechte Wirtin einmal auf dem Boden lag, um ihn beim Spaziergang zwischen Margeriten und Männertreu abzulichten, war er leicht irritiert. Als ich ein anderes mal im Flur in die Hocke ging, um ihm beim Betreten der Hütte mit dem Photoapparat ganz nahe zu kommen, hat er nicht mehr ausweichen können und mit der Schnauze mein Knie geschnappt! Da bin ich doch ziemlich erschrocken und unterließ es fortan tunlichst, ihm auch nur einmal die Zunge entgegen zu strecken!

Richtig aufgebracht war Huxel, als eines Abends im September erstmals Schafe vor der Hütte standen, etliche genau auf jenem Weg, den er allabendlich zum Bio-Müll nahm. Wie sollte er dorthin gelangen, wenn man nicht wußte, wie die Wegelagerer reagieren würden? Nach langem Warten faßte er all seinen Mut zusammen und startete einfach durch. Die Herde stob davon.

Besessen von der Idee, Wild- und Weidetier bildlich zusammenzuführen, ermutigte ich Huxel, mich beim vorsichtigen Annähern an die zum Christuskreuz geflohenen Schafe zu begleiten. Er tat es! Aber nur *so* lange, bis der erste mächtige Widder wütend mit dem Fuß aufstampfte: Da hat unser Fuchs dann lieber doch das Weite gesucht! Ansammlungen von Menschen waren ihm lieber, denn *die* hatten fast immer etwas für ihn übrig. Von mir bekam er Wurst ausnahmsweise sogar mal auf den Tisch gelegt: So konnte ich knipsen, wie er meine Speisekarte mit den Füßen trat und gelben Rosen, die in einem Krug daneben standen, schöne Augen machte! Nach diesem photographischen Exzess hab ich Huxel niemals wieder zum Flanieren auf den Tischen animiert.

An einem stürmischen Abend im Herbst veranlaßte uns lautes Krachen hinter der Hütte, dort nach dem Rechten zu sehen. Huxel war der Lärmerzeuger! Er hatte unsere Fahne, die nach dem Einholen an der Hauswand lehnte, umgeworfen und danach schon einige Meter über die Wiese geschleppt! Hätte nicht ein Zaunbalken ihn gezwungen, seine Beute abzusetzen, wäre er glatt samt Stoff und Stange in die Wildnis verschwunden. So konnte ich dies gerade noch zur rechten Zeit verhindern.

An sich war ich ja froh, daß der Fuchs seine Herkunft aus Räubersippe nicht verleugnete, denn einen ganz Entarteten hätte ich nicht gern zum Freund gehabt. Wenn es um Hab und Gut meiner Gäste ging, konnte ich jedoch keine Nachsicht üben! Ein einsam herumliegender Filzhut fiel mir einmal erst ins Auge, als auch Huxel ihn schon erspäht und mit dem Kiefer gepackt hatte. Heftig schimpfend rannte ich ihm hinterher. Er gab die Kopfbedeckung erst nach längerer Verfolgung frei, dann versteckte er sich schuldbewußt geduckt einige Meter weiter in der Wiese … Ein anderes Mal schoß er plötzlich auf einen im Flur stehenden Bergschuh zu. Der Raub desselben konnte nur durch rasches Schließen der Haustüre verhindert werden.

An einem lustigen Abend suchte ich in der Stube gerade nach dem Eigentümer eines draußen deponierten »Proviant-Idylls«, als Huxel vorzeitig eintraf und sich mit der Verpflegung auch schon davonmachen wollte. Zu seinem Pech packte er die Baumwolltüte, in der alles verstaut war, am unteren Ende an: Ihr Inhalt purzelte über die Wiese und ihm blieb nur der leere Stoff, den er einige Zeit zu verteidigen suchte. Ein Gast meinte daraufhin, er habe eben endlich auch einen »Hütten-Schlafsack« haben wollen!

Huxel erschien, wie einst auch Oskar, bis zum Ende der Saison. Als wir die Hütte schlossen, waren wir gespannt, wie es mit ihm weitergehen würde. Schon bei unserem nächsten Besuch blieb er aus. Einen Monat später waren im Schnee rund um die Hütte immerhin die Spuren eines Fuchses zu erkennen – seine Gestalt zeigte sich neuerlich nicht. Da half weder sehnsuchtsvolles Rufen noch das Auslegen von Leckerbissen! Meine Hoffnung auf ein Wiedersehen schwand ganz, als wir zur Jahreswende nicht mal mehr Spuren entdecken konnten. Gewiß war der kontaktfreudige Fuchs ins Tal gewandert oder gar einem Jäger zum Opfer gefallen. Ich befragte entsprechende Personen und bat sie für den Fall einer künftigen Begegnung um die Respektierung unserer Freundschaftsbande.

Im folgenden Sommer waren solche vorerst nicht mehr zu knüpfen, obwohl es direkt vor der Tür zur Werkstatt täglich Beweise für die Präsenz eines Fuchses gab: Frische Losung, die nicht gerade fein geduftet hat! Erst im August wunderten sich Gäste wieder mal über eine umher huschende 'Katze', die sich im Halbdunkel irgendwie seltsam verhielt. Als ich davon in der Küche hörte, stürmte ich dankend ins Freie. »Ach toll, mein Fuchs ist wieder da, ja wo *ist* er denn?« Inbrünstig rief ich mehrmals »Huxel, Huxel komm!« Da kam er vorsichtig hinter dem Plumpsklo hervor, betrachtete mich eine Weile unentschlossen und lief dann schnurstracks auf mich zu. »Huxel, ach Huxel!« Er blieb stehen und sah mich fragend an. Ich ihn auch: Wir hatten einander noch nie gesehen! »Ja, Du bist ja gar nicht der Huxel! Du bist ja viel kleiner!« Der Fuchs vom Vorjahr konnte niemals so geschrumpft sein, außerdem waren Pfoten und Ohren des »Neuen« dunkler getönt. Er konnte nur ein *Kind* vom Huxel sein, der nach Auskunft des Försters übrigens vermutlich auch noch lebte. Angeschaut hat mich der Kleine geradeso wie seine Mama beim ersten Besuch. Daß er auf mein Rufen, obwohl er mich persönlich noch nicht kannte, reagierte, war verblüffend!

Weil er Huxel so ähnlich war, fiel es mir schwer, dem neuen Fuchs einen anderen Namen zu geben, unbeholfen nannte ich ihn manchmal »Hux« und manchmal »Huxi«. Mich nach kurzer Pause schon wieder in einen kleinen Fuchs zu verlieben, war mir zu meinem Kummer nicht möglich. Auch über die Starallüren und das im Vergleich zu seinen Vorgängern schlechtere Betragen des Neulings war ich enttäuscht. Bei den Besuchen von Oskar und Huxel hätte man die Uhr stellen können. Der Fuchs vom Jahrgang 99 war weit weniger pünktlich: Mal kam er um halb neun, mal um halb zehn, mal gar nicht. Außerdem war das Wetter oft so schlecht, daß ich ihn nur selten im Freien begrüßte. Meist waren es zum Klo gehende Gäste, die mich aufgeregt über seine Ankunft informierten.

Wie seine Mutter wollte auch der *Neue* bald wissen, wie weit Frechheit beim Besuchen ungestraft getrieben werden könne, und so stahl er einem Gast, der friedlich auf der Hausbank saß, einen unserer Hüttenschuhe direkt vom Fuß weg! »Jetzt habt's oan Schlapfen weniger«, bemerkte der Beraubte grinsend. Ich nahm dies gelassen hin. Hans hingegen, stets bemüht um vollständigen Erhalt des Inventars, gab sich nicht geschlagen und suchte den Pantoffel am nächsten Tag. Er hat ihn bald gefunden.

Der »99-er Fuchs« beherrschte das freie Stehen auf Hinterpfoten bald so gut wie sein Vorgänger Huxel. Sein Gebiß jedoch, bzw. dessen Abstand zu fütternden Fingern, hatte er nie so gut unter Kontrolle wie jener, und so kam es immer wieder zu besorgniserregenden Berührungen ... Während Huxel vor allem den Kontakt zu mir gesucht hatte, kannte der *Neue* eine solche Vorliebe kaum. Er trieb seine Futter-Neck-und-Bettel-Spiele mit jedem, der ihm entgegentrat, und manchmal applaudierten Zuschauer sogar, wenn er den einen oder anderen »Partner« andeutungsweise biß. Kinder wurden gebeten, das Tier nicht zu berühren. Daß auch Erwachsene auf die Idee kommen könnten, einen Fuchs zu streicheln, wenn er herzig dreinschaut, hätte ich nicht gedacht! Zum Glück floß bei solchen Versuchen kein Blut, und darüber war ich sehr froh, denn bei unserer Sonnwendfeier hatte ein als gutmütig bekannter Hund ein kleines Kind verwundet!

Wenn Menschen tief empfundene Zärtlichkeit über das Rükkenfell des Tieres weiterleiten wollten, wurde dies von ihm stets durch kurzes Fixieren der streichelnden Hand mit der Schnauze vereitelt. Der Fuchs war es gewohnt, daß Finger etwas für ihn hielten – *nicht* zu schnappen, wenn es nichts zu futtern gab, hätte man ihm erst beibringen müssen ... Für eine solche Dressur hatte ich kaum Zeit, und zu viel Mühe wäre auch vergebens gewesen, denn nach Gastspielen im August ließ der Fuchs sich lange nicht mehr blicken. Erst am Ende der Saison erschien er noch einmal, und zwar genau um Mitternacht: einer Zeit, zu der wir meist schon schliefen. Diesmal aber nicht, denn mehr als sechzig Sektionskameraden feierten den neunzigsten Geburtstag unserer Hütte! Da ging es hoch her, und eben dies schien dem Fuchs zu gefallen! ... Am nächsten, wieder ruhigen Abend kam er noch einmal, um uns zum Abschied, *gar* nicht leise, »Servus« zu sagen: Mit einem so lauten und langen Gebell, wie wir es zuvor von einem Vertreter seiner Art noch niemals hörten!

Zum dritten Mal mußten wir dann mit der Hütte einen uns vertraut gewordenen Rotfuchs für den Winter verlassen ... Schon im nächsten Frühling kam der nächste: Weil wir nun das Jahr Zweitausend schrieben, wurde das niedliche Geschöpf »Milli« genannt. Sie tanzte um mich herum wie eine Ballerina und zupfte hinter meinem Rücken Schürzenbänder auf – so zart, daß ich es erst bemerkte, als mir der haltlos gewordene Stoff vor die Brust fiel!

Auch sonst war die Kleine ein Luder: Bei ihrem Debut Anfang September hat sie im Waschraum einen Frühaufsteher in den Zeh gezwickt, bereits am folgenden Abend einem anderen Gast Socken an den Fersen zerrissen. Ich wollte sie dafür tadeln und trat zu diesem Zweck ins Freie, da packte sie einen Zipfel meiner Faserpelzjacke und verbiß sich darin so fest, daß ein Loch entstand!! Als Milli schließlich bei einem Blitzangriff am hellichten Tag auch noch einem Soldaten, der direkt davor saß, den Kuchen vom Teller wegschnappte, haben wir zwar heftig lachen, aber doch auch Konsequenzen ziehen müssen: Die »süße« Räuberin sollte im Hüttenbereich nicht mehr gezielt gefüttert werden! Ganz verbannen ließ sie sich natürlich nicht, und als die Füchsin nach Saisonschluß – wie schon ihr Vorgänger – zu einem vereinsinternen Treffen kam, hat der Hüttenwart ausnahmsweise noch mal eine öffentliche Vorführung genehmigt. Sie war wunderschön und hat alle gefreut!

Wildwuchs und Blumenlust

Schon kurz nach meiner Bekanntschaft mit der Hütte begann ich, mich auch botanisch um sie zu bemühen. Ich beschaffte Saatkästen und Samen, zog Alpenmohn, Mauerpfeffer und Vergißmeinnicht, Islandmohn und Akelei heran, setzte diese in einem schmalen Streifen zwischen Weg und Terrassenmauer ein. Menschen, Mulis und Schafe haben sie dort gefährdet, manche Pflanze hat das Überleben aber doch geschafft. Die Vergißmeinnicht wucherten üppig, Mauerpfeffer schlug zwischen Steinen und Platten am Rande der Terrasse Wurzeln und zeigt dort seitdem jeden Sommer gelbe Blütensterne. Mohn entwickelte sich anfangs gut, ist aber nach ein paar Jahren wieder verschwunden, während Akelei an einem Mauervorsprung bis heute existiert. Ihr lilablaues Blühen wird oft bewundert und photographiert. Edelweiß habe ich ebenfalls aus Samen gezogen, viel versprechende Blätter wurden aber durch Schafe vernichtet. Ein zum Trost gekaufter Blütenstock wurde kurz nach dem Einpflanzen in der Höhe gestohlen.

Durch Mißerfolge nicht entmutigt, setzte ich im Herbst Zwiebeln. Traubenhyazinthen und Narzissen in verschiedenen Größen, Blausternchen und Schneeglanz trieben im nächsten Frühling prächtig aus, botanische Tulpen sowie Iris nicht – ihre Zwiebeln waren offenbar von Mäusen vertilgt worden! Daraufhin kamen nur noch weitere Narzissen in den Boden, und es freut uns nun schon seit Jahrzehnten, wenn deren Glocken uns am Anfang der Saison mit leuchtend gelben Tönen grüßen. Schmunzeln muß ich, wenn Gäste sich die geringe Größe spezieller Narzissen mit der Höhe des Standorts erklären, und dabei an eine alte Dame denken, die im Tal zu frisch gepflanzten Zwergnarzissen vor meiner Wohnung mitleidsvoll bemerkte: »Die wern hoit a weng an Dünga brauchn! Da Boden do is hoit oag schlecht!«

An der Mauer vor der Hüttenterrasse steht auch eine Wildrose, die manchmal Dutzende von Knospen zeigt, bevor die Schafe kommen oder Gemsen an ihr beißen. Sie trotzt allen Gefräßigen und treibt immer wieder aus, genauso wie ein zartes

Glockenblumenkissen mitten im Gestein ... Winzige Kastanientriebe hat es gegeben, die innerhalb von zehn Jahren kaum zwanzig Zentimeter in die Höhe wuchsen – vielleicht mal von einem Scherzbold gepflanzt, der in einem späteren Leben sein Hüttenbier im Schatten von belaubten Bäumen schlürfen wollte. Weil *wir* diesen *nicht* erwarten konnten, schafften wir Sonnenschirme an. Danach sind die winzigen Gewächse ganz verschwunden: gerade so als ob sie spürten, daß ihr Dasein ohne künftige Aufgabe keinen Zweck mehr hatte!

Besser gedieh ein Johannisbeerstrauch unterhalb vom alten Klo, der nach warmen Sommern sogar Früchte trägt. Brennesseln wuchern auch *ohne* menschliches Zutun, *mit* diesem, durch Pinkel-Düngung, noch besser – zur Freude von Schmetterlingen, die darauf ihre Eier legen, und Bio-Köstlern, die aus den Blättern Tee, Salate und Suppen bereiten ... Wilde *Erdbeeren* reifen unter Bänken und Tischen, Vogelbeeren auf Bäumen; eine große sowie kleine Zirben, Lärchen, Ahorn und Birken, Latschen und Fichten kann man im Umkreis der Hütte bewundern, Soldanellen und Schlüsselblumen, Krokus und Enzian, Silberdistel, Arnika und Alpenrosen. Seltene Orchideen und Lilien wie Frauenschuh und Türkenbund wachsen am Aufstiegsweg an fast geheimen Plätzen.

Die Hüttenbesucher können sich Bücher zum Bestimmen von Pflanzen ausleihen. Manche haben solche auch selbst dabei und wollen nur ganz Spezielles von uns wissen, wie zum Beispiel einst ein Gast, der mit Stativ und Blechbox völlig außer Atem an mein Küchenfenster kam. Nicht um, wie ob seiner Eile erwartet, einen Unfall zu melden, sondern mit der Frage zu verblüffen: »Sagen Sie, wo blüht denn hier das *schwarze* Kohlröschen, das muß doch in Massen rumstehen?« Ich wußte es leider nicht, und Hans, den zu konsultieren mich der Mann eindringlich bat, wußte *ausnahmsweise* auch nicht mehr. So verließ der botanische Schatzsucher uns, ohne eine Pause einzulegen, mit dem enttäuschten Kommentar: »Ich hätte Sie ja auch nach dem *roten* Kohlröschen fragen können, aber das ist ja lange nicht so selten!«

Weil *mich* auch weniger Seltenes reizte, habe ich an einer Böschung vor der Werkstatt Steinbrech- und Hauswurzgewächse gepflanzt, jahrelang versucht, Unkraut und Füße von diesem

Fleck fernzuhalten, bevor ich ihn wieder dem Wuchern der Natur überließ. Eine rosa Mehlprimel, die dort ohne mein Zutun Fuß faßte, hat mich ebenso gefreut wie eine Zwergnelke in Pink, die eines Sommers überraschend an der Terrassenkante erschien. Daß ich eben diese Sorte vor langer Zeit mal vor dem Waschraumfenster hängen hatte, fiel mir erst beim Betrachten alter Photos wieder ein. Ihre Samen waren offensichtlich ziemlich zäh!

Weil mich das Verschönen so freute, wurde auch in Kästen am Gebäude einiges versucht: Rosa und rote Petunien sowie Asparagus haben einen ersten Test auf Höhentauglichkeit bestanden! Wenn die Mulis vor Saisonbeginn wegen hoher Schneelage noch nicht zur Hütte gehen konnten, schleppte ich die Blumentöpfe im Rahmen von Trainingsmärschen zu ihr hoch. Das Einsetzen habe ich stets voll Ungeduld erwartet und die Entwicklung zu üppiger Blütenpracht dabei schon lebhaft vor Augen gehabt. Diese sollte durch spezielle Pflege begünstigt werden: Meine Petunien bekamen nur weiches Wasser aus der Regentonne und gelegentlich ein wenig Dünger, ihre abgeblühten Stiele wurden mit einer Schere entfernt. Durch einen Dachvorsprung vor allzu starker Sonne und Niederschlägen geschützt, wuchsen sie sogar noch besser als erhofft, und mancher Gast fragte mich, ob dabei wohl ein gewisser Hexenzauber mit im Spiele sei.

Das tägliches Gießen macht Arbeit, aber auch Spaß, schon weil es mich aus der Küche heraus führt! Da lauf ich dann mit einer Kanne zwischen den Blumen und der Regentonne hin und her, genieße die frische Luft im Freien und das Tauchen meiner Hände in das Faß. Sommerlichen Badefreuden kann ich anderweitig ja nicht frönen! Weit und breit befindet sich kein See, manchmal wird Wasser ganz knapp: so knapp, daß ich zum Nachschub holen für die Blumen einst sogar zu einem weit entfernten Rinnsal marschierte! Dabei stürzte ich mit vollen Kanistern in den Händen, Blut floß und blaue Flecken folgten. Die Extratouren wurden nicht oft wiederholt.

Zwischen die roten Petunien in den Kästen kamen bald auch Pantoffelblumen, die herrlich gelb leuchten und an dunklen Tagen schon manchem Gast die Seele wie ein Signal erhellten. Erst einmal zeigten sie mitten im Sommer bei Sonnenscheinmangel keine Blüten mehr, verlaust waren sie schon oft – dies kann man akzeptieren oder mit Spray bekämpfen. Gegen Kälte sind Petunien erstaunlich unempfindlich: Am Haus haben sie schon Nächte überstanden, in denen die Temperatur auf fünf Grad unter Null gesunken und das Wasser in der Regentonne dick gefroren war! Offene Blüten sind dann zwar abgestorben, durch Blattwerk geschützte Knospen und Wurzeln aber nicht. Ganz besonders wirken die bunten Kästen vor den Fenstern, wenn es draußen schneit und man selbst in der warmen Stube sitzt: *So* gemütlich kann man den Kontrast von Jahreszeiten nicht überall genießen! Im *wahren* Winter vermag zwar das Glitzern von Eisblumen an den Scheiben ebenfalls zu entzücken – erwärmend wie die Röte von Petunien wirkt es nicht!

Bei Dauerfrost muß ich die Pflanzen abdecken oder ins Haus stellen; nach Sturm und Regen brauchen sie Erholung wie auch nach dem Setzen. Im Frühling stehen sie oft schon lange vor dem Bergtransport vor meiner Wohnung, und dort wie droben muß ich aufpassen, daß die Wurzeln in den kleinen Töpfen nicht vertrocknen. Selten ist mir das Umpflanzen gleich nach Ankunft an der Hütte möglich, oft mußte ich damit, schon rein wetterbedingt, warten. Am längsten 1991, als es in der ersten Juni-Hälfte täglich bis zu 30cm Neuschnee gab: Da blieb mir nichts anderes übrig, als die nach langem Hoffen auf Wetterbesserung schon halb verkümmerten Gewächse schließlich in der Veranda in die Kästen zu setzen – zeitgleich mit einem Schneeschauer draußen.

Schon zur Osterzeit wurde manchmal ein weißer Margeritenstrauch erworben, so konnten wir uns bereits im Tal daran freuen. Weil ich auch hier Welkes wegschneide, ist er am Ende der Saison manchmal noch so schön, daß ich mich von ihm gar nicht trennen mag. Öfters habe ich einzelne Stiele abgeschnitten für »Almabtriebs-Sträußchen«, die bis München und Wien weiter reisten, einmal den ganzen Stock mit einer Kraxe nach Hause getragen, wo er noch bis Weihnachten Sommergefühle in mir wachhielt. Ein andres Mal schleppte ich die Margerite im Frühling auf dem Rücken hoch, als bei schlechtem Wetter ungewiß war, wann unser Hubschrauber zum Transportieren kommen würde. Ich mußte ganz alleine in der Hütte auf ihn warten, und weil die noch von Schnee umgeben war, wollte ich dies nicht ohne ein Symbol der Hoffnung auf Sonnentage tun.

Nach dem großen Umbau sollte es noch mehr Blumen geben: Blaues Männertreu, gelbe Tagetes, weißes Alyssum sowie Alpen- und Islandmohn wurden vor der Holzlege aufgestellt, rote Nelken vor ein Fenster in meinem Blickfeld gehängt. Weitere Kästen gab es drei Jahre später an einem neuen Anbau im Osten, mit Weihrauch, Asparagus und Petunien in Weiß sowie den bewährten »Pantoffeln«, die vor neuen rötlichen Schindeln genau so gut wirkten wie vor den dunkelbraunen Balken auf der Abendsonnenseite. 1992 pflegte ich insgesamt vierzehn Kästen, in denen ein ganzes Meer von Blumen zu bewundern war: blühende Landschaften im Kleinformat, kurz nach der »deutschen Einheit«! Sogar eine »schwarzäugige Susanne«, die mit zierlichen orangen Blüten als empfindsam gilt, gedieh in jenem Traumsommer gut. Wir gaben ihr keine Chance, uns bei einer Wiederholung des Experiments zu enttäuschen.

Stets bewährten sich Gazanien, die ihre prächtigen Blütensterne bei Lichtmangel und Nässe schließen und so vor Fäulnis schützen. Sogar von kleinen Schnecken, die meine Tagetes kahl fraßen, wurden die auch als »Mittagsgold« bezeichneten, von hellgelb über orange bis dunkelrot gefärbten Schönheiten verschont. Zunächst hatte ich mit den schleimigen Kriechern keinerlei Ärger gehabt – ihre Eier sind erst nach einigen Jahren, wohl mit gekauften Pflanzen, zu uns gekommen. Danach konnten sie auch durch Erneuerung der Erde in den Kästen nicht mehr ganz beseitigt werden. An feuchten Vormittagen sammle ich die ausgeschlüpften Störenfriede manchmal mit einem Löffel ein und lasse sie diskret verschwinden.

Ärger gab es mehrfach auch mit einer Maus, die frisch Gepflanztes bis zu den Wurzeln weg biß. Husarenknöpfchen, Lobelien und Lantanen wurden von ihr kulinarisch erkundet, die Farben Gelb, Schwarz, Hellblau, Rosa und Orange in ihrer Fülle bedenklich reduziert. Fallen und Gift blieben unberührt, zur Ablenkung ausgelegte Apfelreste wurden zwar verzehrt, konnten den Appetit des unverschämten Tieres aber auch nicht gänzlich zügeln. Erst, als ich das Obst voll Hinterlist mit Giftweizen garnierte, ging das Leben der Maus und mit ihm ihr unliebsames

Treiben zu Ende. Meine Zierpflanzen konnten gerade noch mal neue Triebe bilden und sich gut entwickeln.

Auch Menschen minderten gelegentlich die Schönheit meiner Blumen. Ausgekämmte Haare, Kaugummi und Heftpflaster in den Kästen störten bloß das Auge des Betrachters, deponierte Socken, Flaschen, Proviant und Dosen brachen Stengel, Knospen und Blüten. Getränke, Fischöl und Urin ließen manche Pflanze sterben. Gäste gab es, die mein Männertreu priesen, bevor sie achtlos ihre Rucksäcke darauf warfen, verschwitzte Wanderer, die ihr Hemd zum Trocknen über meine Margerite breiteten wie über einen Busch am Strand. Immer wieder wurde die Kapuzinerkresse gekostet, und das nicht nur, wenn sie üppig wucherte und ein Mundraub für mich seelisch zu verkraften war. E*inmal* ist auch die *erste* und *einzige* Blüte in meinem Blickfeld, schon lange sehnsuchtsvoll erwartet, kaum daß sie erschienen war in einem Gaumen verschwunden!

Als der zweite große Umbau fertig war, beschlossen wir voll Zukunftshoffnung, ein Apfelbäumchen zu pflanzen. Gut verpackt kam ein sündhaft teures, auf Spalier gezogenes Exemplar per Hubschrauber zur Hütte – als Pionier der Luftfahrt gewissermaßen, denn weltweit sind wohl nur wenige Fälle von fliegenden Obstbäumen bekannt. Der unsere wurde an einem besonderen Tag an der Ostseite in die Erde gebracht; viele Blüten schienen reiche Ernte zu versprechen. Die war uns aber weniger wichtig, denn wir bezweckten mit dem Gewächs vor allem Zierde, und ein bißchen auch Rekord: Unweit der höchst gelegenen Schnellbahnstation Deutschlands war unser Apfelbaum wohl der am höchsten stehende in diesem Land! Ein Zaun wurde gesetzt, um ihn zu schützen. Efeu, Waldrebe, wilder Wein und Geißblatt sollten ihm Gesellschaft leisten. Sie haben unsere extreme Witterung aber nicht lange ausgehalten.

Das Apfelbäumchen hingegen entwickelte sich gut und fand bei den Gästen viel Beachtung. Ein Fachmann deutete helle Flecken auf der Rinde als Hinweis auf besondere Ertragsfähigkeit; ein zweiter warnte vor dem Reißen des Stammes, wenn im Frühjahr pralle Sonne auf nasses Holz treffen würde; ein dritter wollte wissen, ob unser Baum ein- oder zweigeschlechtlich sei. Im ersten Fall könne es zu keiner Befruchtung kommen, wenn nicht zufällig eine Biene mit Pollen aus dem Tal sich zu uns verirrte. Falls wir Früchte wünschten, müßten wir einen zweiten Apfelbaum pflanzen oder eine künstliche Bestäubung versuchen. Die ist uns wiederholt mißlungen: Einmal waren von zu Hause mitgebrachte Blüten nach wochenlanger Lagerung im Kühlschrank schon verdorrt, ein andres mal verschimmelt. Als wir endlich mal brauchbaren Pollen mitbrachten, ist beim Hüttenbaum die Blüte ausgeblieben und wieder keine Bestäubung möglich gewesen. *Einen* hochroten Apfel hat er im Herbst dann trotzdem getragen: Gäste, die mich ob der Fruchtlosigkeit meiner Bemühungen bedauerten, hatten ihn aus dem eigenen Garten mitgebracht und heimlich an einen Ast gebunden, um mich damit zu überraschen! Geerntet hab ich die süße Frucht, wie scherzhaft anempfohlen, nicht: Ich ließ sie zwecks Erbauung hängen und staunte, wenn Passanten den Schwindel nicht durchschauten.

Bereits im ersten Sommer waren die vier Hauptäste unseres Baumes gewaltig gewachsen. Schon nach dem zweiten mußten sie zurückgeschnitten werden, um in eine von Hans gefertigte Winterverschalung aus Brettern zu passen. Diese wurde jeden Herbst aufgerichtet und im Frühling lang vor Hüttenöffnung wieder entfernt, damit es genügend Licht gab für die Bildung neuer Knospen und Triebe. Wenn beim Enthüllen kein Schnee mehr lag, holten wir welchen herbei, um die Wurzeln damit zu befeuchten.

Fünf Jahre lang haben wir unser Bäumchen gehegt und gepflegt, dann geschah etwas sehr Trauriges: Als wir im Frühling seinen Mantel entfernten, stand es nackt und leblos vor uns – Mäuse hatten alle Triebe und die Rinde weg gefressen! Ein Versuch, mit Baumpaste noch etwas zu retten, schlug fehl. Unser Freund war tot! Trauernd haben wir an seiner Stelle Holler eingepflanzt, der sich rasch entwickelte und im Jahr 2000 erstmals üppig blühte.

Schlingknöterich, den wir zu beiden Seiten des Baums pflanzten und über Drähte wie einen Rahmen wuchern ließen, hielt sich bis in jüngste Zeit. Weiße Trichterwinde, die daneben von selbst erschien, existiert noch immer. Alljährlich frisch gesetzte Kapuzinerkresse mit Blüten von hellem Gelb bis hin zu dunkler

Röte rankt in warmen Sommern ziemlich hoch, und so wächst alles immer wunderbar zusammen, zu einem bunt durchwirkten Vorhang aus Blattwerk und Blüten! Um dessen Schönheit bis zum Ende der Saison zu schützen, hat Hans, als wir im August mal einen Meter Schnee bekamen, eine riesige Plane aus Plastik davor gehängt. Die an »Christo« erinnernde Verpackungskunst vor unserer Hütte kam meinen Pflanzen zugute: Ein paar Blätter in Bodennähe erfroren, hunderte von Knospen höher droben überlebten! Einige leuchteten uns sogar noch bei einem Besuch im November entgegen, und da schnitt ich mir den letzten, bloß noch als »Bonsai« entwickelten Blütenzweig ab, um ihn daheim in eine Vase zu stellen. Dort welkte er sehr lange nicht und zeigte mir wie ein Symbol, daß es sich lohnt, in harten Zeiten durchzuhalten!

Saison 2002

Unsere Hütte soll ein neues Dach und einen neuen Dachstuhl bekommen. Ich bin völlig verstört: Muß das denn sein? Haben wir nicht schon genug umgebaut? Heißt es nicht: Alle guten Dinge sind drei? Nun wird es zum vierten mal in meiner Wirtszeit eine Großbaustelle mit wochenlangem Lärm, Dreck und Verdiensteinbußen geben. Angst überkommt mich, daß einer von uns beiden durch die Belastung krank werden könnte, an die Folgen darf ich gar nicht denken ... Vor etlichen Jahren haben wir einen Klinikaufenthalt von Hans, mitten in der Hochsaison, durch glückliche Umstände halbwegs gut überstanden. Seitdem hat sich manches geändert: Die Nothelfer von einst sind älter geworden sowie auch aus weiteren Gründen nicht mehr verfügbar, jüngere kaum in Sicht. Ich selbst fühle mich in diesem Frühling alles andere als fit.

Jahrelang hatte ich gehofft, daß mir ein weiterer Umbau erspart bleiben würde. Und nun muß er doch sein: Das Blechdach über dem Hauptgebäude ist so verrostet, daß es jedes Jahr neue Reparaturen braucht, gelegentlich dringt bei Regen Feuchtigkeit in die Schlafräume ein. Nicht nur Gäste, denen es auf die Matratze tropft, finden dies unangenehm ... Ein Dach aus Kupfer soll das Problem beheben, und wenn das schon drauf muß, erklärt Hans, wäre es ein Wahnsinn, die Konstruktion darunter nicht auch zu erneuern. Der Dachstuhl von 1909 wäre infolge Wurmfraß und Fäulnis doch auch bald fällig, und dann müßte man das sündhaft teure neue Blech wieder herunter reißen ... Allmählich leuchten mir seine Gedankengänge ein. Es bleibt mir auch gar nichts anderes übrig, als mich in mein Schicksal zu fügen.

Stück um Stück hat Hans das Baumaterial beschafft. Im Mai wird es für den Hubschraubertransport verpackt. An Fronleichnam steigen wir erstmals zur Hütte auf, um dort den Schnee an strategisch wichtigen Stellen mit Schaufel und Fräse aus dem Weg zu räumen und die Abdeckung der Solarpaneele auf dem Dach zu entfernen. Finden leere Dosen und Flaschen im Trokkenabort sowie einen menschlichen »Haufen« auf dem Balkon, vermissen dafür die mehrfach verschraubte Wetterstation neben dem Hütteneingang und eine unserer Regentonnen.

Drei Tage später können wir schon Wasser zu unserer »Sommerresidenz« leiten, wegen geringer Schneelage so früh wie noch nie. Bänke und Tische für die Terrasse werden mittels Hebekran von ihrem Winterstellplatz auf den Balkon ins Freie befördert. Hans steht dabei oben, ich auf dem Boden, wo man die Möbel beim Herunterlassen zwischen Hauswand und Zaun in eine Parallelposition bringen muß. »Ob ich dem nicht besser ausweichen sollte?«, schießt es mir durch den Kopf, als ein großer Eichentisch auf mich zukommt – zu spät, denn da ist er mir auch schon voll auf den Schenkel, dann den Fußrist gefallen! Zum Glück kann ich meine Gehwerkzeuge, dank Bergschuh und Zwischenlandung, noch gebrauchen ... So viele Geräte für den nächsten Flugeinsatz werden nämlich zu unserem – am Ende des Serpentinenwegs geparkten – Fahrzeug gebracht, daß für mich darauf kein Platz mehr ist! Rasch trotte ich hinter ihm talwärts, kann uns damit eine zusätzliche Berg- und Talfahrt für meine Abholung sparen.

Haltbare Lebensmittel haben wir bereits im April gekauft und verpackt. Nun müssen weitere Einkäufe im Großmarkt getätigt sowie bestellte Fleisch- und Wurstwaren vom Metzger abgeholt werden – wegen des bevorstehenden Umbaus mehr noch als sonst: Unsere Helfer sollen ja nicht darben müssen ... »Das wird die umständlichste Hüttenversorgung sein, die es überhaupt gibt!«, flucht Hans, als wir Karton um Karton nach dem Ausladen aus Auto und Anhänger in den Keller unter unserer Wohnung schleppen, verderbliche Waren zum Zwischenlagern für wenige Tage in Tiefkühltruhe und Kühlschrank verstauen.

Am nächsten Tag müssen wir beim Zimmerer im Nachbarort Isolierplatten auf unseren Anhänger laden und diese zum Container am Dammkarweg fahren. Den gleichen Vorgang mit neuer Fracht, unterbrochen durch Gewitter, mehrmals wiederholen. Die Bauteile sind mit mehr als vier Metern so hoch, daß wir damit gerade *noch* unter einer Brücke der Schnellstraße durchkommen! ... Am frühen Morgen des sechzehnten Mai treffen drei Kameraden aus München ein, um uns beim weiteren Verpacken und Transportieren zu helfen. Zwei davon hüttenmäßig betrachtet echte Achtundsechziger, das heißt von Anfang an schon bei Einsätzen in der Höhe dabei. Der dritte, seit er in Rente ging, droben ganz besonders eifrig ... Man kann (als Wirt wie Wart) schon froh sein, wenn man so alte Freunde hat: Geschöpfe, die mit ihren Händen zupacken, ohne diese dafür aufzuhalten!

Am Abend steige ich mit zwei Helfern zur Hütte auf. Fünf Minuten vor Sonnenuntergang kommen wir droben an, staunen, wie schön die Narzissen in diesem Jahr sind! Gleich noch muß ich sie photographieren, dann erst bekommen meine armen Freunde, von den Strapazen des heißen Tages völlig ausgelaugt, Getränke und Brotzeit. Wenig später schon gehen wir zu Bett.

Am 17. Mai ist das Wetter dann so optimal wie selten, und darüber sind die Versorgungsmannschaften droben und drunten sowie der Pilot sehr erleichtert! Mit dem ersten Flug kommt ein neuer Brunnentrog an: gefertigt aus einer gewaltigen Lärche, die Hans bereits im Dezember mit Forstarbeitern im Tal fällte. Die unförmige Last neben dem alten Trog vor unserem Küchenfenster abzusetzen ist nicht gerade leicht ... Als sie ins Trudeln gerät, wird manchem Helfer bange vor dem nächsten, riskanteren Auftrag: dem Ausklinken schwerer Firstpfetten direkt auf dem schrägen Dach! Die Furcht, von einer rotierenden Ladung des anfliegenden Hubschraubers herunter geworfen zu werden, ist nicht ganz unbegründet. Zum Glück geht alles gut.

Dafür unterläuft mir ein Fehler: Gestapelte Dämmplatten, die nach raschem Anflug auf der Wiese hinter der Hütte schon so gut wie abgesetzt sind, werden auf meine Weisung hin noch mal hochgehoben und direkt vors Gebäude gestellt – weil ich mir, als aus dem Funkgerät die Stimme von Hans zu vernehmen, wegen Fluglärm aber nicht mehr zu verstehen ist, plötzlich einbilde, daß sie dorthin sollten! Wie oft hatte er mich schon gescholten, daß ich bei Fehlplazierungen nicht in letzter Sekunde noch eingegriffen habe! Diesmal hätte ich's *nicht* tun sollen: Wie die nächste Ladung anfliegt, wird die erste am Boden vom Wind umgeweht und unsere Terrasse in reines Chaos verwandelt ... Alle Platten müssen am Nachmittag von der Hütte weggetragen und auf der Wiese neu aufgeschichtet werden! Um mich beim späteren Betrachten für mein Versehen nicht noch mal schämen zu müssen, habe ich nichts davon photographiert – obwohl die wilden weißen Berge auf dem Hüttenvorplatz wirklich imposant waren!

Der neue Brunnentrog wird auch noch am gleichen Tag aufgestellt. Nach erstem Füllen mit klarem Wasser weihen wir ihn mit einer Flasche Sekt ein. Sein Vorgänger kommt, nach vier Jahrzehnten im Dienst, zwecks späterer Zerteilung zu Brennholz vor den Bunker. Der Abschied von ihm erfüllt mich mit Wehmut, obwohl der neue Trog wirklich schön ist und eines Tages auch ein Schicksal hinter sich haben wird. Ob ich dieses aber noch so lange mit ihm teilen darf wie mit dem alten?

Die Demontage der Schlafräume im Obergeschoß beginnt am nächsten Tag und dauert samt Abbau des angerosteten Blechdachs gut eine Woche. Mühsam müssen hunderte von Brettern, die wir einst zum Verschalen der Wände selbst erst angebracht hatten, wieder entfernt werden – von einem Team, das mittlerweile durch Familienmitglieder und einen Vertreter der Sektionsjugend Verstärkung bekam. Berge von Sägespänen entstehen unter Hämmern, Klopfen und Bohren. Beim Zerschneiden des alten Blechs mit einer Flex fliegen Funken. Da muß man schon aufpassen, daß sich nicht irgendwo etwas entzündet! Sicherheitshalber werden Eimer mit Wasser und Lumpen zum Löschen in Stellung gebracht, die alten Bauteile immer wieder auf eventuelle Brandherde hin kontrolliert.

Als die Zimmerer kommen, ist schlechtes Wetter angesagt. Man kann nur hoffen, daß es nicht *zu* schlimm werden wird! Aber von wegen: Kaum daß die Männer letzte Bretter abgerissen und auf die Wiese geschleudert haben, beginnt es zu regnen! Zunächst nur leicht, dann immer heftiger ... Das Dachgeschoß ist nun so weit entfernt, daß man auf dem Fußboden des Schlafraums im Freien steht. Um Schäden im Erdgeschoß zu vermeiden, muß die ganze Hütte umständlich mit Planen abgedeckt werden. Dort, wo gerade gearbeitet wird, sind diese hinderlich und vor dem Montieren neuer Balken wieder zu entfernen. Ein Durchtropfen in Stube und Schlafraum ist kaum zu vermeiden. Wieder einmal werden Eimer aufgestellt.

Es kommt noch schlimmer: Die Temperatur geht zurück, die Dichte des Niederschlages leider nicht. Am nächsten Tag ist rund um die Hütte alles weiß! Acht Mann müssen sich nun zehn Stunden lang bei heftigem Schneetreiben um den Aufbau des neuen Dachstuhls bemühen, mehrere Ausrutscher in der Höhe enden nur deshalb glimpflich, weil man vorschriftsgemäß ein Hilfsgeländer angebracht hat. Auf der Böschung hinter der Hütte werden Teppiche ausgerollt, weil unsere Helfer beim Schleppen schwerer Balken sonst ebenfalls abrutschen würden. Hans sieht mit gefrorenen Schneeklumpen im Bart und verzerrten Gesichtszügen dem Polarforscher Shackleton ähnlich ... Ich muß die Helfer – mal in der Stube, mal auf dem Dach – mit Getränken und Speisen versorgen, zwischendurch immer wieder ein grausliches Gemisch aus Nägeln, Holzspänen und Schneematsch vom Boden entfernen. Wochenlang habe ich nach diesem kalten Kampf Schmerzen im Ellbogen und kein Gefühl in der Hand.

Es folgt eine Hitzewelle, die unsere Spengler beim Arbeiten auf dem Kupferdach fast verbrennen läßt: Sie müssen ihr Werkzeug immer wieder zum Kühlen in Wassereimer legen, weil man es sonst gar nicht anfassen könnte, und entwickeln auf dem heißen Blech einen schier unglaublichen Durst! Da hat es Hans beim Innenausbau besser: beim Verschalen von Außenwänden, Weißeln und Tapezieren, beim Einbau von Fenstern, Trennwänden, Schlafkojen und Türen, beim Verlegen von Fußböden und Leitungen sowie beim Lampenmontieren ... Das neue, weiter vorspringende Dach ist nun nämlich mit dicken Hartschaumplatten nicht nur gegen Kälte, sondern auch Hitze optimal isoliert! Sieben Wochen lang ist unser Hüttenwart täglich zehn Stunden mit dem Ausbau beschäftigt, nach anfänglicher Hilfe durch seinen Freund Peter meistens allein.

Zwei mal noch muß ein Hubschrauber mit Baumaterial kommen, das auf den Listen der Handwerker fehlte. Glücklicherweise hält sich unsere Firma zur Zeit öfter in der Gegend auf, so daß die Kosten für einen eigenen Anflug aus größerer Entfernung entfallen. Bei diesen Flügen kann auch gleich ein Teil der Abfälle, die sich nach dem Abriß auf der Wiese stapeln, früher als geplant ins Tal verschwinden, unter anderem das nach dem Zerschneiden und Falten zu Bündeln gepackte Dachblech. Mit dem Verarbeiten von alten Brettern und Balken zu Brennholz werden wir uns erst später beschäftigen können, sie werden vorerst nur so ordentlich wie möglich aufgeschichtet.

Allmählich nimmt die Zahl der Gäste zu. Ihre Kommentare zur Renovierung tun gut: »Das ist aber eine schöne Hütte! Da kommt man gerne an!« »Ganz toll, da droben zu schlafen!« »Ein echtes Hütten-Highlight! Sie haben jetzt wirklich eine optimale Unterkunftsstätte!« Die vielen Haken zum Aufhängen von Kleidungsstücken begeistern, das größere Sauerstoffvolumen durch eine leichte Erhöhung des Raumes. Man stößt jetzt mit dem Kopf nicht mehr an Querbalken, und kann dank breiterem Dachvorsprung auch bei Schnee und Regen trocken zur Toilette gelangen – wenn kein Wind die Nässe von oben zur Hauswand hin weht!

Allmählich kann ich mich mit dem veränderten Gebäude befreunden, das Werk meines Mannes bewundern und zustimmen, als eine junge Frau ganz entzückt zu mir sagt: »Ich glaube, sie lieben diese Hütte *sehr*!« ... Ende Juli gibt es ein großes Fest zum hundertjährigen Bestehen unserer Sektion, mit Zelt, Musik und Gottesdienst. Einige Teilnehmer kommen, wie es bei verstärktem Alkoholkonsum manchmal so ist, ein bißchen aus dem Gleichgewicht ... Ein Senior muß am nächsten Morgen mit dem Hubschrauber abgeholt werden – könnte zwar noch selber gehen, soll sich aber mit Schmerzen im Rücken und einem vermutlich gebrochenen Arm nicht dem Risiko eines weiteren Sturzes aussetzen. Kameraden, denen diese Nacht weniger zugesetzt hat, junge Mädchen ebenso wie ältere Herren, besteigen am Sonntag den Gipfel des Wörner, einige wollen den Weg zu ihm erstmals mit roten Punkten markieren. Geschick und Geistesgegenwart sind nötig, um dieses Vorhaben zu vollziehen, denn schon beim Einstieg fällt einem Maler das Haferl mit der Farbe aus der Hand: nicht aus eigener Schwäche, sondern weil der Henkel abgerissen ist! Die rote Flüssigkeit kann aufgefangen werden und reicht genau bis zum Gipfel, beim Wörnersattel bleibt eine lange Farbspur zurück.

Am ersten Tag der bayrischen Schulferien haben wir im Vorjahr fünfzig Nachtgäste gehabt, heuer ist zu diesem Termin nicht mal einer gekommen. Dabei ist das Wetter gar nicht so schlecht – aber der Wetterbericht! Das Problem für Hüttenwirte besteht darin, daß die Leute sich manchmal an diesen halten, manchmal auch nicht ... Zwei Wochenenden folgen, an denen unsere

Lager voll belegt sind, dann kommt es massenhaft zur Stornierung von Anmeldungen. Schwere Niederschläge und Überschwemmungen in manchen Regionen Deutschlands und Österreichs sowie schockierende Bilder davon in den Medien scheinen auch bei nicht Betroffenen die Angst vor Regen gesteigert zu haben! Die Meteorologen können diese nicht mindern – ganz im Gegenteil: Tagelang ist nach ihrem Auftritt zum Wetterbericht auf dem Bildschirm nichts als Wasser zu sehen! Da will mir so mancher potentielle Gast am Telefon gar nicht glauben, daß es bei uns zu der Zeit nicht mal feucht ist, sondern nur ziemlich bedeckt.

In der zweiten Augusthälfte haben wir dann dafür innerhalb von zwei Wochen gleich vierhundert Nachtgäste, fast alle mit Abendessen und Frühstück. Da gibt es für mich in der Küche Streß, denn genau zu der Zeit ist auch unsere Jugendgruppe hier, um wichtige Wege zu richten. Das Ergebnis ihres Wirkens kann sich sehen lassen! Nur ein 88-jähriger Stammgast klagt, daß die Stufen innerhalb der 33 Serpentinen nun noch mehr geworden sind und er, weil sie so schlauchten, wohl zum letzten Mal hier ... Hans hat ihre Zahl auf zweihundertfünfzig geschätzt, ich bin bei einer späteren Prüfung auf genau fünfhundertzwanzig gekommen! (Die unser Senior, entgegen seiner Auskunft, im gleichen Jahr dann noch zweimal überwunden hat – sogar am 31. Dezember!)

Meine Blumen sind in dieser Saison recht verkümmert, denn sie wurden gleich zwei mal von Hagelschauern zerdrückt und zerfetzt. Von Geschossen aus Eis, die zwar nicht Eigröße hatten wie bei einem Unwetter Jahre zuvor, als sogar Fensterscheiben zerbarsten – die dafür aber so lang und dicht vom Himmel kamen, daß noch Tage später Rinnen und Flecken im Geröll davon weiß sind ... Mehr noch als sonst freue ich mich also über Blumen, die man mir schenkt, ganz besonders über einen Enzian in silbernem Kübel zu unserem 25. Hochzeitstag. Zur Feier eines weiteren Jubiläums gibt es auch noch Unmengen köstlicher Kuchen und etwas ganz Exklusives: einen Haarschnitt im Freien durch eine Meisterin vom Tegernsee, die mit dem »Hütten-Service« bei uns eine Familientradition fortführt, denn ihr Großvater hat in den zwanziger Jahren des vorigen Jahrhunderts als Friseur auf der Zugspitze die Haare von Bergsteigern und Zahnradbahnbenutzern gebändigt!

In der zweiten Septemberhälfte beginnt es zu schneien. Tische und Bänke verschwinden fast unterm Schnee, am Dach entwickeln sich Wächten und Zapfen aus Eis. Meinem geliebten Ahorn vor dem Erker wird durch die weiße Last ein Seitenstamm gebrochen, mir ist's, als ob dabei in mir selbst etwas brach. Wie schön hat der Baum sich eben noch, bunt belaubt, in den Scheiben von Stube und Veranda gespiegelt! Ob seine Gestalt mir nach dem Bruch im nächsten Frühling noch gefällt? Ich will es hoffen!

Alle Gäste ergreifen vor dem frühen Winter die Flucht, nur eine kleine Gruppe von Männern und Frauen ist noch bei uns einquartiert. Bei 30 cm Schnee vor der Hütte würden sie am liebsten länger als geplant bei uns bleiben, um die schöne Stube und das edle Bauwerk, wie sie voll Pathos betonen, mit mir ganz allein zu genießen. Ich finde diese Idee aber weniger gut und empfehle den Abstieg ins Tal, solange man ihn noch finden kann ... Tatsächlich haben die Leute mit der Orientierung dann gleich unterhalb der Hütte Probleme und den richtigen Weg erst nach einem Rückpfiff durch Hans eingeschlagen: zu Weisungen, die er ihnen aus dem Schlafraumfenster zugebrüllt hat.

Der Flockenzauber hält an, die Schneehöhe steigt. So stark, daß zwei Tage lang niemand mehr kommt – schon deshalb, weil man gar nicht kommen *kann*. Zwei Burschen mit guter Kondition legen dann vom Dammkar herüber die erste Spur, brauchen dafür statt einer etliche Stunden. Am liebsten wären sie umgekehrt, als ihre Beine vom ständigen Versinken und Buddeln aus Löchern immer schwerer wurden, ihre Hosen mehr und mehr vereisten. Aber sie haben ja dem Nachbarwirt versprochen, uns über die Schließung seiner Hütte in Kenntnis zu setzen! Nach Erfüllung dieses Auftrags eilen die Boten auf dem schnellsten Weg ins Tal.

Als ich Hans nach einem Nickerchen am nächsten Tag von einer Männergruppe berichte, die sich telefonisch angemeldet hat und bald eintreffen wird, wundert er sich: »Was wollen denn die da heroben, wo im Gebirge nix geht?« Zu meinem Glück trifft kein Säuferclub, sondern ein Trupp von Kameraden ein, die sich beim Wehrdienst vor vielen Jahren kennenlernten und seitdem regelmäßig zum Bergwandern treffen ... Ein Ordensbruder zelebriert am nächsten Tag nur für seine Freunde eine Messe, nach dieser rücken sie ab, um den Weg zum Karwendelhaus zu versuchen – schaffen davon aber nicht mal ein Fünftel, denn auf höher gelegenen Schattenflächen liegt mehr als ein Meter Schnee! Es bleibt den Männern nichts anderes übrig, als nach mehrstündigem Stapfen umzukehren und erneut bei uns Quartier zu machen.

Am Sonntag wird vor unserem Gedenkkreuz noch mal ein Gottesdienst gefeiert, an dem nun auch die anderen Gäste und wir beide teilnehmen können: schön und ergreifend, aber auch frostig, bei Minus sieben Grad! Als der Mönch beim Abendmahl seinen Kelch mit dem Wein zur Wandlung himmelwärts hebt, kommt die Sonne über den Grat und läßt die weite Winterwelt noch stärker glitzern und leuchten. Mir wird ganz warm, als man sich zum Friedensgruß in einem Kreis die Hände reicht. Alle Sorgen, die mich in dieser Saison belastet haben, sind plötzlich verschwunden. Ich bin bloß noch froh, daß sie bald vorüber ist und wir bis jetzt alles gesund überstanden haben!

Der Mittagsbetrieb an der Hütte wird dank »Kaiserwetter« stark, die Gäste aus der Stadt geraten ob der tief verschneiten Landschaft ins Staunen! Treten falsch gelegten Spuren folgend Latschen nieder, kommen zum Teil in Shorts und Turnschuhen an. Kinder schippen und kugeln den Schnee, bis ihre Jacken tropfen, Sonnenbrände bahnen sich an, ein Herr wünscht seine nassen Hosenbeine mit einem Fön von mir zu trocknen ... Der Kachelofen in der Stube ist rund um die Uhr warm, für die Schlafgäste muß man zwecks Entzug von Feuchtigkeit aus den Klamotten provisorisch auch noch einen Waschraum beheizen: Höchste Zeit, flucht Hans, daß wir einen Trockenraum bekommen! (Im nächsten Jahr, denkt er, ist es soweit.)

Die Sonne scheint Ende September bei uns noch acht Stunden am Tag, trotzdem braucht sie zum Schmelzen der kalten Pracht schon auf Hüttensüdseite und Dach gut eine Woche – in schattigen und höheren Lagen bleibt der Schnee bis zum Saisonschluß liegen. Wichtige Übergänge und Gipfel sind unbegehbar, und drum bleiben wir auf anderen Bergen sitzen: Lebensmitteln, die keiner mehr brauchte, weil seit dem letzten Flugtermin nicht mal halb so viele Besucher wie eingeplant kamen. Nur wenig können wir droben noch selbst verzehren, unerfreulich viel landet als Futter für Tiere auf dem Biomüll. Unsere Rucksäcke können zum Abtransport ins Tal nur ein begrenztes Quantum fassen!

Im Oktober kommen einmal bei strahlend blauem Himmel sogar zu Mittag keine Gäste: Dunkelgrau und dicht liegt an diesem Tag Nebel im Tal, zunächst aber nur bis knapp unter unsere Terrasse! Ungestört können wir über dem Wolkenmeer schweben und in der Sonne pausieren, gemeinsam mit Freunden, die uns in der letzten Betriebswoche beim Hüttenputz und einer Fülle von handwerklichen Tätigkeiten helfen. Bei Handlungen, die ich am Anfang wie Ende der Saison niemals genauer beschrieb, weil mir dann vor lauter Arbeit dafür keine Zeit mehr blieb!

Stundenlang wabern die Wolken an diesem Tag unterhalb der Hütte herum und streifen manchmal die Pfosten am Zaun, so wie ein See mit sanften Wellen manchmal Stämme an seinem Ufer berührt ... Als der Nebel dann plötzlich steigt und den Ort unseres Schaffens schon am frühen Nachmittag verdunkelt, schnür ich voll Sehnsucht nach neuem Licht meine Stiefel und schreite flott bergan – vielleicht kann ich das bedrückende Gebräu ja noch überholen. Tatsächlich gelingt mir dies schon nach zehn Minuten: Auf einer wunderschönen Wiese darf ich im Sonnenschein ein erhebendes Gefühl von Freiheit genießen! Tief beglückt schweift mein Blick durch die Gegend, fixiert da einen Baum, dort einen Stein, wandert von Gipfel zu Gipfel. Höhen und Tiefen, Formen und Farben fern und nah vermischen sich zu einem Bild, das mich allmählich ganz durchdringt.

In der getretenen Spur sieht man an manchen Stellen Bächlein fließen. Unter den Füßen verwandelt sich erwärmter Schnee zu Wasser, das bei jedem Schritte gluckst und spritzt. Beschwingt steig ich noch eine halbe Stunde höher bis zum Wörnersattel, will von dort unbedingt noch mal auf die andere Seite schauen! Auch wenn mir diese Aussicht schon mehr als hundert Mal vergönnt war ist sie doch jedesmal so schön wie etwas Neues, ein bißchen anders bei jedem Wetter und zu jeder Zeit. (Einmal hat mir beim Schreiten über den Grat sogar eine echte Himmelsgestalt, die man »Brockengespenst« nennt, Gesellschaft geleistet: Mein eigener Schatten wurde von der Sonne auf eine Nebelwand geworfen. Stöcke, Arme und Beine wanderten in einer großen Regenbogenscheibe lange mit mir mit!) Heute klopfe ich unserem Hausberg zum Abschied drei mal auf die Schulter, voll Hoffnung auf ein Wiedersehen im nächsten Jahr.

Zwei Tage später bin ich um diese Zeit schon in der Badewanne, während Hans gleich nach Ankunft im Tal noch mal aufgebrochen ist, um an Hinweistafeln zur Hütte, die wir beim Abstieg nicht passierten, Schilder mit der Aufschrift »geschlossen« zu montieren ... Für uns und das Telefon ist die Saison noch länger nicht zu Ende: Wohnung, Wäsche, Lebensmittel und Geräte müssen versorgt, Fahrzeuge gepflegt, Container versetzt, Stapel von Papier im Arbeitszimmer abgetragen werden ... Vor allem Hans tut dies voll Eifer, während mir neben dem Erledigen von Alltagskram schon ein gewisses »dolce far niente« möglich ist. Nach ein paar Tagen kann ich das Tempo von Autos beim Überqueren der Straße wieder richtig einschätzen und muß mich davor nicht mehr fürchten.

Jeder zweite, der uns im Ort begegnet, will wissen, wie der Sommer war oder fragt, den eigenen Augenschein bezweifelnd: »Seid's scho herunt?« Den ganzen Herbst lang scheint fast täglich wärmende Sonne, gelegentlich wehen laue Winde, manchmal bläst heftiger Fön. Im November wütet ein Orkan, der Mittenwald für ein paar Stunden von der Außenwelt trennt. Umgestürzte Bäume blockieren alle Zufahrtsstraßen und die Gleise der Bahn! So bald wie möglich kontrollieren wir den Weg zur Hütte: Manche Fichte, seit Jahren schon tot, steht immer noch stramm, gesunde Stämme brachen; unser neues Dach hat den Sturmtest bestanden ... Bis zum Jahresende sind die Schneemassen auf den Bergen verschwunden. Beim Hüttenaufstieg an Silvester entdecke ich in den Serpentinen frisches Grün und kleine gelbe Blüten.

Heisser Sommer

Kurz vor Ostern 2003 gibt es eine böse Überraschung: Hans hat, bevor wir uns auf Urlaubsreise begeben, wie gewohnt schon mal den Kontakt zu unserer Hubschrauberfirma herstellen wollen, konnte aber niemanden erreichen. Die Telefonnummer abgemeldet, weitere Auskünfte verboten – unser bewährter Partner ist offenbar in Konkurs gegangen! Voll Bedauern müssen wir uns einen neuen suchen: Informationen und Angebote einholen, manches Für und Wider in Erwägung ziehen, bevor wir uns für die am besten geeignete Firma entscheiden.

Mitte Mai ist der Weg zur Hütte nach einem ungewöhnlich warmen Frühling schon fast schneefrei, die Natur dem um diese Zeit üblichen Entwicklungsstand um gut vier Wochen voraus. Wir müssen uns nach der Rückkehr aus dem Urlaub mit den Vorbereitungen zur Hüttenöffnung sputen! Manche Arbeit ist, wie immer, schon Monate zuvor erledigt worden, manche kommt, wie immer, überraschend hinzu. So müssen wir zum Beispiel Waren in unserem Container nach dem Transport zum Sommerstellplatz stundenlang neu verpacken, weil ein mit 700kg beladener Sack trotz Fixierung mit Seilen umgekippt ist und hunderte von Teilen durcheinander fielen!

An anderer Stelle sind Hölzer und Steine, die ein Befahren verhindern, aus dem Weg zu räumen. Vieles schafft Hans ganz allein, bei einem Felsblock, der auch nach Abspaltung eines Teils noch mehr als eine Tonne wiegt, muß er allerdings passen und mich von zu Hause herbei holen: als Nothelferin im wahrsten Sinne des Wortes, denn geschickt bin ich bei solchen Sachen nicht! Mit Wagenheber und Brechstange bugsieren wir den schweren Stein in kleinsten Schritten herum, hoffen, daß er sich irgendwann endlich zur Hangseite hin kippen läßt. Dabei prasseln immer wieder Schauer auf uns nieder, die wir nicht erwartet hatten: Als ich mangels Regenjacke einen Schirm aufspanne, wird Hans ganz ungehalten ... Zu meiner Erleichterung kommt zufällig bald ein Freund daher, der trotz Sauwetter zur Hütte will: Mit seiner Hilfe wird die Aktion beschleunigt und erfolgreich zu Ende geführt.

Bei optimalem Wetter findet vor Fronleichnam unsere erste Hubschrauber-Versorgung statt, mit einem phantastischen Piloten, der unter rot-weiß-roter Flagge fliegt. Ganz zufrieden könnten wir mit dem Firmenwechsel sein, wenn da nicht ein großer Wermuthstropfen wäre: die wesentlich höheren Kosten! ... Unerfreulich ist zur neuen Saison auch ein Blick auf den der Hütte gegenüber liegenden Hang: Mir als fast einheitlich grün in Erinnerung, zeigt dieser nun Dutzende von grauen Flecken! Der herbstliche Orkan hat zahllose Bäume entwurzelt, das aufgerissene Erdreich um sie herum ist dann durch die Schneelast des Winters verschwunden ... Zwei riesige Fichten sind auf den Steig zum Wörnersattel gefallen, sieben Bäume liegen in Richtung Rehbergalm quer über den Weg. Hans rückt mehrfach aus, um sie zu beseitigen, verwendet einen toten Stamm gleich wieder zur Befestigung für den Steig. Ihn begehbar zu halten ist uns halbwegs möglich, ein Begrünen der verkahlten Flächen nicht. Ob ich es noch erlebe, daß auf ihnen wieder Gras wachsen kann? Die Verwüstung stimmt mich ein bißchen traurig.

Dafür kann man über das Wetter in diesem Frühling nicht klagen: Es bleibt trocken und heiß. So heiß, daß die Gäste richtig froh sind, wenn sie sich an unserm Trog erfrischen können! Gleich fünf Kinder gehen darin mal simultan splitternackt spazieren – obwohl das Wasser keine zehn Grad hat, ohne zu quietschen! Ihr Papa setzt sich danach samt Seife in die eisige Wanne sogar richtig hinein ... Weniger Abgehärtete ziehen es vor, bloß Teile ihrer heißen Körper einzutauchen, sich mit dem Schlauch oder Gefäßen zu bespritzen und begießen.

Auch Vierbeiner stürzen sich dutzendfach ins kühlende Naß. Als ein Gast zufällig mein Photo von malerisch im Trog ruhenden Rottweilern sieht, fragt er zweifelnd: »Ja, dürfen Hunde da tatsächlich hinein? Da wird sich meiner aber freuen! Seit einer viertel Stunde versuche ich schon, ihn davon abzuhalten!« Glücklich löst er seinen Begleiter von der Leine, kurz drauf kann man schon staunen, wie schön der »Golden Retriever« sich nach einem Sprung ins Wasser darin entspannt. Zehn Minuten lang starrt er still auf die klare Oberfläche, scheint darin das Spiegelbild seiner eigenen Gestalt zu bewundern. Oder auf irgend etwas zu warten: einen Fisch vielleicht? Als sich nichts zeigt, wird dem

Hund das Stehen zu dumm; langsam streckt er seine Vorderbeine aus, um liegend weiter zu dösen, und dabei sieht er mit seinem Zottelfell einem Eisbären ziemlich ähnlich!

Zuschauer werden feucht, als das Tier plötzlich auf die Terrasse springt und sich trocken schüttelt. Ich ziehe den Stöpsel des Trogs und lasse das gebrauchte Wasser den Hang runter rauschen. Noch muß man damit nicht geizen, noch fließt vom Schnee in höheren Lagen genug zu uns nach ... Das »Loslassen-Dürfen« am Brunnen hat schon Generationen von Besuchern beglückt – mich bewegt bereits das ruhige Fließen: um es ganz tief in mir aufzunehmen setze ich mich manchmal länger direkt vor das Wasser hin ... Öfter noch genieße ich seine Schönheit beim Blick aus der Küche nach draußen: Wie Himmel und Berge sich in der Oberfläche spiegeln, wie es glitzert und leuchtet, wie der Wind das Wasser zärtlich kräuselt oder starke Wellen wirft. Licht- und Schattenspiele, die manchmal, durchs Fenster reflektiert, sogar auf der Decke in meinem Arbeitsraum erscheinen!

Weil weder Gäste noch Niederschlag zum ständigen Aufenthalt in der Hütte verdammen, ist mir öfter als sonst ein Verträumen ganzer Stunden im Freien vergönnt. Glück durchströmt mich beim Spazieren mit den Augen, ich bestaune Kräuter und Gräser. Berausche mich am Duft von Orchideen, beneide Schmetterlinge um's Schweben ... Unser Holler kommt früh, vor ihm noch der Wald zu seiner seltenen Blüte. Vögel, die man zum Teil nie zuvor sah, lassen mich mit ihrem Gesang am frühen Morgen wie auch zu vorgerückter Stunde nicht schlafen. Gern lausch ich ihren Konzerten am Abend.

Eine Amsel besucht uns. Aus naher Ferne hört man Kuckucksrufe. Hausrotschwänzchen brüten wieder mal über dem Balkon. Auch ein neuer Fuchs, der nicht gezähmt wird, stellt sich ein! Weil er bald nur noch im Dunkeln kommt, hab ich den vierbeinigen Fremdling fast vergessen, als mich ein Gast bei Hochbetrieb um die kühle Aufbewahrung seiner Brotzeitdose bittet. Mangels anderer Möglichkeiten empfehle ich dafür unseren Trog – der Mann bedankt sich für den Tip, steckt seinen Proviant samt Blech in eine dichte Plastiktüte und bindet diese im Wasser schwimmend am Stöpsel fest ... Von dort ist sie am nächsten Morgen ohne jede Spur verschwunden! Der Fuchs! Erst jetzt fällt er mir wieder ein! ... Zum Glück bezweifelt der beraubte Bergfreund nicht, daß ich die nächtliche Gefahr bei starkem Trubel nicht bedachte. Daß er Proviant und Büchse so seltsam verlor, betrübt ihn trotzdem.

Unser Fernblick ist so klar wie sonst erst viele Wochen später im Jahr. Besonders gern genießen wir ihn abends, auf einer Westbank vor warmen Balken sitzend ... Die Sonne zeigt sich kurz vorm Untergang mal hell und blaß, mal feurig rot, im Licht letzter Strahlen schimmert unsere Hütte manchmal wie von Gold bestäubt ... Die Vielfalt der Farben und Muster am Himmel begeistert mich immer wieder: Wolken, die wie Sahne schäumen, Regenbogen über rosa Bergen, orange getönte Nebelschleier prägen sich dem Gedächtnis ein.

Schon in der Früh ist man froh über den Schatten, der dank breiterem Dach auf viele Bänke fällt, mittags ist mir die Temperatur im Freien sogar unter den Sonnenschirmen zu hoch. Ich wundere mich, daß überhaupt noch Wanderer kommen! ... Vereinzelt sieht man nächtens Blitze zucken oder ganz fern flimmern und flackern, auch bei Tag grollt es hin und wieder hinter den Gipfeln. Direkt über uns entlädt die Atmosphäre sich für längere Zeit nicht – die Abwinde von anderswo wütenden Wettern sind allerdings mehrfach zu spüren, und die können ziemlich heftig sein! Für solchen Fall wird mir befohlen, sofort die Sonnenschirme einzuziehen.

Am Johannitag sitzen zwei äußerst mitteilsame junge Frauen auf unserer Terrasse. Zwei Tiroler reiferen Jahrgangs kommen hinzu und steigern die Lautstärke ihrer Unterhaltung noch mit deftigen Witzen. Darum verzieh ich mich zum Zeitunglesen auf eine Bank um die Ecke – bei Windstille kann man die Gäste unter aufgespannten Schirmen ja wohl aus den Augen lassen. Aber von wegen: Bald schon schreckt ein schriller Schrei mich hoch – ich sehe, wie die Frauen sich mit letzter Kraft am Stock von einem Schirm festklammern! Sturmböen, die man im Abseits nicht bemerkte, drohen ihn fort zu reißen! Ein zweiter Schattenspender hängt schon in der Luft, mitsamt dem Tisch, in dem er steckte, und einem Mann, der ihn noch bremsen wollte, unten dran: mit Gamsbart am Hut, Kniebundhosen und bunten Strümpfen! Hoch über eine Bank fliegt das Gespann gegen die Hauswand und landet unsanft vor dem Küchenfenster. Daß es dabei kaum zu Schäden kommt, grenzt fast an ein Wunder.

Am heißesten Junitag gibt es auch bei uns ein schweres Gewitter. Einige Gäste treffen total durchnäßt bei uns ein. Zwei leicht Geschockte zerfetzen zum Trocknen ihrer Schuhe unermüdlich Zeitungsteile, stopfen diese über Stunden immer wieder raschelnd in das nasse Leder raus und rein. Weil ihr Aktionismus auch andere ansteckt, haben wie am Ende des Abends so viel bedrucktes Papier wie nie zuvor für ein paar feuchte Stiefel gebraucht! Hans flucht über den Berg von Zeitungsknödeln, der sich vor unserem Kachelofen aufbaut – befürchtet, daß unsere Papiervorräte bald zu Ende gehen. Unnötig, denn wir werden sie zum Trocknen von Schuhen sehr lange nicht mehr brauchen!

Bei einem Vergnügungsgang ins Tal ist es so heiß, daß mir fast taumelig wird: Vor meinem Weg zur Wohnung über brennenden Asphalt muß ich mir eine Pause an der Isar gönnen! Laß mich neben einer Stromschnelle ins Gras fallen, um mit geschlossenen Augen und entspannten Gliedern die Kühle des Wassers mental in meinem Körper aufzunehmen – errege so rastend die Besorgnis eines Radlers, der mich zunächst flott passiert, nach einer Weile aber laut zurückruft: »Is mit eana ois in Ordnung?« Ich kann ihn beruhigen und heil nach Hause kommen, meine Temperatur auf kühlem Boden und kalt brausend neuerlich herunterfahren ... Dann ziehe ich los zum Einkaufen und Plauschen mit Bekannten, zum Beschauen von Fenstern und Passanten, zum Schlecken von einer Kugel Eis. Der Appetit auf noch größeren Gaumenluxus in meinem Stammlokal vergeht mir, als sich dieses gut besucht zeigt, weil ich heute keinen Schweiß mehr riechen will. Das gewohnte Saunabad muß auch aus Kreislaufgründen unterbleiben ... Ich beschließe den ungewöhnlich lauen Abend für mich ganz allein mit einem kleinen Imbiß im Garten.

Im Hüttenbereich läuft Wasser aus dem Boden bald nur noch so spärlich zur Fassung, daß wir seinen steten Lauf am Brunnen stoppen müssen. Bald gibt der Hahn dort auch beim Aufdrehen keinen Tropfen mehr her: Vorbei ist es mit dem beruhigenden Blubbern und Rauschen! Das Holz im Trog wird trocken und rissig. Eine Stille kehrt ein, die bald unheimlich wird, denn nun sind, zur Mittagszeit zumindest, auch alle Vögel verstummt. Die Berge in der Ferne verschwinden im Dunst.

Zum dritten Wochenende im Juli müssen wir Toiletten und Waschräume schließen, die Gäste zum Deponieren von Verdauungsresten auf unser Plumpsklo verweisen und zum Waschen an einen zehn Minuten weit entfernten Graben schicken, der noch Schmelzwasser von einem Lawinenkegel führt ... Ein Oberpfälzer, der den Ursprung dieses letzten, ursprünglich gewiß zehn Meter dicken Eisflecks im Geröll nicht kennt, fragt mich erstaunt: »Is da droben so schattig, daß da jetzt no Schneefelder han?«

Tag für Tag sehnt man den Sonnenuntergang herbei, nach dem es etwas kühler wird. Die Mittagsgäste haben kaum Appetit, dafür um so mehr Durst, und über das Geschäft mit den Schlafgästen kann man wirklich nicht klagen. Keiner muß wegen schlechter Wetterprognosen oder Regen stornieren, viele flüchten vor der unerträglichen Hitze im Flachland und warmen, überlaufenen Badeseen in die Berge. Mancher, der daheim nur noch im kühlen Keller halbwegs schlafen konnte, freut sich, bei uns wenigstens vom Abend bis zum Morgen frische Luft zum Atmen vorzufinden.

Tagsüber muß man sich ruhig verhalten: Das Thermometer zeigt im Halbschatten 35 Grad an, in der Sonne übersteigt seine Säule den Höchstwert von »55« auf der Skala. Nachts um zehn wird es im Freien bei immer noch 22 Grad erst richtig angenehm – mit Glühwürmchen, Schwärmern und Fledermäusen beinah paradiesisch. Da muß man die Hüttenruhe ausnahmsweise schon mal überziehen und den Gästen zum Genuß des Sternenhimmels auch noch andere Sachen gönnen.

Ende Juli sind die Vogelbeeren schon rot. Das Gras wird braun. Mein Margeritenstock stirbt. Ein Gast will wissen, ob er bei so starker Waldbrandgefahr auf der Terrasse »noch 'ne Kippe rauchen« darf oder dazu lieber ins Haus gehen sollte. Ein Reporter fragt telefonisch an, wie es bei uns um das Wasser steht – Hans erklärt ihm Details und verrät, daß unsere Quelle vor drei Tagen versiegte ... Kurz darauf steht dann in einer großen Zeitung unter der Überschrift »Hoch Michaela und die Folgen« zu lesen, daß es bei uns kein Wasser mehr gibt … Eine mißverstandene Auskunft, denn noch gibt es in den Tanks Reserven: Vorräte, die freilich irgendwann, auch wenn wir sparsam damit umgehen, aufgebraucht sind – wohl spätestens in zwei Wochen … Nachdem ein weiteres Blatt die übertriebene Meldung nachgedruckt hat, erfahren wir erst davon – durch einen Rundfunkmoderator, der daraufhin mit uns am Telefon ein Interview zur Wassernot der Hütte führen will. Hans willigt ein und begibt sich zum »Live-Chat« ohne Lärm unter eine Latsche, kurz drauf kann man ihn schon im Radio hören … Das Augenmerk der Medien verbessert vorübergehend den Geschäftsgang: Viele Wanderer wollen uns noch sehen, bevor wir vielleicht zusperren müssen.

Zum Feiertag am 15. August soll sich das Wetter ändern, und darüber bin ich ausnahmsweise überhaupt nicht traurig: Wassernachschub ist jetzt mal wichtiger als alles andere! Mehrere Gruppen sagen kurzfristig ab, eine mit der Frage, ob denn unsere Wege nach »so starkem Regen« überhaupt noch gefahrlos zu begehen sind? Dabei hat es bis dahin nur in der Umgebung Niederschlag gegeben, bei uns aber immer noch kaum: Ein Schauer verzog sich nach wenigen Minuten und brachte bloß zehn Millimeter Wasser in die Aschenbecher, zwei Hagelfronten machten kurz vor der Hütte halt! Langsam schmelzen ihre weißen Körner in den dürren Boden: ganz nah und doch zu fern, um unsere Tanks auch nur ein bißchen zu tangieren!

Erst drei Tage später gießt es endlich wie aus Kübeln: auch bloß für zwei Stunden, aber die genügen – höchst erstaunlich – um unsere Reserven zu füllen! Sogar am Brunnen darf wieder einen Tag lang Wasser laufen: was für einen Segen! Jetzt kann man die warmen Tage mal sorglos genießen und sich duschen, ohne jeden Tropfen zur weiteren Verwertung in einer Schüssel aufzufangen. Jetzt kann ich drauf verzichten, leidlich klares Wasser vom Spülen in Eimer zu schöpfen, um damit noch das Plumpsklo zu putzen … Für unsere Gäste muß der Sanitärbereich dennoch schon bald wieder geschlossen werden: weil nicht jeder zum Waschen an einer Gumpe durch die Gegend wandern will und unsere Wassernot nun weithin bekannt ist, werden Reservierungen storniert … Für Hans steht fest: So kann es künftig nicht mehr weitergehen – noch vor dem lang ersehnten

Trockenraum muß man einen weiteren, möglichst großen Wassertank bauen!

Feuchte Tage vor dem Schafabtrieb entspannen die Versorgungslage im September für längere Zeit. Daß man aus den Waschräumen nun wieder ständig Türen gehen hört, finde ich nach stillen Wochen schon fast komisch! Über zu viel Lärm darf ich in dieser Saison aber wirklich nicht klagen: beim Frühstück wie auch noch zum Abendessen können unsere Gäste selbst im Herbst noch draußen sitzen! Die Stube bleibt fast unbenutzt, die Haustür steht den ganzen Tag lang ohne Quietsch- und Kracheffekte offen ...

Erst nach dem 3. Oktober soll sich das Wetter wandeln – tatsächlich beginnt es schon am Tag der Deutschen Einheit selbst um 13 Uhr zu regnen! Fast wie auf einem Fließband tauchen immer wieder neue Wanderer mit Schirmen vor meinem Fenster auf. Einige finden in der feuchtfröhlich überfüllten Hütte keinen Platz mehr und ziehen gleich ohne Pause weiter ... Unglaublich oft muß ich neue Töpfe mit Suppe auf den Herd stellen und wärmende Getränke brauen: Niemals zuvor hab ich innerhalb von wenigen Stunden soo viel Heißes verkauft!

Am Samstag bleiben wir dafür dann über Mittag fast allein. Im Westen lauern dicke Wolken – über uns reißt der Himmel noch mal auf und läßt letzte Sonnenstrahlen vor kalten Tagen um die Hütte streifen. Bewußter noch als sonst genieß ich Licht und Wärme auf einem Schemel neben meinen Kletterpflanzen – wenn ihre bunte Pracht den Frost, der auf uns zukommt, überdauern könnte, wär' das schon schön! Weil es sonst wenig zu tun gibt kann Hans meine Sehnsucht verstehen und löst die langen Triebe von den Latten der Holzlege los. Gemeinsam binden wir sie an eine Stange und bugsieren den Blumenkübel über eine Treppe unters Dach.

Nur ein Gast kommt noch zum Schlafen: Er wird am nächsten Tag von einer weißen Decke im Freien überrascht und verläßt uns bald, als sich das zunächst nur schüchterne Schneien verdichtet ... Hans holt die Fräse aus dem Bunker, so lang der Weg dorthin noch frei ist; dann stellen wir schwere Tische mit vereinten Kräften hochkant, so daß statt dickem Schnee bloß Puder daran kleben bleibt ... Wie von Zauberhand gestrickt wachsen am Zaun Hauben auf den Pfosten, weicher Flaum legt sich auf Balken, Bänke werden unter Eiskristallen kalt. Flocken landen lautlos auf dem Brunnen und schmelzen mit dem Wasser fließend fort, getupfte Luft umhüllt die Hütte wie ein zartes Kleid! Auf den Leinen an der Spinne schwebt jetzt Zuckerwatte und am Holler sinken Äste schwer beladen nieder; schwarz glänzen aus wollig weißem Mantel die reifen Beeren heraus! Ich ließ sie, statt was daraus zu kochen, hängen, um nun ein Tiefkühlbild zu machen: Augenschmaus statt Gaumenkitzel!

Am Abend werden von der Zugspitze 40 cm Neuschnee gemeldet, bei uns zeigt ein neugierig angelegter Meterstab achtzig. Daß es gleich soo viel von der weißen Pracht auf einmal geben würde, hätten wir nicht gedacht! Unmöglich ist es jetzt, Solarpaneele und Luken am Dach abzudecken und die Hütte vorzeitig zu schließen. Tröstlich in dieser Lage, daß fürs folgende Wochenende ein Kameradentreffen auf dem Plan steht und wir darum ohnehin noch ausharren müssen!

Am Montag wird der Himmel wieder blau und zeigt uns Bilder, die noch wilder sind als die zuvor. Um nur ja keines zu versäumen muß ich beim Beziehen von Betten immer wieder an ein Fenster treten! Anstelle des Zauns steht ein Wall aus Kristallen, der unsere Terrasse wie eine Festung umschließt. Hans schiebt mit seiner Fräse Fontänen vor sich her und erhöht die weißen Mauern noch mit geblasenem Schnee: Man muß ja Flächen zum Verkehren vom Eis befreien! Hungrig nach Frischluft verstärke ich bald sein Bemühen mit eifrigem Schaufeln; als mein Blick dabei auf den Brunnen fällt, muß ich lachen: Der Schnee hat ihn zu einer ungewöhnlichen Skulptur verformt – einem liegenden Mann mit ausgebreiteten Armen und hoch in die Luft ragendem Penis!

Erst nach ein paar Stunden wird die weiße Säule am Stöpsel von einem Windstoß in den Trog geworfen. Dorthin folgen, von der Sonne geschwächt, auch Schultern und Arme: Eisberge wie in der Arktis schwimmen nun als Rest vom Rand durchs Wasser! Schnee rieselt von Laub- und Nadelbäumen. Gelb-rosa-rot fallen Blätter raschelnd auf den Boden ... Am Nachmittag besteigt Hans das Dach, um dort weiter zu schaufeln, während ich, schon müde, lieber Wein in der warmen Veranda genieße. Dabei fällt mir eine Gestalt aus dem Gilgamesch-Epos ein: »Siduri«, die Wirtin am Ende der Welt, die den Göttern hinter einem Wald aus Edelsteinen Getränke kredenzt in goldenen Bechern!

Am Dienstag hat uns der Föhn wieder verlassen und es schneit von früh bis spät. Ungestört kann ich zum ersten Mal in der Saison fast eine ganze Zeitung lesen; nebenbei noch Laken und Bezüge waschen, die zum Trocknen in die Schlafräume kommen. Bunt und duftig zugehängt verwandeln sich die Kammern in eine Ausstellung banaler Kunst, durch die ich immer wieder prüfend wandle: Gern befühle ich die feuchten Stoffe vor dem Bügeln!

Am Mittwoch stapfen Soldaten zu uns eine erste Spur, der bald ein lieber Freund folgt: mit einem neuen Film zum Spielen, den ich brauche, nachdem der letzte aus meinem Vorrat im Überschwang des Schauens viel zu schnell verschossen wurde.

Am Donnerstag gibt es Sturm und starken Regen. Stundenlang gleiten vier Birkhühner zum Futterpecken immer wieder von einem geschützten Platz unter Latschen zum nächsten: genau dort, wo im Vorjahr sich ein Eichhörnchen durch ersten Schnee Zugang zu letzten Futterpilzen grub!

Am Freitag landet ein ungewöhnlich großer Birkhahn auf dem kleinen Wetterhahn aus Blech, der unseren Wegweiser krönt. Als der »Rackel« nach kurzer Pause wieder abhebt, drehen sich die Richtungspfeile unter seinem Körper gleich mehrmals im Kreis herum!

Am Samstag treffen, peu a peu, unsere Kameraden ein: gut vierzig aus allen Altersklassen! Sogar ein Säugling ist dabei, den seine große Schwester wickelt, während andere Kinder draußen einen Iglu bauen. Eine Studentin aus Karelien kommt und ein Knabe aus Uganda; ein Jugendleiter auch, der um Null Uhr achtzehn wird und dies mit Kuchen, Wachs- und Wunderkerzen feiert. Man spielt mit Karten und Gitarren, singt und plaudert, trinkt und schmaust; schüttelt Hände, klopft auf Schultern, küßt und drückt sich. Nach langer Stille erfreut so fröhlicher Betrieb, samt Festrede vom Vorstand und Champagnerflasche!

Das Finale im Putzen und Räumen am Sonntag strengt an. Wie stets vor dem Abstieg stößt man stundenlang noch immer wieder auf Sachen, die unbedingt zu erledigen sind oder in den Rucksack müssen! Zum Abendessen würde uns die Küchenwärme reichen, wenn wir danach, todmüde, bald schon ins Bett gehen. Trotzdem heiz ich davor, um Abschied zu nehmen, auch den Ofen in der Stube noch mal an. Setz mich mit rotem Rebensaft an einen der vier Tische, streichle mit den Augen das vertraute Inventar und laß mich von Erinnerungen streifen. Dann wandert mein Blick im Dämmerlicht bald auch nach draußen und fällt auf den Ahorn vor dem Erkerfenster: den Baum, der mit mir hier oben Wurzeln schlug und wuchs! Schön hat er sich nach dem Bruch im vorigen Jahr entwickelt, und nun, da er sein Blattwerk ganz verlor, kann man schon neues, frisches Grünen in den Knospen ahnen! Ich stelle mir die Kraft des nächsten Frühlings in den Stämmen vor, spüre dabei etwas in mir selbst warm strömen, und plötzlich eine Sehnsucht sehr: daß meine Asche einst um diesen Baum zur Ruhe kommen und sich mit ihm vereinen könnte! Noch aber ist es, hoffentlich recht lange, nicht soweit, und wie es mit ihm und mir zuvor wohl weitergehen wird, darauf bin ich immer noch irgendwie ziemlich gespannt.

INHALT

Mein erstes Tagebuch 7
Der große Umbau 38
Unser Hüttenwart 46
Wege 55
Transporte 66
Wasser und Feuer 83
Licht und Strom 93
Gäste 105
Arbeit 116
Geld und Geschäfte 124
Unglücksfälle 132
Vom Hund zum Schmetterling 141
Katzen und Mäuse 149
Oskar, Huxel und Co. 159
Wildwuchs und Blumenlust 170
Saison 2002 178
Heißer Sommer 189